Christian Linker

Y-Game

Y

Die ganze Welt ist ein einziger beschissener Mindfuck.

Ich weiß, wovon ich spreche.

Jetzt gerade in diesem Augenblick zum Beispiel verarbeitet dein Gehirn optische Reize. Dein Auge kann pro Sekunde die Buchstaben von rund drei bis vier Wörtern erfassen. Dein Gehirn setzt sie zu einem Text zusammen, der eventuell Sinn ergibt. Es kann ein Songtext sein oder ein Schulaufsatz oder vielleicht mein geheimes Tagebuch.

Vielleicht.

Könnte aber auch sein, dass deine Wahrnehmung dir nur etwas vormacht.

Vielleicht stehst du in diesem Moment unter Narkose, während Wesen einer höheren Spezies Experimente an dir durchführen?

Oder aber du existierst in Wahrheit gar nicht, sondern ich habe dich nur erfunden. Du wärst meine eigene Schöpfung. Eine Figur in einem Buch, das von einer Figur handelt, die in einem Buch liest ... und immer so weiter.

Hast du jemals über so was nachgedacht?

Wenn nicht, dann fang lieber erst gar nicht damit an.

Es macht dich früher oder später verrückt.

Echt.

1

Seit Mert mit dem Rauchen angefangen hat, haben wir sozusagen ein Ticket für das Loch. Den Nicht-Ort der Älteren. Darum halte ich da jetzt manchmal morgens auf dem Schulweg an. Das Loch liegt am Ende der Unterführung, durch die man eine zweispurige Straße unterqueren könnte. Das tut aber eigentlich niemand mehr, seit sie oben Zebrastreifen auf die Straße gemalt haben – außer denen, die ein bisschen im Loch abhängen wollen. Das Loch war wohl früher mal ein schattiges Plätzchen zum Verweilen, mit einer Bank und einem kleinen Springbrunnen und Blumenbeeten. Aber der Brunnen ist natürlich trocken und die Beete sind von Büschen überwuchert und überall liegen Kippen und Glasscherben und zerknickte Bierdosen. Und auf den Treppenstufen, die hoch zur Straße führen, sitzen nachmittags die Penner und abends die Studenten und morgens vor acht immer ein paar Leute aus meiner Schule, die gleich um die Ecke liegt.

Jetzt gehören wir dazu.

Es ist dreckig, irgendwie verrucht, fast verwegen.

Hier kann man vor der Schule noch mal für fünf Minuten einfach man selbst sein.

Als ich an diesem trüben Novembermorgen auf meinem Bike durch die Unterführung cruise, immer schön den getrockneten Kotzeresten vom letzten Wochenende ausweichend, stehen Vinzent, Mert und Min-su in einer Ecke des Lochs. Sie sind halb ins Gebüsch gedrängt, als gäbe es was zu verbergen, und sehen sich was auf Min-sus Handy an. Mert fügt sich perfekt in diese Landschaft ein, so mit Kippe im Mundwinkel und der Goldkette um den Hals, an der ein kleines Vorhängeschloss baumelt. Vinzent hat seine überlange Gestalt vorgebeugt und mag wohl nicht, was er gerade sieht. Er mahlt mit den Zähnen und die Adern an seinem Hals treten hervor. Min-su, wie immer im hellblauen Hemd und dunkelblauen Pullunder, wirkt eher deplatziert in der Kulisse, aber so was hat ihn noch nie gestört. Er guckt hochkonzentriert und scheint den anderen beiden etwas zu erklären.

»... nennt man Alternate Reality Game«, höre ich ihn gerade sagen, als ich die drei erreiche und vom Rad steige. Sie bemerken mich gar nicht. »Könnte noch spannend werden. Er scheint sich ja auf unsere Stadt zu beziehen. Vielleicht ist es jemand, den wir kennen? Und er ist nicht nur auf 4chan, auch auf 8kun, smug ...«

»Was seht ihr euch an?«, frage ich.

Die drei zucken zusammen. Mert lässt das Handy sinken.

»Nichts«, sagt er.

Wie lächerlich, als wär ich ein Lehrer und hätte sie bei irgendwas erwischt.

»Nichts Besonderes«, ergänzt Min-su. »Imageboards. Nur Bullshit.«

»Ich weiß«, sage ich. »Also dass die Boards nur aus Bullshit bestehen. Ihr könnt mich ja trotzdem mitgucken lassen.«

»Na ja«, meint Mert, hebt aber das Handy wieder und wischt den Sperrbildschirm weg. Ich lehne mein Rad an den Mülleimer und quetsche mich hinter die drei, um über Merts Schulter zu schauen. Sein Zigarettenrauch weht mir ins Gesicht. Er scrollt durch das /b/-Board von 4chan, das erkenne ich gleich. Schwanzbilder, Hitler-Bilder, Trump-Bilder. Pepe der Frosch als Trump, als Hitler, als Schwanz.

How would u rape this girl?, schreibt einer neben das Fotos eines rothaarigen Mädchens. Tell me every last detail.

»Was für eine arme Sau muss man eigentlich sein, um so einen Shit zu posten?«, frage ich. Keiner antwortet.

Mert scrollt weiter, hält inne. Ein kurzer Clip zeigt einen schwarzen Mann an einem Galgenstrick, von einem Stahlträger unter einer Brücke hängend, strampelnd, Todesangst in den aufgerissenen Augen, die Beine treten ins Nichts. In den Kommentaren Bilder von Männern mit weißen Zipfelmützen, brennenden Kreuzen, noch mehr Galgenstricken.

C'mon, Anons, post more gore like that! etc.

»Shit …«, flüstert Vinzent.

Es wirkt seltsam unecht – so unecht, wie vermutlich nur echte Bilder wirken, weil echter Mord und echte Folter so ganz anders aussehen als die inszenierten. Ich warte, dass sich das Entsetzen in meiner Magengrube ausbreitet, aber es kommt nicht. Am Ende bestehen diese Bilder auch nur aus Nullen und Einsen.

»Glaubt ihr, dass das echt ist?«, fragt Min-su. »Es kann genauso gut fake sein.«

»Ja, man weiß es eben nicht«, meint Mert, »das ist ja genau das Krasse daran.«

Er scrollt weiter.

»Habt ihr für Englisch schon den Text geschrieben?«, frage ich. »Your opinion about racism?«

Keiner antwortet, sie glotzen auf das Handy. War vielleicht auch unpassend von mir.

Ich kann mit diesem ganzen Rassistenscheiß nichts anfangen, all der Hass und die ganze Hetze. Ich kapiere nicht, wie man sich selbst für besser als andere halten kann aufgrund der Hautfarbe oder so. Das spricht vermutlich für mich. Gegen mich spricht, dass ich mit all dem engagierten Black-Lives-Matter-Gerede auch nicht viel anfangen kann. Ich will eigentlich bloß, dass jeder jeden in Ruhe lässt.

Vor allem mich.

Mert scrollt schneller.

Die suchen was, wird mir unvermittelt klar.

Wie zur Bestätigung sagt Min-su: »Ich glaub, da kommt nichts mehr von *Why*.«

»Was ist *Why*?«, frage ich.

»Hm?« Min-su dreht sich zu mir um und sieht mich an, als hätte er meine Anwesenheit zwischenzeitlich komplett vergessen.

Dann zuckt er mit den Schultern.

»Nur Board-Bullshit«, meint er. »Nicht der Rede wert.«

»Okay«, sage ich, löse mich von ihnen und nehme wieder mein Bike. »Wir sehen uns.«

Ich steige auf, schalte in den untersten Gang und cruise die gewundene Fahrradrampe hinauf, raus aus dem Loch und wieder rein in den Novembernieselregen, der seit Tagen so gleichmäßig über uns niedergeht, dass ich ihn schon fast nicht mehr bemerke.

Es ist mir bisher nie so deutlich aufgefallen wie in diesem Augenblick: Verdammt, ich gehöre gar nicht dazu! Wann fing das an? Kam das schleichend? War das schon immer so? Ich bin Luft für die drei.

Nach dem nächsten Häuserblock taucht die Schule auf. Grauer Betonklotz vor grauem Regen, man könnte ihn leicht übersehen. Auch Chiara könnte man leicht übersehen, die vor dem Schultor steht und unbestimmt in den Nieselschleier blickt. Sie macht ein Gesicht, als hätte sie heute Morgen schon gekotzt. Das heißt, sie macht ein Gesicht wie immer. Das strähnige Haar, die aufeinandergepressten Lippen. Der alte graue Regenmantel, den sie nicht nur im Herbst trägt, sondern eigentlich immer, solange es unter dreißig Grad bleibt. Der Mantel hat zwei Knopfreihen und wirkt dadurch ein bisschen wie eine alte Admiralsuniform. Sie steht da und schaut vor sich hin. Keine Ahnung, warum sie nicht reingeht. Vielleicht wartet sie, dass ihr irgendein schlüssiger Grund dafür einfällt. Sie bückt sich kurz, als müsse sie etwas vom Boden aufheben, das ihr runtergefallen ist. Dann richtet sie sich wieder auf und verschwindet durch den Haupteingang.

Ich steige vom Bike, schiebe es zu den Fahrradständern und schließe es mit der Kette an.

Es geht Chiara nicht gut damit, eine Außenseiterin zu sein. Sie leidet darunter, glaube ich. Aber nicht wie jemand, der unbedingt gern dazugehören würde. Eher wie jemand, der ganz einfach keinen Bock hat, überhaupt in solche Schubladen gesteckt zu werden.

Oder auch ganz anders, keine Ahnung. Ich kenne sie ja kaum, und vor allem sind das eher so meine eigenen Gedanken. Ich meine, wer zur Hölle definiert denn, was ein Außenseiter ist? Wann hat bitte jemals eine Behörde oder ein Gott oder ein perverser Architekt festgelegt, dass es ein Drinnen und ein Draußen gibt, und dass es erstrebenswert sei, drinnen zu sein statt draußen, und dass es eben welche schaffen, drinnen zu sein, und andere nicht? Genauso gut könnte ich umgekehrt definieren, dass *ich* drinnen bin und sie alle draußen sind: Matt, der Mädchenschwarm, und Nessi, die Schönheitskönigin. Lea, die Trampolinturnstadtmeisterin, und Achmed, der Schulsprecher. Die Muskel-Ottos und die Intellektuellen, die Künstlerinnen und die Mathegenies, die Musiker und die Technikfreaks, die Rich Kids und die Normalos. Alle draußen. Die Gamer. Vinzent und Min-Su und Mert, die jetzt auch langsam eintrudeln. Wir treffen uns an den Spinden.

Ich würde gern fragen, ob sie gefunden haben, was sie suchen, aber ich würde keine Antwort kriegen. Ich sollte sie einfach ignorieren, aber das kann ich irgendwie auch nicht.

Also frage ich: »Habt ihr Bock, heute Nachmittag noch mal was zu zocken? Ich würd dann on kommen.«

»Mal sehen«, sagt Vinzent.

»Ja, guck einfach mal«, meint Min-su.

Toll.

Ich schultere meine Tasche, schlurfe zum Raum meines Deutschkurses und lasse mich auf meinen Platz ganz am Rand plumpsen.

Unter dem Tisch öffne ich auf dem Handy das /b/-Board von 4chan. Wahrscheinlich ist es wirklich nur Bullshit, trotzdem reizt es mich herauszufinden, wonach die drei gesucht haben. *Why.* Die Boards sind kurzlebige Blitzlichter, ständig aktualisiert, ständige neuer Stuff. Vielleicht entdecke ich was, das vor zehn Minuten noch nicht da gewesen ist.

Und fast hätte ich es übersehen:

>Y011
Wer wird das Gleichgewicht zurückbringen?
Für J.C.

Nur das. Kein Bild, kein Gif, kein Clip, nichts.

Y gleich Why?

Könnte sein.

Wer bringt das Gleichgewicht zurück.

Gute Frage. Ich sicher nicht. Und wer ist J. C.? Jesus Christus? Julius Cäsar? Hatten ja beide keinen schönen Tod. Wurden beide ganz schön mies verraten von Leuten, die sie für Freunde hielten.

Da ist noch ein Post.

>Y008
Es hat längst begonnen.
Für J. C.

Seems to be a local thing from Germany, kommentiert einer.

Und Min-su hat vorhin gemurmelt, es scheine sich auf unsere Stadt zu beziehen. Was immer er damit meint. Ein Alternate Reality Game, hat er gesagt. Langsam dämmert es mir. Eine virtuelle Schnitzeljagd – also nicht ganz virtuell. Über ARGs hab ich mal was gelesen. Es gibt Hinweise und Rätsel, sowohl im Internet als auch im Real Life, wo man irgendwelche Artefakte finden muss, so was in der Art. Sie haben dieses Game entdeckt und keinen Bock, mich mitspielen zu lassen.

Ich merke, dass ein Jagdinstinkt in mir erwacht. Natürlich halten die drei sich für die besseren Gamer. Aber das könnte sich ja noch herausstellen.

»Guten Morgen, Janusz.«

Ich zucke total zusammen. Nicht wegen Y, sondern weil die Boards hauptsächlich voller Pornstuff sind, und es wäre nicht witzig, das hier vor den anderen auszudiskutieren. Jedenfalls für mich nicht.

»Guten Morgen, Frau Wiegand.« Ich stecke rasch das Handy in die Schultasche und lächle sie an.

»Ich habe Ihren Praktikumsbericht gelesen, Janusz«, sagt sie und sieht mich mit schwer zu deutendem Gesichtsausdruck an.

»Das ist gut«, sage ich. »Dafür habe ich ihn geschrieben.«

»Ich fand ihn etwas sarkastisch«, sagt sie. »Fast zynisch. Also, ich gebe zu«, jetzt lächelt sie auch, aber nur kurz, »dass es gut geschrieben ist und unterhaltsam zu lesen. Aber ich hätte mir die Schilderung Ihrer zwei Wochen beim Amtsgericht etwas sachlicher gewünscht.«

Ich hole Luft zu einer Antwort, aber wem soll das was bringen?

Ich atme aus und sage: »Okay.«

»Okay.« Sie nickt, geht nach vorn zum Pult und eröffnet ihren Unterricht.

Ich schalte mich ab.

Praktikum.

Was ich *später* einmal werden soll, ist mir ein absolutes Rätsel. Mir ist im Leben noch keine Sache begegnet, die mich so sehr interessiert, dass ich sie acht Stunden am Tag machen möchte. Nicht mal zocken oder durch Image-Boards scrollen, selbst wenn es mir bezahlt werden würde. Andererseits ist das Land voll von Leuten, die den ganzen Tag Dinge tun, für die sie sich nicht interessieren. Sie machen ihren Job und verdienen ihr Geld, fliegen einmal im Jahr nach Malle und wissen schon mit zwanzig, in welchem Jahr sie in Rente gehen. Vielleicht ist das gar nicht so schlecht. Dann gibt es da noch so Leute wie Frau Wiegand hier zum Beispiel, die interessiert sich absolut für das, was sie tut. Sie ist richtiggehend begeistert von ihrem Job, das heißt: von Goethe und Grass, von Hilde Domin und Ulla Hahn – und sie möchte diese Begeisterung wahnsinnig gern mit uns teilen.

Es herrscht Schulpflicht, okay, aber es herrscht eben keine

Begeisterungspflicht. Da kommt mir der Stundenrhythmus entgegen – bevor man so richtig tief in ein Thema reingerät, ist die Stunde vorbei und das nächste Fach steht an.

Ich hatte gedacht, Jura wäre eine Möglichkeit. Aber ich wollte kein Praktikum in einer Anwaltskanzlei machen, denn Anwälte müssen schließlich parteilich sein und das ist nicht so meins. Da finde ich den Beruf eines Richters interessanter, denn der steht über den Dingen. Aber die Richterin, bei der ich mich beworben habe, habe ich während des Praktikums kaum gesehen. Stattdessen saß ich den ganzen Tag in der Geschäftsstelle herum, und der Höhepunkt meines Tages bestand darin, dass ich Fristen in eine Tabelle eintragen durfte.

Okay, muss wohl auch einer machen.

Immer noch besser als Kaffeekochen oder solche Sachen, so ist es ein paar anderen ergangen. Manche waren aber auch ganz euphorisch. Betty möchte Lehrerin werden, war an der Grundschule und ist immer noch ganz beseelt: die Kleinen, so süß. Nick war in einer Sportagentur und hat jede Menge Promis getroffen, sein Zimmer ist angeblich jetzt mit Autogrammen gepflastert. Chiara war im Büro des Chefs unserer putzigen Stadt, Oberbürgermeister Martin Fürst. Hat ihn aber wohl noch seltener gesehen, als ich meine Richterin sah. Hab eh nicht verstanden, wie Chiara ausgerechnet darauf gekommen ist, im Büro des Bürgermeisters ein Praktikum zu machen – nirgendwo kann ich sie mir weniger vorstellen als bei einem Job in der Lokalpolitik.

Seems to be a local thing.

Y

Ich schreibe das hier erst mal nur für mich.

Ich hab überhaupt keine Ahnung, ob das jemals jemand lesen wird.

Aber vielleicht findet es eines Tages jemand. Du zum Beispiel. Wahrscheinlich bin ich dann längst im Gefängnis oder tot. Oder über alle Berge.

Wenn du weiterliest, könnte es durchaus sein, dass du mich für verrückt halten wirst. Das stört mich nicht, du wärst nicht der Erste.

Du könntest aber auch zu dem Schluss kommen, dass gar nicht *ich* verrückt bin, sondern die Welt um uns herum. Wenn du weiterliest, wirst du vielleicht verstehen, warum ich so vorgehen musste. Warum es keinen Sinn hatte, zur Polizei zu gehen. Oder sonst irgendwo in der sogenannten *realen* Welt Hilfe zu suchen. In dieser Welt gelten Menschen wie ich bloß als »Verschwörungstheoretiker«.

Du musst dich eben entscheiden, ob du die blaue Pille schlucken und selig weiterschlummern willst. Oder ob du die rote Pille nimmst und aufwachst. Wenn du einmal damit angefangen hast, all die verborgenen Signale zu erkennen, all die Ungereimtheiten und scheinbaren Zufälle, dann gibt es kein Zurück mehr. Wenn du einmal erwacht bist, wirst du für die Wahrheit kämpfen.

Auch wenn es dich alles kostet.

2

Schüsse von rechts.

»Auf 200 Grad, Janusz!«, ruft SniperPrincess. »Nee, warte, 210!«

Ich drehe mich um, die Waffe im Anschlag, der Typ will hinter dem Autowrack abtauchen, aber ich bin schneller, bäm, bäm, er geht down.

»Nicht schlecht«, meint Sniper Princess.

Ich laufe um das Auto herum und feuere noch eine Salve in den zuckenden Schädel des Typen, sein Blut spritzt mir entgegen.

You killed Amenophis2003 by headshot with AKM.

Das Blut klebt kurz am Bildschirm, dann löst es sich wieder auf. Ich schmecke es im Mund. Metallisch. Bräuchte ein Fisherman's oder wenigstens einen Schluck Cola, aber keine Zeit dafür jetzt, denn in dem Lagerhaus vor uns könnten noch mehr von den Typen stecken. Eine dicke Fliege landet auf dem Bildschirm. Auf *meiner* Seite des Bildschirms. Vielleicht wundert sie sich, wo das Blut geblieben ist. Ich verscheuche sie mit der Hand, korrigiere mein Headset und mustere das Rolltor.

»Okay, ich geh rein«, sage ich. »Könnt ihr rechts und links die Fenster checken?«

»Ich nehm die rechte Seite«, meldet EvilChickenButcher alias Min-su.

»Gut, ich links«, sagt SniperPrincess aka Vinzent.

Ich schau ihr nach, wie sie um die Hausecke verschwindet, SniperPrincess, Lederjacke und Hotpants, Kapuze über dem Kopf, M16 in beiden Händen. Sie ist nur Vinzents Skin, aber manchmal frag ich mich, ob es solche Frauen auch irgendwo da draußen gibt, in der Wirklichkeit.

»Los jetzt«, kommandiert Min-su.

Ich schiebe das Rolltor hoch und taste mich ins Dämmerlicht einer leeren Halle vor. Schritte.

Nicht meine.

»Da ist irgendwo einer«, sage ich. »Mindestens. Oder auch zwei. Seht ihr was?«

»Geh links rum«, antwortet Vinzent, »da kommt eine Art Büro oder so, das ist sauber. Und da liegt Muni, wir können welche brauchen.«

Ich sehe das Büro, die Tür steht offen, ich gehe hinein. Der Schreibtisch ist umgeworfen, die Regale sind verwüstet, auf dem Boden liegt Munition. Ich bücke mich, um sie einzusammeln, da springen zwei Typen hinter dem Schreibtisch hervor, ich schieße sofort, erwische den einen, der andere trifft mich, ich bin down, dann Schüsse in meinem Rücken, ein dritter hat hinter der Tür gelauert – what the fuck? Bevor ich noch was sagen kann, bin ich tot.

Ironbeast17 killed YOU with Tommy Gun.

»Sorry«, ruft Vinzent. Er klingt, als müsse er ein Lachen unterdrücken. »Dumm gelaufen.«

Min-su kichert blöde. »Better luck next time«, meint er.

»Leckt mich, ich geh off.«

»Hey, warte, nimm das doch nicht gleich persönlich.« Jetzt will Vinzent versöhnlich klingen. »War doch keine Absicht. Jedenfalls nicht ganz.«

Doch.

Ich werfe den Kontroller auf den Tisch und reiße mir das Headset vom Kopf, ziehe den Stecker der Konsole, der Bildschirm wird blau. Die Fliege landet wieder darauf. Dreht sich einmal um die eigene Achse wie vorhin das Symbol meines Skins auf der Karte der Insel. Vielleicht überlegt sie, wo Norden ist. Ich strecke meine Hand aus und versuche, sie zu fangen, aber sie ist natürlich schneller, fliegt auf und brummt zur Fensterscheibe. Dahinter aber auch nur Novembernachmittagstrübnis. Ich meine, haben Vinzent und Min-su nicht genug Eier, um mir einfach zu sagen, dass sie keinen Bock haben, mit mir zu zocken?

Hätte ich vielleicht ja auch nicht.

Keine Ahnung, war noch nie in der Situation.

Y fällt mir wieder ein. Während die hier zocken, könnte ich mich ja noch mal nach diesem ARG-Ding von heute Morgen umschauen. Ich öffne verschiedene Imageboards und außerdem Spotify, *Bad Kid* von Night Lovell, finsterer Hiphop, passt.

Diese Boards sind wirklich das »Loch« vom Internet. Genau wie dieses Loch bei der Unterführung sind sie räudige Ecken voller Müll. Nicht-Orte im Netz. Vielleicht finde ich was Neues oder was, das die anderen übersehen haben.

»All I think about is bad shit«, rappt Night Lovell aus meiner Bluetoothbox.

Ich scrolle weiter und fange nebenher auf meinen Collegeblock zu kritzeln an.

grauglitschig
glibberkalte
grässlichste

Der Block liegt da, weil ich eigentlich endlich den Text für Englisch schreiben sollte. Thema Südafrika, Apartheid, Nelson Mandela. Rassismus und so. *What is your opinion? Please write a short comment!*

grauglitschig
glibberkalte
grässlichste
novembernachmittagstrübnis.

Das Wort ist mir vorhin einfach so durch den Kopf gegangen. Keine Ahnung, wo solche Wörter manchmal herkommen. Ich kritzle vor mich hin und scrolle weiter, schaue, kritzle, es ist eine Art digital-analoge Bulimie.

Da taucht ein Post auf, nachdem ich – vielleicht – gesucht habe.

>Y004
Satan hat den Fluss überschritten.
M. F. ist schuldig.

Ein Puzzlestück. Da muss noch mehr sein. Ich öffne das Suchfeld und gebe »>Y0« ein. Tatsächlich finde ich weitere Postings auf Deutsch, ebenfalls nummeriert, ein verfrühter Adventskalender oder was.

>Y019
Sonne, Mond und Sterne,
Satan ist nicht ferne.

>Y012

Der Fürst der Finsternis muss fallen.

Für J. C.

>Y033

M. F. birgt das Geheimnis.

>Y037

Die Auebrücke ist das Portal zur Hölle.

Auebrücke.

Das ist … hier!

In dieser Stadt.

Seems to be a local thing from Germany.

Abgefahren.

Ich schaue auf die Uhr.

Auebrücke. Mit dem Rad keine halbe Stunde weg.

Die Fliege brummt haarscharf an meinem Kopf vorbei und landet in dem Glas mit den angetrockneten Cola-Resten. Fehler. Ich nehme mein Englischwörterbuch und lege es auf das Glas. Dabei fällt mir ein, dass ich vorhin dringend was trinken wollte. Hatte ich vergessen.

Immer noch den Geschmack des Blutes im Mund. Die Fliege labt sich an den klebrigen Zuckerresten. Dann erst merkt sie, dass sie gefangen ist, fliegt ein paarmal gegen den Deckel und dann immer im Kreis herum und veranstaltet einen Höllenlärm dabei.

Ich gehe runter in die Küche und trinke ein Glas Kranwasser, dann gehe ich in den Flur und ziehe mir die Schuhe an, als hätte ich was beschlossen.

Auebrücke.

Jacke an. Hausschlüssel. Ich habe schon die Klinke in der Hand und will rausgehen, halte aber inne. Laufe noch mal zurück nach oben in mein Zimmer, wo die Fliege in ihrem Gefängnis durchdreht. Ich öffne das Fenster und lasse sie frei. Sie braucht einen Moment, um zu kapieren, dann hebt sie sich elegant aus dem Glas und braust in den grauen Himmel davon. Kurz sehe ich sie noch als schwarzen Punkt, bevor sie mit der Trübnis verschmilzt.

Beneidenswert.

Warum gibt es überhaupt noch Fliegen, jetzt im November? Klimawandel oder was.

Ich hole das Bike aus der Garage und fahre durch die novembrigen Straßen der Stadt, es dämmert schon. Es gibt diese Strandbar da unten am Rheinufer, oben drüber spannt sich die Autobahnbrücke, wo der Verkehr achtspurig über den Fluss braust. Jetzt ist die Strandbar natürlich geschlossen. Hinter der Palisade sind Tische und Stühle zu einem niemals brennenden Scheiterhaufen aufgestapelt und mit schweren Ketten festgeschmiedet. Auf der Brücke braust gar nichts, vermutlich stehen da oben alle im Stau. Es ist so still, dass ich die sanften Wellen höre, die die vorbeifahrenden Schiffe aufgeworfen haben, und die dort unten ans Ufer platschen, gegen die Steine voller Algen. Es riecht nach Moder. Ich steige ab und schiebe das Bike an der Palisade vorbei und die Böschung hinab. Das feuchte, hohe Gras durchnässt meine Hosenbeine. Keine Ahnung, was ich hier mache. Aber meine Eltern sagen ja, ich soll öfter rausgehen.

Dicht am Ufer reckt sich der klotzige Pfeiler in den Betonhimmel der Brückenunterseite, lang und breit und steil wie ein Hochhaus. Die unteren zwei, drei Meter voller Graffiti. Erst auf den zweiten Blick erkenne ich die Stahltür. Was auch immer im

Innern so eines Brückenpfeilers stecken mag, offenbar kann man hineingehen. Wenn man einen Schlüssel hat. Denn die Tür besitzt keine Klinke und nicht mal einen Knauf, bloß ein Schloss.

Portal zur Hölle.

Dieser Y kann gar nichts anderes meinen als diese Tür.

Ich leuchte mit dem Handy, weil es hier unter der Brücke fast schon dunkel ist. Die meisten der hingesprayten Tags ergeben überhaupt keinen Sinn für mich, da müsste man schon zur Szene gehören, um was zu kapieren. Aber ich gehöre zu keiner Szene. Doch da, um das Türschloss herum, steht etwas mit dickem Filzstift in akkuraten Buchstaben geschrieben:

Y sagt: M.F. hält die Kinder nicht hier gefangen, aber in der Nähe.

WTF.

Aus einem Reflex klopfe ich an die Tür. Von drinnen antwortet ein fernes, hohles Echo. Hier wäre wirklich ein guter Ort, um jemanden gefangen zu halten. Die Vorstellung, dass irgendwo dort drinnen entführte Kinder im Dunkeln sitzen, gruselt mich plötzlich und ich muss mich unwillkürlich umschauen. Gänsehaut.

Das Spiel beginnt, mich zu faszinieren. M.F. hält also Kinder gefangen. Wer immer sich dieses Spiel ausgedacht hat, ist jedenfalls nicht zimperlich mit seiner Fantasie. Ich verstehe, warum Min-su das spannend findet. Unwillkürlich sehe mich um, ob er und Mert und Vinzent nicht genau in dem Augenblick auftauchen.

Tun sie nicht, vielleicht zocken sie immer noch. Oder sie waren bereits hier? Nee, dann hätten sie heute Morgen anders darüber gesprochen. Wahrscheinlich kennen die diesen Hinweis gar nicht. Ich spüre den Reflex, Min-su anzurufen und es ihm zu berichten. Sie wären dankbar und würden mich ab sofort wieder mehr integrieren, so wie es früher mal war.

Aber *war* es früher so? Oder ist das nur meine Erinnerung? Oder hab ich mir schon immer nur eingebildet, ich würde dazugehören?

Dieses Y-Game kommt mir eh so vor, als wäre es eine Solo-Mission.

M.F. Okay. Ich halte mein Handy vor das Türschloss und mache ein Foto.

Aus irgendeinem Grund bin froh, dass ich vorhin die Fliege freigelassen habe.

Y

Das Internet ist voll von Websites, auf denen über die unterirdischen Tunnelsysteme berichtet wird. Die geheimen Bunker, wo entführte Kinder gefangen gehalten werden. Überall auf der Welt. Die Menschen, die das tun – Politiker, Manager, mächtige Medienmacher – sind nicht alle pädophil, es geht ihnen um was anderes: Adrenochrom. Ein Stoffwechselprodukt aus Adrenalin. Wenn man es aus Kinderkörpern extrahiert und zu sich nimmt, wirkt es wie ein magischer Verjüngungstrank.

Klingt völlig abwegig.

Natürlich.

Habe ich anfangs auch gedacht.

Aber es gibt all diese Websites. Tausende. Und in den Medien – also in den Mainstreammedien – findest du darüber kein Wort. Außer, wenn sich prominente Künstler zu Wort melden, die schon erwacht sind. Zum Beispiel Xavier Naidoo. Er hat mehrfach darauf hingewiesen. Aber die Medien machen ihn einfach lächerlich und tun die ganze Sache als Verschwörungsmythos ab.

Klingt ja auch so, keine Frage.

Die Vorstellung von diesen unterirdischen Bunkern ist einfach zu absurd.

Wenn aber genau das der Trick dabei ist?

3

Der Donnerstag in der Schule ist lang und ätzend. Ich gehe Min-su, Mert und Vinzent aus dem Weg, damit ich ihnen nicht doch noch von der Brücke erzähle. Ich sitze die Stunden ab. Als ich endlich heimkomme, ist es kurz vor fünf, es wird schon fast dunkel. Novembernachmittagstrübnis. Aber jetzt die beste Zeit meines Tages. Meine Eltern kommen frühestens in einer Stunde. Ich bin mein eigener Herr, die Bude gehört mir. Ich mag es sogar, in den Keller zu gehen und die Waschmaschine auszuräumen.

Als meine Mutter vor einem halben Jahr meinte, ich sei ja jetzt langsam alt genug, meine Klamotten selber zu waschen, habe ich das im ersten Moment als eine Art Strafe empfunden. Als würde sie mich aus dem Haus werfen. Aber inzwischen habe ich gemerkt, dass ich mich dadurch unabhängiger fühle. Nicht das schlechteste Gefühl.

Beim Ausräumen der Waschmaschine kann ich außerdem gut nachdenken.

Die gefangenen Kinder. Das muss irgendeine Chiffre sein, ein Code für irgendetwas. Eine Anspielung, die zu einem weiteren Hinweis führt.

Einem Songtitel zum Beispiel. Oder einem Film.

Ich stopfe meine Unterwäsche in den Trockner, hole mir eine Cola und gehe rauf in mein Zimmer.

Night Lovell glotzt mich an, ein großes Poster von ihm hängt über meinem Bett. Er guckt so ultraabgefuckt, dass ich mich irgendwie verstanden fühle, wenn ich morgens aufstehe. Oder abends ins Bett gehe. Schwarzer Pulli, schwarze Haut, Kapuze tief ins Gesicht gezogen: Der Typ lebt in Ottawa, Kanada, da ist es ja vielleicht richtig arschkalt und nicht so eine klammfeuchte Nebelgrütze wie hier bei uns.

Ich könnte Vinzent oder Min-su oder Mert schreiben, ob sie on sind und zocken wollen. Aber ich muss mich ja nicht jeden Tag von denen verarschen lassen. Sollen sie ruhig auf der Insel rumballern, während ich mich Y widme.

Oder vielleicht tun sie das in diesem Augenblick ja auch.

Dann sollte ich mich beeilen.

Ich suche mit Google, Bing, DuckDuckGo, Ecosia nach »gefangenen Kindern.«

Artikel und Videos über Terroristen, sadistische Entführer in den USA, in Österreich, in den Niederlanden, krude Verschwörungen. Ich ergänze den Namen unserer Stadt, suche noch mal und lande auf einem Blog namens *redpill*. Betrieben von einem Typen namens Yves Nellesen, Student. Wenn mich nicht alles täuscht, habe ich seinen Namen schon mal gehört ... ja, richtig. Es gab mal Ärger um ihn, weil er auf unserem Schulhof so eine Art Nazi-Zeitung für Jugendliche verteilen wollte. Er ist nur wenig älter als ich und gilt als lokaler Kopf einer rechten Jugendorganisation. Wobei unklar blieb, ob dieser Club außer ihm überhaupt noch andere Mitglieder hat.

Auch dieser *redpill*-Blog stellt sich als ein Kübel voll braunem Bullshit heraus, hauptsächlich geht es um Flüchtlinge, Frauen, Muslime und so weiter. Und tatsächlich an einer Stelle auch um Y. Dieser Yves hat einen kurzen Beitrag dazu geschrieben: *Pädophile Eliten auch hier im Rheinland?*

Darin zitiert er ein paar Posts – er nennt sie *Y-Drops* – zwei, die ich schon kannte, aber auch weitere, die ich mir sicherheitshalber kopiere. Der Rest des Artikels besteht aus kranken Andeutungen darüber, dass eine korrupte Elite (wer immer das sein soll) angeblich Kinder entführt und missbraucht. Davon steht in den Drops aber nichts, es werden keine Kinder erwähnt, nur auf der Tür im Brückenpfeiler. Ich erinnere mich, wie Min-su gestern spekuliert hat: Vielleicht ist es jemand, den wir kennen? Fast zu naheliegend, ich meine – der Typ heißt Yves. Es würde mich enttäuschen, wenn er es selbst wäre, der hinter der Sache steckt. Aber vielleicht hätte es seinen Reiz, genau das rauszukriegen.

Ich öffne ein leeres Dokument und lege eine Sammlung an. Kopiere alle Drops, die ich auf den Boards gefunden habe, auch die Zitate aus Yves' Blog-Beitrag, und füge sie in der Reihenfolge ihrer Nummern ein. *Sonne, Mond und Sterne, Satan ist nicht ferne, Fürst der Finsternis, M.F., J.C., ...* bla, bla, was für eine Zeitverschwendung.

Andererseits ... Zeit hab ich ja nun wirklich genug. Und Vorsprung, schätze ich mal. Ich stelle mir vor, dass Min-su, Mert und Vinzent in diesem Augenblick den Brückenpfeiler unten am Rhein untersuchen. Der Vorsprung ist dünn. Also konzentrier dich, Mann.

Sonne, Mond und Sterne ... Laterne ... ein Martinslied, klar. In ein paar Tagen ist Sankt Martin. Könnte ja auch wieder eine Anspielung auf Kinder sein. Oder auf das Datum selbst, den 11. November.

Ich reiße meine gestrigen Novembernachmittagstrübnisnotizen aus dem Collegeblock, zerknülle sie und werfe sie in den Müll, dann beginne ich, die nächste freie Seite mit Ys Schlüsselbegriffen zu füllen.

M.F.
Satan, Hölle
Fürst der Finsternis
J.C.
Gleichgewicht
Portal
Auebrücke
Sankt Martin
Geheimnis
11.11.

Ich brüte eine ganze Weile darüber, aber es bringt genau nichts. Ich reiße das Blatt raus und will es ebenfalls zerknüllen und in den Müll werfen, da kommt mir eine Idee. Ich nehme eine Schere und schneide die einzelnen Wörter aus, lege sie vor mich auf den Schreibtisch. Schiebe die Tastatur zur Seite und das verklebte alte Cola-Glas und beginne, die Bausteine hin und her zu schieben, tausche immer wieder die Reihenfolge.

Eigentlich weiß ich, dass es zwecklos ist. Die Y-Drops sind nicht ohne Grund nummeriert und ich kenne ja bis jetzt nur einen Bruchteil davon.

Andererseits ist niemand vierundzwanzig Stunden lang bei 4chan, 8kun und Co. online. Und weil die Threads auf den Boards höchstens ein paar Stunden zu sehen sind (solange sie nicht wieder und wieder kommentiert werden), ist es ja faktisch unmöglich, dass eine Person alle Drops einsammeln kann. Ich glaube aber auch nicht, dass Y sein Game für ein Team oder eine Gruppe gedacht hat. Es muss also auch dann funktionieren, wenn man nicht alle Puzzlestücke findet. Wie bei einem realen Puzzle, da kann man ja auch nach einer Weile ungefähr das Gesamtbild erkennen, selbst wenn es überall Lücken hat. Die Wahrnehmung ersetzt die fehlenden Teile durch Fantasie.

Unten dreht sich der Schlüssel in der Haustür.

Am Geräusch der Schritte erkenne ich, dass es mein Vater ist. Bisschen früher als sonst.

Ich höre Wasserplätschern vom Waschbecken im Gäste-WC, dann kommt er die Treppe hinauf.

Ich schließe die ganzen Tabs mit den verschiedenen Boards, lege die Tastatur auf mein Zettelmosaik und schlage das Englischbuch auf.

Er klopft an, tritt ein, fährt sich mit einer Hand übers dünner werdende Haar.

»Hallo Sohn, was geht?«

»Nichts«, sage ich. »Nichts neues, jedenfalls.«

Er durchschreitet mein Zimmer und kippt das Fenster. Dieses Ritual ist ebenso unergründlich wie unerschütterlich – wann immer eines meiner Elternteile mein Zimmer betritt, kippen sie das Fenster, als würde hier drin ein für normale Landwirbeltiere toxisches Luftgemisch herrschen. Ein grauglitschiger Novemberhauch weht herein.

Mein Vater wirft einen Blick aufs Buch.

»Fleißig am Lernen, hm?«

»Jep.« Ich nicke.

Er steht unbeholfen mitten in meinem Zimmer herum, als wäre er noch nie hier gewesen und warte darauf, dass ich ihm einen Stuhl anbiete, aber außer dem Schreibtischstuhl gibt es hier nur mein ungemachtes Bett und einen unpraktischen Sitzsack, mit dem man meistens umkippt. Irgendwie ist es immer komisch, wenn er und ich allein im Haus sind, also ohne meine Mutter, denn normalerweise scheint es ihre Aufgabe zu sein, zwischen uns Dreien Gespräche zum Laufen zu kriegen. Mein

Vater und ich gucken uns an wie zwei Talkshowgäste unterschiedlicher Sprache, die ratlos darauf warten, dass die Dolmetscherin erscheint.

Weil ich aber irgendwie will, dass die Sache hier weitergeht, frage ich: »Und du so? Früher frei?«

»Ich hatte ein Meeting in Oberhausen«, sagt er, »und da hat es sich nicht gelohnt, wieder ins Büro zu fahren. Ich hab mir was zum Arbeiten eingepackt. Andererseits ...«

»Andererseits?«

»Andererseits wollten wir ja mal zusammen Laufen gehen. Wäre doch eine gute Gelegenheit, oder?«

»Schon«, sage ich. »Aber bei dem Wetter? Und außerdem muss ich echt noch was für Englisch machen.«

»Klar, Schule geht vor«, sagt er und wirkt fast erleichtert. »Ich bin im Arbeitszimmer, falls du mich suchst.«

»Gut.«

Er trollt sich. Ich stehe auf und schließe das Fenster.

Als ich mich wieder an meinen Schreibtisch setze, hockt auf der Tastatur eine fette schwarze Fliege. Nicht irgendeine, sondern die von gestern. Natürlich kann ich Fliegen nicht unterscheiden, aber trotzdem bin ich mir sicher, dass sie es ist. Dieses dumme Insekt. Ich hebe wie in Zeitlupe die Hand und versuche, sie zu fangen, aber sie entkommt mir schon wieder und im Nachfassen schubse ich die Tastatur vom Schreibtisch und meine Zettel wirbeln zu Boden.

Egal, die haben mich eh nicht weitergebracht. Ich gehe in die Hocke, um sie einzusammeln und in den Müll zu werfen, da stockt mir der Atem. Ich drehe einen Zettel herum, ich verschiebe einen anderen und einen dritten nehme ich weg, und den vierten, fünften ...

Sankt Martin

Fürst der Finsternis

M. F.

Martin Fürst.

Der Oberbürgermeister.

Wow. Das ist keine schlechte Idee.

Mir kommt ein Foto in den Sinn, das vor ein paar Tagen in der Zeitung war – wie Bürgermeister Fürst einen neuen Kindergarten einweiht. In gewisser Weise ist so ein Kindergarten ja auch ein Ort, an dem er die Kinder gefangen halten könnte. Vielleicht war Y auf der Baustelle, bevor der Kindergarten fertig war, und hat dort irgendetwas deponiert, was zum nächsten Hinweis führt … Oder was auch immer. In jedem Detail über Martin Fürst kann eine wichtige Information stecken.

Leider kommen fast dreißigtausend Treffer, wenn man ihn googelt. Das ist ja noch bescheuerter, als die Nadel im Heuhaufen zu suchen. Denn da weiß man immerhin, wonach man sucht. Hier aber ist nichts als eine ganze Scheune voller Heu und keine Idee, was darin als Nächstes versteckt sein könnte.

Da fällt mir Chiara ein.

M. F. birgt das Geheimnis.

Chiara hat ihr Praktikum in seinem Büro gemacht. Ich sollte mich mit ihr unterhalten. Und zwar, bevor Vinzent und Min-su und Mert auf dieselbe Idee kommen.

Ich sammle die Papierschnipsel vom Boden auf und lasse mich wieder auf den Schreibtischstuhl fallen. Auf dem Computerbildschirm sitzt die Fliege, als hätte sie schon auf mich gewartet.

Ich glaube, sie mag mich.

Ich lasse sie in Frieden, hole mein Handy raus und öffne Instagram, um Chiaras Profil zu studieren.

Y

Wenn du mal versuchst, es andersherum zu betrachten – stell dir nur mal kurz vor, es wäre wirklich so: Die Bunker würden tatsächlich existieren und auf der ganzen Welt würden die Mächtigen Tausende von Kindern gefangen halten. Und du würdest, nur mal angenommen, zu dieser Elite gehören, die für diese Verbrechen verantwortlich ist. Wie würdest du verhindern, dass es rauskommt?

Klar, du bist ja mächtig, du könntest einfach jeden, der dahinterkommt, umbringen oder verschwinden lassen. Schließlich hast du die Gewalt über Polizei und Geheimdienste, aber früher oder später würde das Volk dadurch erst recht misstrauisch werden. Also wenn du deine Gegner nicht beseitigen kannst, dann musst du einen anderen Weg gehen: Du musst sie lächerlich machen. Du musst sie als Verschwörungsidioten bezeichnen, als Schwurbler, Aluhut-Träger, wie auch immer, und auf diese Weise dafür sorgen, dass sie nicht ernstgenommen werden.

Ich sage ja nicht, dass es auf jeden Fall so ist. Aber wenn es so wäre, wenn die Bunker existieren würden, dann würden die Eliten genauso vorgehen, wie wir es jetzt gerade erleben.

Martin Fürst ist ein smarter Mann. Sein offenes Lächeln hat ihm die Wiederwahl beschert. Falls du aus unserer Gegend kommst, erinnerst du dich vielleicht an die Plakate von ihm und seiner zauberhaften Familie: die kluge Ehefrau, die bildhübsche Tochter. So jemandem vertraut man doch gern seine Stadt an. Dass er angeblich Drohbriefe bekam, weil die Stadt so viele Flüchtlinge aufgenommen hat, machte ihn in den Augen seiner Anhänger nur noch sympathischer. Der tapfere, aufrechte Mann.

Hat nicht die Diskussion um die Flüchtlinge von all den anderen Ungereimtheiten abgelenkt? Ich kann dir diese Ungereimtheiten gar nicht im Einzelnen nennen – das ist es ja gerade, dass so wenig darüber ans Licht kommt. Der Vertuschungsapparat ist hochprofessionell. Gerade, dass man nichts beweisen kann, ist doch absolut verdächtig, findest du nicht?

Und du musst mir nicht glauben, dass es so ist. Die Frage ist nur, ob es einen objektiven Grund gibt, dass du mir weniger glaubst, als du anderen glaubst. Jeder könnte dich belügen. Wirklich jeder. Und am ehesten vielleicht die, denen du am meisten vertraust. Ist das nicht die perfekte Kulisse, um dahinter die abscheulichsten Verbrechen zu begehen?

4

Als ich mich damals, Anfang der Neunten, endlich mal traute und Nessi ansprach, war mein Mund so trocken, als würde ich nicht Wörter, sondern Sand und Lehmbrocken von mir geben. Vermutlich weiß sie bis heute nicht, dass ich sie eigentlich auf eine Coke einladen wollte. Wenn überhaupt, hat sie mich als den komischen Typen in Erinnerung, der sich eine Minute lang durchgehend geräuspert hat, bevor sie einfach weiterging. Noch heute kratzt mein Hals, wenn ich Nessi von Weitem sehe, das Lächeln ihrer vollen Lippen oder wie das lange Haar ihren Kopf umspielt. Ich habe danach nie wieder versucht, ein Mädchen nach einem Date zu fragen.

Bis zu diesem Augenblick.

Chiara pikt hochkonzentriert mit der Gabel in ihrem Salat herum, als seziere sie den Körper eines Außerirdischen. Sie sitzt allein am hintersten Tisch der Mensa. Wie immer.

Ich steuere mit meinem Tablett auf sie zu.

»Ist hier noch frei?«, frage ich und höre selbst, wie komplett absurd die Frage ist.

Wenigstens bröckelt mir diesmal kein Lehm aus dem Mund.

Chiara hebt sehr langsam den Kopf und scheint erst die vielen freien Stühle um sich herum zu zählen, bevor sie zu mir aufblickt und sich mit der Hand durchs strähnige Haar fährt.

Ich setze mich.

»Hi.«

»Hi, Janusz.«

Sie kann meinen Namen sagen, ohne ihre schmalen Lippen richtig zu öffnen. Dabei mustert sie mich und mir kommt kurz der Gedanke, dass ihr Augenbrauenpiercing in Wahrheit ein winziger ringförmiger Sensor ist. Ein Sensor für unaufrichtige Absichten.

Ich lege mein Handy neben mein Tablett auf den Tisch und tippe das Lied auf Pause, das ich gerade auf Spotify höre. Ich mache das so langsam und auffällig, dass Chiara gar nicht anders kann, als hinzusehen.

»Sorry«, sagt sie, »geht mich ja nichts an, aber hörst du tatsächlich gerade *Rote Riesen schlafen nicht* von Girlwoman?«

Gespielt überrascht schaue ich aufs Display, dann zu ihr und sage: »Hab gar nicht drauf geachtet. Aber gefällt mir. Kennst du die?« Ich tippe auf den Namen der Künstlerin. Die Zahl ihrer Follower ist ziemlich übersichtlich. »Scheint ein Geheimtipp zu sein. Warum eigentlich? Ich find das Lied richtig gut. Hat total Tiefgang.«

»Ich liebe *Girlwoman*«, sagt Chiara und öffnet ihre Lippen jetzt doch.

Sie lächelt und ich muss zurücklächeln. Von ganz allein. Irgendwas ist da gerade mit ihren Augen passiert. Ein kurzes Leuchten, als hätte jemand sie schnell an- und wieder ausgeknipst. Das habe ich bei ihr noch nie gesehen, aber ich habe, glaube ich, bisher auch noch nie gesehen, dass sie überhaupt lächeln kann.

»Das ist ja mal 'n Zufall«, sage ich.

»Oder auch nicht«, meint sie. »Ich glaube eigentlich nicht an Zufälle.«

Fuck. Ich bin aufgeflogen.

Oder sagt sie das bloß so?

Ich frage: »An was glaubst du stattdessen? An Schicksal? Karma? So was?«

»Nichts passiert ohne Grund«, sagt sie und schaut mich hintergründig an. Dann lacht sie. »Sorry, ich rede Quatsch. Liegt bestimmt daran, dass ich es nicht gewohnt bin, dass sich jemand zu mir setzt.«

»Kenn ich«, sage ich und muss auch lachen. Ist nicht mal gespielt. Und ich muss mich nicht mal räuspern, als ich hinzufüge: »Du kannst mir gern noch mehr Quatsch erzählen. Also – ich meine, wir könnten uns ja mal treffen und reden, so – ähm – über Musik zum Beispiel.«

Chiara bückt sich neben ihren Stuhl und streckt eine Hand zum Boden aus. Ich versuche zu erkennen, was sie da aufhebt, aber ich sehe nichts. Sie scheint bloß mit den Fingerspitzen kurz den Boden zu berühren. Dann richtet sie sich wieder auf, sieht mich an und sagt: »Ja, das würde mir gefallen. Oder ins Kino gehen. Zum Beispiel morgen?«

»Morgen?«

»Ist Samstag.«

»Ja.«

»Hast du Lust?«

»Klar, morgen, wieso nicht? Ja, hab ich.«

»Cool.«

»Cool.«

»Also, dann.«

»Dann, ähm, bis morgen. Ich freu mich.«

Ich stehe auf und trage mein Tablett zur Geschirrrückgabe. Mein Essen habe ich gar nicht angerührt. Hab auch gar keinen Hunger. Ich muss über mich selber den Kopf schütteln und darin, also in meinem Kopf, purzeln die Sätze über den Bürgermeister und über Chiaras Praktikum durcheinander. Die Sätze hatte ich mir zurechtgelegt, um sie ein bisschen auszufragen, aber das fällt mir jetzt erst wieder ein. Ich hatte mir einen guten Gesprächseinstieg überlegt, gestern Abend, nachdem ich eine Weile ihren Instagram-Account gestalkt hatte, um rauszukriegen, für welche Musik sie sich interessiert. Damit ich genau im richtigen Augenblick genau das richtige Lied dabeihabe. Dieser Teil des Plans hat immerhin wunderbar funktioniert. Der Rest null. Anstelle von Informationen habe ich jetzt ein Date.

Hey, ich habe ein Date!

Ein echtes Date mit einem echten Mädchen.

Wenn ich es wirklich darauf angelegt hätte, ein Date zu bekommen, hätte das nie im Leben funktioniert.

Natürlich wäre ich von allein nie auf die Idee gekommen, mich mit Chiara zu verabreden. Aber so werde ich einen ganzen Abend lang Zeit haben, von ihr etwas über Martin Fürst zu erfahren. Das ist doch eigentlich noch besser als ein Gespräch in der Mensa. Es erhöht die Wahrscheinlichkeit, dass etwas Brauchbares dabei ist.

Für den Rest der Mittagspause und während des Nachmittags und bis spät in die Nacht und am nächsten Morgen durchkämme ich die Image-Boards nach neuen Y-Drops. Das ist die Ausbeute:

>Y039
Der Fürst der Finsternis reitet den Schwarzen Drachen.

>Y044
Wer hat genug Mut?
Für J. C.

Ich habe also wieder ein paar Drops verpasst. Ich frage mich, ob es wohl bis 999 geht, weil die Nummerierung anscheinend auf drei Ziffern ausgelegt ist. Oder ob Y vorher zum Punkt kommt. *Wenn* es einen Punkt gibt. Ich habe inzwischen so viel über diesen Bürgermeister gelesen, dass ich beinahe das Gefühl habe, ich würde ihn persönlich kennen. Er mag Tennis und Thunfischpizza und fordert Abriss und Neubau des Bahnhofs statt einer Sanierung. Er hat früher als Chemiker gearbeitet. Er will eine gesonderte Busspur auf der Umgehungsstraße einrichten. Seine gebogene Nase gibt ihm was Habichtartiges. In den Fantasybüchern, die ich früher gern gelesen habe, wurden solche Nasen wahlweise als »kühn geschwungen« oder »hakenförmig gekrümmt« beschrieben – je nachdem, ob die betreffende Person sympathisch rüberkommen sollte oder nicht. Bei Fürst würde ich zu »kühn« tendieren, jedenfalls inszeniert er sich auf den offiziellen Pressebildern so, als würde er habichtgleich in die Ferne spähen. Ein Visionär. Seine Tochter Emily hat ansatzweise diese Nase geerbt und den entschlossenen Blick. Ihr steht das sehr gut, sie könnte eine altertümliche Kriegerprinzessin sein. Die Farbe ihres Haares erinnert mich an den Saft von Blutorangen. Fürst bekommt immer noch Morddrohungen wegen der Flüchtlinge, aber nicht mehr so krass wie vor ein paar Jahren, als die Stadt demonstrativ zweihundert Menschen mehr aufgenommen hat, als vorgeschrieben gewesen wäre. Kein Wunder, dass Nachwuchs-Nazi Yves Nellesen diesen Mann hasst. Auf seinem Blog *redpill* steht ein neuer Beitrag, bebildert mit einem Foto von der Tür im Brückenpfeiler.

Überschrift: *Wo Rauch ist, ist auch Feuer.*

Der Text ist ellenlang und beinhaltet nicht eine einzige echte Information über irgendetwas. Weder, was dieses Game um die »entführten Kinder« betrifft, noch sonst irgendwas zur Person von Martin Fürst oder seinem Umfeld. Da steht nichts außer Geschwurbel. Egal, wie bescheuert ein Gerücht auch sein möge, schreibt Yves, es hat doch fast immer einen wahren Kern. Von nichts komme nichts. Und so weiter und so fort.

Erinnert mich aber an den Satz von Chiara gestern: *Nichts passiert ohne Grund.*

Oh, Mann.

Ich hab ein Date.

Unter anderen Umständen würde ich mir den ganzen Tag Gedanken darüber machen, was ich anziehe, und was ich mit meinen Haaren anstelle und ob ich diesen Pickel am Kinn ausquetschen oder lieber in Ruhe lassen soll, weil es sonst noch schlimmer aussieht als eh schon.

Aber ich will ja eigentlich gar nichts von dieser Frau. Außer ein paar Infos. Hat sie vielleicht mal in Fürsts Dienstwagen gesessen? Ist der Wagen schwarz? Ist ihr an diesem Wagen irgendetwas aufgefallen, ganz gleich, was?

Fürst reitet den Schwarzen Drachen.

Und wer zur Hölle ist J. C.?

Wir treffen uns beim Kino, es ist längst dunkel. Das hell erleuchtete Foyer wirft einen verheißungsvollen Schimmer auf den nieselregennassen Asphalt des Vorplatzes. Popcornduft wabert heraus, wann immer jemand die Drehtür benutzt, es riecht nach Jahrmarkt und Samstagabendverheißung. Ich werde nie jemand werden, der standardmäßig samstagsabends feiern geht, denke ich, aber eine Vorstellung davon, wie das wohl wäre, hab ich trotzdem, und darum kann ich fast verstehen, warum alle ständig davon reden. Es tut gut, unter dem schwarzen Himmel im Strom der glänzenden Gesichter dem künstlichen Licht der Traumfabrik entgegenzugleiten. Als würden wir irgendwo dazugehören. Chiara und ich. Sie trägt eine Lederjacke. Die ist entweder extrem cool oder extrem uncool, nichts dazwischen, wobei ich von Klamotten eigentlich nichts verstehe. Jedenfalls trägt sie nicht ihren üblichen Regenmantel, allein das ist ja schon was Besonderes. Und irgendwie, wo ich sie jetzt so von der Seite anschaue, erinnert sie mich in dieser Jacke ein bisschen an SniperPrincess. Da ist nichts mehr von dem scheu verkniffenen Außenseitermädchen, als das ich sie immer gesehen habe. Als wäre sie zwei Persönlichkeiten in einer: Tagsüber traurig und einsam im Regenmantel, verwandelt sie sich bei Nacht in eine rätselhafte Finsterschönheit. Ich überlege kurz, ob ich mich auch verwandeln könnte und in was. Aber da fällt mir ein, dass ich nicht neben ihr her gehe, um vor mich hin zu grübeln.

»Ich würde dich gern einladen«, sage ich und nicke zu den Warteschlangen vor der Kasse hinüber. »Darf ich?«

»Zu spät.« Sie hält mir ihr Handy hin. »Ich hab schon Tickets runtergeladen.«

Ich stutze.

»Woher wusstest du, dass ich gerade diesen Film sehen will?«

»Ich hab dein Instagram-Profil angeschaut und ein paar deiner Vorlieben entdeckt.« Sie blinzelt. »Genau, wie du es bei mir gemacht hast, richtig?«

Ich schlucke. Nicht weil sie mich durchschaut hat, sondern weil sie mich vermutlich eben doch nicht durchschaut hat. Sie kann ja nicht wissen, dass ich sie gestalkt habe, weil es für mich ein Teil eines Games ist. Sie muss denken, dass ich sie gestalkt habe, weil ich in sie verliebt bin und mir was ausgedacht habe, um sie kennenzulernen. Schlechtes Gewissen wühlt meine Magengrube auf. Es trifft sich da mit einem Kribbeln, das ich bisher nicht von mir kenne.

»Kann ich dir denn im Gegenzug was zu trinken ausgeben? Wir haben noch Zeit.«

»Klar.«

Wir setzen uns an die Bar, ich bestelle mir eine Coke, Chiara bestellt sich ein Bier. Ich ändere meine Bestellung und nehme auch ein Bier. Wir zeigen unsere Ausweise. Ich klaube eine Handvoll Erdnüsse aus dem Schälchen zwischen uns, dann frage ich: »Hast du den Film mir zuliebe ausgesucht oder magst du Tarantino selbst?«

»Total«, sagt sie. »Hast du mal *Kill Bill* gesehen?«

»Den ersten Teil? Ist der nicht ab 18?«

»Also: ja.«

»Ja. Hab ich mal auf Maxdome gesehen. War krass. Hatte wirklich was. Der Schwertkampf am Schluss.«

»Episch, oder?«

»Magst du epische Geschichten?«

»Ich mag Geschichten über Rache.«

»Wieso?«

Der Barkeeper stellt uns zwei Flaschen hin. Es ist mexikanisches Bier und auf den Flaschenhälsen stecken Limettenecken.

Chiara lässt ihre Limette ins Bier flutschen, es schäumt ein bisschen. Ich mache es ihr nach, wir stoßen an, ich komme mir erwachsen vor.

Sie trinkt einen Schluck und sagt: »Ich finde schön, wenn am Ende Gerechtigkeit herrscht. Das fühlt sich friedlich an.«

»Friedlich?« Ich muss lachen. »Wenn man jemandem die Schädeldecke kappt?«

»Du hältst mich hoffentlich nicht für pervers«, sagt sie.

Ich trinke. Schmeckt gut.

»Nee«, sage ich. »Ich wäre nie draufgekommen, dass Mädchen irgendwie pervers sein könnten.«

»Das ist ein Klischee.«

»Ja, vermutlich. Eigentlich hab ich überhaupt keine Ahnung von Mädchen.«

Dieser Satz ist tatsächlich gerade aus meinem Mund gekommen. Ich muss mich anhören wie ein Idiot. Aber sie schaut mich gar nicht so an, wie man einen Idioten anschauen würde. Eher wie jemanden, dessen Offenheit man schätzt. Glaub ich.

»Ich kenne über Jungs auch vor allem Klischees«, sagt sie. »Aber das kann sich ja ändern.«

Kurz lächelt sie, dann schaltet sie unvermittelt auf ernst um und beugt sich ein wenig vor.

»Sag mal ehrlich – triffst du dich mit mir, weil du dich echt für mich interessierst? Oder aus einem anderen Grund?«

Ich zucke zusammen und fühle mich schon wieder durchschaut, diesmal aber richtig.

Ich räuspere mich und frage: »Welcher andere mögliche Grund fällt dir denn ein?«

»Im Sommer hatte ich sowas wie einen Verehrer«, sagt sie. »Max Waldschmidt, kennst du vielleicht.«

»Dieser Dicke, der immer so ein rotes Gesicht hat?«

»Genau der.« Sie grinst ein wenig schief mit ihren schmalen Lippen. »Der wollte sich unbedingt mit mir treffen, hat mir ständig geschrieben und Sprachnachrichten geschickt und so. Ich fand ihn ein bisschen nett, mehr aber nicht, hab ihn irgendwann mal ganz direkt gefragt, was er eigentlich von mir will. Und da meinte er, er würde mit mir ausgehen, weil er bei den *normalen* Mädchen keine Chance hätte. Aber ich wäre ja die totale Außenseiterin und würde mich bestimmt darüber freuen, dass mir irgendeiner ein bisschen Beachtung schenkt, egal wer. Da könnten wir doch ruhig was miteinander anfangen.«

»Was? Bitte?« Ich verschlucke mich fast an meinem Bier. »Das hat er gesagt? So?«

»Nein, natürlich nicht. Er hat eine halbe Stunde rumgelabert. Aber das war es halt, worauf es hinauslief. Ganz kurzgefasst.«

»Ich verstehe. Und bevor ich ebenfalls eine halbe Stunde rumlabere, fragst du mich lieber ganz direkt.«

Sie nickt.

Ich sollte erleichtert sein, dass sie mich wohl doch nicht ganz durchschaut hat. Jedenfalls ahnt sie nicht, dass ich mich quasi im Auftrag von Y mit ihr treffe. Seltsamerweise erleichtert es mich aber nicht.

Ich nehme noch einen Schluck und sage: »Hättest du mich nicht schon vorher interessiert, dann spätestens jetzt. Ich kenne nicht viele Leute, die so direkt sind wie du.«

Eigentlich überhaupt niemanden, denke ich noch. Vielleicht ist das der Grund, warum ihr jeder aus dem Weg geht? Weil sie die Leute vor den Kopf stößt? Möglich.

»Aber man eckt vermutlich auch häufiger an, wenn man so direkt ist, oder?«, frage ich. »Hattest du nicht dein Praktikum im Büro des Bürgermeisters gemacht?«

»Ja, aber was hat das miteinander zu tun?«

»Na, in meiner Vorstellung muss man in diesem Job ganz besonders diplomatisch sein.«

»Bürgermeister Fürst eckt ja selbst ständig an. Als Politiker muss man das, nehme ich an.«

»Du meinst die Sache mit den Flüchtlingen?«

»Ja. Oder diese verrückte Diskussion um die Busspur auf der Umgehungsstraße.«

»Worum geht's da?«

»Die Busse sollen schneller vorankommen und deshalb eine eigene Fahrspur kriegen.«

»Ist klar. Aber wozu ist das gut?«

»Die öffentlichen Verkehrsmittel sollen attraktiver werden, sagt Fürst, das hilft eben dem Klimaschutz. Die Autofahrer hassen ihn dafür. Mit der Busspur wird es für sie noch enger, sie stehen dann noch länger im Stau.«

»Genau das sollen sie vermutlich«, überlege ich, »damit sie demnächst lieber den Bus nehmen.«

»Du hast es kapiert.«

»Und er selbst? Der Bürgermeister? Verhält er sich klimafreundlich und nimmt auch mal den Bus? Oder ist er so ein Politiker, der nur redet und nichts tut?«

»Sein Dienstwagen ist immerhin ein Hybrid«, sagt Chiara.

»Schwarz?«

»Ja, wieso?«

»Nur so. Ich stell mir halt vor, dass ein Bürgermeister in einer schwarzen Nobelkarosse rumkutschiert wird.«

»Rumkutschiert wird er tatsächlich. Also von seinem Fahrer.«

»Hat er selber keinen Führerschein?«

»Doch, ich denke mal schon. Er lässt sich fahren, weil er während der Fahrt telefoniert oder Mails schreibt oder Akten studiert.«

»Hm.«

Verdammt, mir fehlt eine gute Anschlussfrage. Bis hierhin lief es doch super, aber ich habe keinen Plan, wie ich weiterfragen kann.

»Interessierst du dich denn für Politik?«, frage ich. »Oder wie bist du auf die Idee gekommen, dort dein Praktikum zu machen?«

»In so einem Bürgermeisterbüro laufen viele Fäden zusammen«, sagt sie. »Es hat mich gereizt, hinter die Kulissen zu gucken. Mich interessieren Zusammenhänge. Systeme.«

Fäden, die zusammenlaufen. Genau, wonach ich suche. Ich stelle mir Chiara als Spinne vor. Und plötzlich flackert der Gedanke durch mein Hirn, dass sie es sein könnte: Y.

Ha, sehr witzig, Janusz.

Woran merkt man eigentlich, dass man anfängt, sich in eine fixe Idee zu verheddern? Seit ich auf Y gestoßen bin, sehe ich überall potenzielle Hinweise. Und jeder, der mir begegnet, könnte dahinterstecken.

»Systeme sind manchmal so mythisch wie schwarze Drachen«, sage ich.

»Drachen?« Sie schaut mich irritiert an.

»War nur ein schräger Gedanke. Vergiss es.«

»Bist du Fantasy-Fan?«

Ich zögere. Wenn ich Ja sage, würde das zumindest ein bisschen erklären, warum ich plötzlich über Drachen rede. Wenn sie aber selbst auf Fantasy steht, wird sie schnell rauskriegen, dass ich davon eigentlich keine Ahnung habe.

»Als Kind hab ich gern Fantasy-Bücher gelesen«, sage ich. »Aber das ist lange her. Irgendwann hab ich mit dem Lesen aufgehört.«

»Was machst du stattdessen?«

»Zocken. Hauptsächlich. Und du? Liest du viel?«

»Ja, schon. Ich zocke aber auch gern. Für mich geht das ineinander über … Bücher, Serien, Games … Hauptsache weit weg von hier, verstehst du?«

»Was spielt du?«

»Rollenspiele. Die *Divinity*-Reihe mag ich sehr gern. Oder *The Witcher*. Und was spielst du?«

»Egoshooter«, sage ich, »die erfordern nicht so viel Fantasie. Ich mag Battle-Royal-Games.«

»Weil es darum geht, ganz allein als Letzter übrig zu bleiben?«

»Ich ballere gern rum, das ist schon alles. Jungs sind da eher simpel gestrickt. Von wegen Klischees und so.«

Sie lacht.

»Aber vielleicht hast du auch recht«, setze ich hinzu. »Tatsächlich bin ich ganz gern allein.«

»Warum?«

»Vielleicht, weil ich es gar nicht anders kenne. Ich bin Einzelkind und ich hab nicht viele Freunde. Also …, wenn ich ehrlich bin, hab ich gar keine richtig engen Freunde.«

Der Rest des Lachens entweicht aus ihrem Gesicht.

»Geht mir ähnlich. Aber im Unterschied zu dir find ich es nicht toll.«

»Bist du auch Einzelkind?«

»Ja, quasi. Meine Familiengeschichte ist nicht ganz unkompliziert … Na, jedenfalls – ich lebe mit meiner Mutter zusammen, der Rest spielt keine Rolle mehr.«

»Oh, das klingt dramatisch.«

»Nee.« Sie winkt ab. »Ich suche mir meine Dramen nur in der Fantasy. Im echten Leben bin ich die langweiligste Person, die du je getroffen hast.«

»Du willst mich bloß neugierig machen«, sage ich.

»Und? Bist du's?«

Sie lächelt. Ihre Lippen sind gar nicht so schmal, wie sie oft aussehen.

Ja, denke ich, ich bin neugierig. Ich war schon die ganze Zeit neugierig, aus einem anderen Grund, aber den habe ich auf einmal vergessen. Für einen Moment kommt es mir so vor, als hätte ich mich einfach so mit ihr verabredet, ohne Hintergedanken.

Chiara rutscht von ihrem Barhocker und bückt sich kurz und tippt mit den Fingerspitzen auf den Boden.

Ich schaue ihr stirnrunzelnd zu. »Kann ich dir helfen?«, frage ich. »Hast du irgendwas verloren?«

»Nö, wieso?« Sie richtet sich wieder auf, leert ihr Bier und schaut auf die Uhr. »Der Film fängt gleich an.«

Y

Ich habe den Kontakt hergestellt!

Erst befürchtete ich, es sei ein Fake – eine Falle der Sicherheitsbehörden oder bloß ein Betrüger, weil alles so dermaßen einfach ging. Und dieser Nickname: *Deathliveroo*. Als würde er sich selbst parodieren. Er hat Humor, zweifellos. Aber er ist kein Fake. Im Darknet herrschen einfach andere Regeln. Beziehungsweise: keine Regeln.

Es war so leicht, als würde ich etwas auf Amazon bestellen. Ich habe mich für die Pistole Glock 17 Kaliber 9x19 Millimeter entschieden. Mit so einer Waffe tötete ein gewisser David S. im Juli 2016 in einem Münchener Einkaufszentrum neun Menschen und sich selbst. Auch der Massenmörder von Oslo und Utøya 2011 hat das Modell benutzt. Scheint also brauchbar zu sein. Ich habe gut verhandelt, und wir haben uns darauf geeinigt, dass er insgesamt drei Stück zur Verfügung stellt.

Es ist fraglich, ob überhaupt drei Leute oder mehr das Rätsel so weit lösen, dass sie an die Stelle kommen, wo man die Bestellung absendet.

Ich hoffe es jedenfalls.

Ich habe mir diese Investition gründlich überlegt und jeder Euro ist gut angelegt.

Die Actioncams gibt er mir gratis dazu.

5

Ich überlege, ob ich sie anrufen soll.

Es ist Sonntagmorgen und ich liege mit Handy und Laptop im Bett. Auf dem Handybildschirm ist ihre Nummer, ich müsste nur auf das kleine Icon mit dem grünen Telefonhörer tippen. Jedes Mal, wenn mein Daumen sich dem Icon nähert, nähern sich Chiaras Lippen wieder meiner Wange. Natürlich nicht in echt, aber das Gefühl ist plötzlich wieder da.

Ich will ihre Stimme hören. Als hätte ich aus purem Zufall auf Spotify ein neues Lieblingslied entdeckt, das mich aus unerklärlichen Gründen einfach nicht mehr loslässt. Das ich ab sofort jeden Abend beim Einschlafen hören und morgens nach dem Aufwachen gleich als Erstes wieder abspielen muss.

Wieder schwebt mein Daumen über dem Telefon-Icon.

In so Filmen und Serien heißt es ja immer, man soll sich nicht gleich am nächsten Tag melden. Sich rar zu machen, steigert die Attraktivität, so was erklärt einem meistens der wohlmeinende Freund der Hauptfigur. Du musst die Frau erst mal ein bisschen zappeln lassen, sagt der Best Buddy, damit sie nicht denkt, dass du leicht zu haben wärst. Dummerweise bin ich mein eigener Best Buddy. Und außerdem bin ich so was von leicht zu haben. Da mach ich mir nichts vor.

Ich lege das Handy weg und nehme das Laptop auf den Schoß.

Ich habe ein neues Board gefunden, es nennt sich */Y-Research/* und ist an den Look der Image-Boards angelehnt. Die Top-Level-Domain ist nicht .de oder .com, sondern .top – eine chinesische Adresse, die auch von 8kun und anderen verwendet wird, aber die Seite selbst ist auf Deutsch. Der Admin nennt sich *PURG3M4N* und sammelt offenbar Y-Drops. In einer kurzen Einleitung mutmaßt PURG3M4N, dass Y ein sehr spezieller Ableger von QAnon sein könnte.

Über QAnon weiß ich nicht viel, außer dass es ein globaler Club von Verschwörungsnazis und ehemaligen Trump-Fans ist. Dieser PURG3M4N ist wahrscheinlich selbst ein QAnon-Jünger, denn er faselt vom »Kampf gegen Gender-Faschisten und Black-Lives-Matter-Ideologen, gegen Klimahysterie und die geheimen Pläne der Neuen Weltordnung.« Jeder müsse einen Beitrag leisten, um den korrupten pädophilen Eliten das Handwerk zu legen, meint PURG3M4N, und in unserer Stadt würde Y beispielhaft vorangehen.

Er tut mir beinahe leid. Also Y, meine ich. Dass seine coole Game-Idee von solchen Nazi-Ottos wie diesem PURG3M4N oder auch Yves Nellesen gekapert wird. Aber das Gute ist: Auf das idiotische Vorwort folgt eine lange Liste von Y-Drops. PURG3M4N hat offenbar fleißig gesammelt. Einige Drops wurden auch von anderen Usern ergänzt, wenn ich das richtig sehe, dafür gibt es eine Eingabemaske.

Ich überlege, warum ich gestern Abend überhaupt nicht mehr versucht habe, auf das Thema Bürgermeister oder Schwarzer Drache zurückzukommen. Ich könnte mir einreden, dass es sich nicht ergeben hätte. Aber ich glaube, die Wahrheit ist, dass ich es schlicht vergessen habe. Als wir uns verabschiedet haben, kam es zu einem Kuss. Na ja, vielleicht kein richtiger, nicht auf den Mund, Chiara hat mich auf die Wange geküsst, *flüchtig*, wie man das wohl nennt, aber ich spüre ihre Lippen noch immer, fast als würde meine Wange brennen.

Ich gleiche die Liste von PURG3M4Ns /Y-Research/ mit den Drops ab, die ich selber gefunden und archiviert habe. Es gibt viele Übereinstimmungen, aber ein paar habe ich verpasst. Die meisten von denen, die ich noch nicht kannte, haben – zumindest auf den ersten Blick – keine konkrete Aussage, sie appellieren nur an den Mut oder fordern, dass man *endlich aufwachen* soll. Oder beteuern mal wieder, dass *alles für J. C.* geschehe.

Nur einer sticht heraus, ich kopiere ihn sofort:

>042
51°04'06.5"N 7°05'53.9"E

Ich denke mal, das sind Koordinaten.

Chiaras Lippen sind nicht so toll wie die von Nessi, aber sie sind besonders. Denke ich das nur, weil sie meine Haut berührt haben?

Nein, nicht nur das. Es ist die Mischung. Aus dem Kuss und aus dem Gespräch. Ich hätte nie gedacht, dass wir uns so gut unterhalten können. Keine Ahnung, warum mich das so dermaßen überrascht. Vielleicht, weil ich im Grunde nichts über sie gewusst habe, also über Chiara. Oder weil ich überhaupt nicht erwartet hatte, einen schönen Abend zu verbringen. Sondern vorher nur an Y gedacht habe und daran, was der Abend mit Chiara mir für die Suche nach den »gefangenen Kindern« bringen könnte.

Ich fahre mit dem Daumen sacht über das Handydisplay. Sacht genug, um sie nicht aus Versehen anzurufen.

Die Koordinaten zeigen einen Punkt im Nirgendwo, es sieht aus wie ein Feld. Irgendwo draußen vor der Stadt. Östlich.

Könnte auf einem Hügel sein, aber das lässt sich auf dieser Karte nicht genau erkennen. Ich könnte hinfahren. Kleine Radtour am Sonntag.

Ich überlege, ob ich die Y-Drops von meiner Liste, die in der Aufstellung von PURG3M4N fehlen, noch ergänzen soll, indem ich sie bei /Y-Research/ eintrage. PURG3M4N scheint aus Ys Challenge eine Team-Sache machen zu wollen. *Where we go as one, we go all*, steht unten am Ende des Boards.

Aber ich bin kein Team-Player. Sieht man ja beim Zocken. Wenn ich mich aufs Team verlasse, dann *bin* ich verlassen.

Ich muss hier nicht in Vorleistung gehen, schon gar nicht für so einen Nazi-Otto. Vermutlich ein Freund von Yves Nellesen. Oder am Ende Yves selbst.

Ich klicke die Karte weg und recherchiere nochmals mit verschiedenen Suchmaschinen nach dem *Schwarzen Drachen*. Vielleicht habe ich irgendwas übersehen. Aber da ist nichts, womit ich was anfangen könnte. Die meisten Suchtreffer handeln von Fantasygames und dergleichen.

Ich sollte das vielleicht nicht vorschnell abtun. Gut möglich, dass Y ein Gamer ist. Dass er sein Game eben für Gamer konzipiert hat. Kann ja sein, dass man da zum Beispiel Hintergrundwissen aus World of Warcraft braucht. Oder aus PUBG oder weiß der Geier.

Es bleibt ein leiser Zweifel.

Natürlich ist nicht auszuschließen, dass das doch kein Game ist, sondern einfach nur eine besonders kranke Nazi-Propaganda-Kacke, wie Yves Nellesen und PURG3M4N anscheinend glauben. Auf so was hab ich keinen Bock. Andererseits sind Mert, Min-Su und Vinzent auch an der Sache dran. Die Aussicht, das Rätsel vor ihnen zu knacken, ist es mir wert.

Als Chiara mich gestern Abend auf die Wange küsste, konnte

ich ihr Haar riechen. Es duftete nach Honig, aber es sah gar nicht klebrig aus, es war auch nicht mehr strähnig, sondern kam mir eher wie eine leichte Wolke vor. Ich merke, dass ich es gern mal anfassen würde. Ich stelle mir vor, wie sich das anfühlen würde, und schrecke jäh hoch, als mein Handy klingelt. Es ist natürlich nicht Chiara. Es ist meine Mutter.

»Guten Mooorgen«, trällert sie. »Beziehungsweise guten Mittag, Janusz-Hase. Dein Vater und ich gehen spazieren.« Ich weiß nicht, ob es Rücksicht auf meine Privatsphäre ist, dass sie mich auf dem Handy anruft, statt einfach an meine Tür zu klopfen, oder ob das witzig sein soll oder ob sie einfach keine Lust hat, die Treppe raufzugehen oder nach mir zu rufen. »Das Frühstück lassen wir für dich stehen«, sagt sie. »Räumst du nachher den Tisch ab und stellst die Spülmaschine an?«

»Klar. Bis später. Viel Spaß beim Spazieren.«

Ich lege das Handy weg und höre auf die Schritte der beiden, auf das Klimpern des Schlüsselbundes, der aus der kleinen Schale auf der Anrichte genommen wird, und auf das Zufallen der Haustür.

Auf dem Laptop öffne ich noch mal das /Y-Research/-Board und trage zwei Y-Drops von meiner Liste ein, die auf dem Board noch fehlen. Zwei sehr belanglose. Ich will den Usern dieses Boards keine wichtigen Infos auf dem Silbertablett servieren, sondern es soll eine Art vertrauensbildende Maßnahme gegenüber PURG3M4N sein. Denn ich poste sie nicht als *Anon*, wie auf den Boards üblich, sondern unter meinem Gamer-Nickname: *Bad_Kid*. Wie das Lied von Night Lovell. Dann schreibe ich eine Nachricht an PURG3M4N. Dass ich mich an der Suche nach den *gefangenen Kindern* beteilige und dass wir uns ja mal treffen könnten, falls er aus der Gegend stammt. Also PURG3M4N.

Kann sein, dass PURG3M4N selbst Y ist, geht mir durch den Kopf. Dass er das Board eingerichtet hat, weil er uns, seinen Spielern, nicht so richtig viel zutraut und weil er sichergehen will, dass wenigstens ein paar Leute die entscheidenden Y-Drops mitkriegen. Kann auch alles ganz anders sein, klar, und am wahrscheinlichsten ist eh, dass PURG3M4N mir nicht antworten wird. Aber schaden dürfte es auch nicht.

Ich schäle mich aus dem Bett, schleppe mich die Treppe hinunter und lasse mich am Esstisch nieder. Ich labe mich an den Resten des Frühstücks, während ich auf dem Handy eine Folge von *The Last Kingdom* schaue. Der Typ hat das Problem, dass er sich nicht entscheiden kann, ob er jetzt dänischer Wikinger oder angelsächsischer Engländer sein will, und aus lauter Konfusion macht er mit seinem Langschwert einfach alle platt.

Ich nehme eine Scheibe Brot und streiche Honig darauf. Es ist nicht derselbe Geruch, Chiaras Haar gestern Abend roch ganz anders, aber es hat mich an Honig erinnert. Es hat eine positive Assoziation in mir ausgelöst, und ich frage mich, was eigentlich wirklich ist: das, was existiert, oder das, was man wahrnimmt? Wie definiert man Wirklichkeit?

Dass ich überlege, ob ich sie anrufen soll, kommt mir übrigens unglaublich romantisch vor. Ich habe noch nie überlegt, ob ich jemanden anrufe – ich meine: Wenn ich von irgendwem was will, schreibe ich kurz oder schicke eine Sprachnachricht. Oder wenn ich mal mit jemandem einfach nur labern will – früher habe ich manchmal mit Min-su einfach nur so gelabert, bevor er mich nicht mehr cool genug fand und lieber in der Gamer-Clique aufgegangen ist –, geht das am besten online beim Zocken, nicht unbedingt bei PUBG oder so, aber bei FIFA zum Beispiel. Telefonieren hingegen ist irgendwie seltsam. Etwas, das Erwachsene tun.

Sie ruft an.

Chiara.

Ich lege das Brot auf den Teller.

Ich zögere.

Ich gehe dran.

»Hey«, sage ich.

»Hey«, sagt sie.

»Wie geht's?«, frage ich.

»Mir geht es gut«, sagt sie. »Ich habe mich gefragt, ob du dich wohl fragst, ob du mich anrufen sollst.«

Ich lache auf. »Ja, tu ich«, sage ich.

»Und? Wirst du?«

»Na klar, wärst du mir nicht zuvorgekommen.«

»Soll ich auflegen, damit du mich anrufen kannst?«

»Oder wir lassen das mit dem Telefonieren und treffen uns einfach.«

»Ja, find ich gut.«

»Ich auch.«

»Wann hast du Zeit?«

»Jetzt«, sage ich, ohne nachzudenken.

»Hm. Heute ist ...«, macht sie. »Obwohl ...«

»Was?«

»Also ich gehe nachher zu einem Fußballspiel«, sagt sie.

»Ach«, sage ich. »Als Zuschauerin oder als Spielerin?«

»Nein, ich gucke nur zu. Es ist die Mannschaft von Emily.«

»Welche Emily?« Ich brauche eine Sekunde, um zu schalten.

»Emily Fürst. Wir haben doch gestern über mein Praktikum gesprochen. Über den Bürgermeister und so. Und da fiel mir ein, dass ich mich schon lange mal wieder bei Emily melden wollte. Vorhin haben wir geschrieben und ganz spontan überlegt, uns zu sehen und nach dem Spiel in ein Café zu gehen.«

»Ah, okay. Also ich hätte auch morgen Zeit. Oder übermorgen.« Und an jedem anderen Tag auch, denke ich, ganz egal, wann immer du mich sehen willst. Aber ich will nicht noch aufdringlicher klingen.

»Oder«, sagt Chiara, »du kommst einfach vorbei. Also zum Spiel. Interessierst du dich für Fußball?«

»Ein bisschen. Hauptsächlich auf der Playstation. Aber warum nicht? Wann ist das Spiel?«

»Schon nachher, um zwei. Ich schick dir die Adresse vom Sportzentrum.«

»Cool. Bis später.«

»Bis später.«

Oh Mann. Ich laufe ihr nach. Echt jetzt.

Was ist nur aus mir geworden.

Ich stehe auf, gehe in den Flur, muss mich unweigerlich im Spiegel betrachten.

Ein verliebter Trottel.

In Boxershorts.

Ich kann mir ja Zeit lassen. Es so timen, dass ich etwa zu Beginn der zweiten Hälfte ankomme. Ganz lässig. Dann wird es weniger so wirken, als könnte ich kaum abwarten, sie wiederzusehen.

Tatsächlich hat die Schiedsrichterin gerade die zweite Halbzeit angepfiffen, als ich vor dem Eisentor anhalte und mein Bike am Fahrradständer abschließe. Bis auf den Kunstrasen, der ziemlich edel oder zumindest ziemlich neu aussieht, entspricht die Anlage eher einem in die Jahre gekommenen Bolzplatz. Es gibt keine Tribüne, keine überdachten Sitze, nur ein paar modrige Holzbänke. Auf den Bänken sitzt aber niemand, weil sie feucht vom immerwährenden Nieselregen sind. Die Handvoll Fans verteilt sich um das Spielfeld herum, manche haben Regenschirme aufgespannt oder stehen mit verschränkten Armen und hochgeschlagenem Mantelkragen da oder lehnen sich leicht vorgebeugt gegen die hüfthohe Bande. Aus dem Fenster eines besseren Holzverschlages mit der Aufschrift *Club-Heim* wird Kaffee in Pappbechern verkauft. Ich kaufe zwei Kaffee, einen schwarz und einen mit Milch und Zucker, und balanciere die Becher in Richtung Kurve, wo Chiara an der Bande lehnt. Allein, die Kapuze ihres Admiralsregenmantels tief ins Gesicht gezogen.

Ich sehe sie kurz in der schwarzen Lederjacke von gestern Abend vor mir, dann wieder in Echtzeit an diesem Sonntagnachmittag. Dieser Admiralsregenmantel ist ja auf seine Art auch irgendwie ziemlich cool.

»Hey.« Sie hebt den Kopf und lächelt.

»Hey«, sage ich. »Kaffee?«

»Oh, voll nett von dir. Aber ehrlich gesagt, mag ich keinen Kaffee.«

»Ich auch nicht«, sage ich und kippe beide volle Becher in den Mülleimer, der an der Absperrung befestigt ist.

Chiara lacht.

»Dachtest du, dass jemand, der Bier trinkt, bestimmt auch Kaffee trinkt?«

»Ja. Ich hätte dir besser ein Bier mitgebracht. Gibt's, glaub ich, auch da drüben an der Bude.«

Wieder lacht sie. Bei Mädchen weiß ich eigentlich nie, ob sie lachen, weil sie mich witzig finden oder bescheuert. Ich sag heute mal: witzig.

»Bier mag ich nur abends«, sagt sie. »Es steht übrigens drei zu eins für die in Rot-Schwarz. Das ist Emilys Team.«

»Und welche ist Emily?« Ich mustere die Spielerinnen.

»Die mit dem Pferdeschwanz«, sagt Chiara.

Jetzt muss ich lachen. Da laufen zweiundzwanzig Mädchen mit Pferdeschwanz über den Platz. Nur die Schiedsrichterin hat kurzes Haar.

»Die Nummer sechs«, sagt Chiara.

»Defensives Mittelfeld«, antworte ich fachmännisch.

Hört sich jedenfalls gut an.

Jetzt erkenne ich sie auch. Das Mädchen mit der kühnen Nase. Die Kriegerprinzessin mit dem Blutorangenhaar.

»Habt ihr euch durch dein Praktikum angefreundet?«, frage ich Chiara.

»Angefreundet ist vielleicht zu viel gesagt«, antwortet sie. »Aber du hast recht – wir haben uns während meines Praktikums kennengelernt, als ich bei einem Empfang in der Stadthalle ausgeholfen habe. Sie brauchten kurzfristig noch Servicepersonal beim Einlass, das hab ich dann gemacht. Aus irgendeinem Grund hatte Fürst es wichtig gefunden, dass seine Frau und seine Tochter bei dem Empfang anwesend sein sollten. Aber während Emilys Mutter brav in der ersten Reihe saß und der Rede ihres Mannes lauschte – oder jedenfalls ganz First-Lady-like so tat, hat Emily ganz hinten gestanden und zu jedem zweiten Satz ihres Vaters eine ätzende Bemerkung fallen gelassen. Manche davon waren so sarkastisch, dass ich lachen musste. Irgendwann hat sie sich zu mir rumgedreht und mich angesprochen. So haben wir uns kennengelernt.«

»Ist wahrscheinlich kein einfacher Job, Tochter von einem wichtigen Politiker zu sein«, sage ich.

Emily sprintet los. Weg von der ballführenden Gegenspielerin und hin zu dem Mädchen, das im selben Augenblick angespielt wird.

»Cool«, sage ich, »sie hat den Pass vorausgeahnt.«

Im nächsten Moment fährt Emily die Beine aus und grätscht nach dem Ball. Statt ihn zu treffen, senst sie ihre Gegnerin von hinten um. Mit einem unterdrückten Schrei knallt die andere auf den Boden, aber ohne mit den Armen zu rudern oder sich theatralisch hin und her zu wälzen, wie man es vom Jungsfußball kennt. Trotzdem gibt es natürlich Freistoß für die anderen sowie eine deutliche Ermahnung für Emily. Die dreht mit einer stolzen Geste den Kopf von der Schiedsrichterin weg – Kriegerprinzessin – und trabt zurück in Richtung des eigenen Strafraums.

»Ganz schön kompromisslos«, sage ich.

»Aber echt«, meint Chiara. »Davon abgesehen – ich glaube nicht, dass sie einfach nur genervt ist, weil ihr Vater in der Öffentlichkeit steht und sie halt deswegen auch manchmal ins Rampenlicht muss. Das geht tiefer. Ich glaube, sie hasst ihn. So richtig.«

»Echt?«, mache ich. »Weswegen denn?«

»Keine Ahnung. Da spricht sie nicht drüber. Also jedenfalls nicht mit mir, wir sind ja, wie gesagt, nicht so eng befreundet. Andererseits …«

»Ja?«

»Andererseits hat sie eh nicht viele Freunde. Ich kann mir vorstellen, dass sie den meisten zu schwierig ist. Genau wie ich. Eine kleine Gemeinsamkeit.«

Eine Spielerin im gelbgrünen Dress der Gastmannschaft tritt den Freistoß. Emily schraubt sich aus der Mauer hoch und köpft den hart geschossenen Ball aus der Gefahrenzone. Respekt.

Ich drehe mich zu Chiara und sage: »Ich mag schwierige Menschen. Einfache reizen mich nicht.«

Dafür ernte ich ein Lächeln.

Ich warte auf irgendeine tiefschürfende Erwiderung, doch da

löst sie den Blick von mir und schaut über das Spielfeld hinweg Richtung Eingangstor. Ein großer schwarzer Wagen fährt dort gerade vor.

»Wenn man vom Teufel spricht«, meint Chiara.

»Ist er das?«

»Er kommt manchmal zum Spiel, aber meistens nur kurz.«

Die hintere rechte Tür öffnet sich und tatsächlich steigt Bürgermeister Fürst aus dem Wagen, knöpft seinen Mantel zu und betritt das Gelände. Ein paar Leute drehen sich zu ihm um, er winkt in die eine, dann in die andere Richtung. Manche erwidern das mit einem Kopfnicken, aber es wirkt, als würde Fürst auch dann winken, wenn außer ihm überhaupt niemand hier wäre. Ich vermute, dass man es als Politiker ganz einfach gewöhnt ist zu winken, sobald man aus dem Auto steigt. Nichts weiter als ein Reflex.

Auch sein Fahrer steigt aus, obwohl das Auto direkt vor dem Tor steht, mitten in der Einfahrt. Er ist ein gedrungener Mann mit Halbglatze und trägt im Gegensatz zu seinem Chef Krawatte. Er kommt aber nicht mit zum Platz, sondern lehnt sich bloß gegen die Motorhaube des Wagens und zündet sich eine Zigarette an. Ich sehe, dass Chiaras Lippen schmal werden.

»Was ist mit dem?«, frage ich.

»Mit wem?« Sie schaut, als hätte ich sie bei was ertappt.

»Dem Fahrer.«

»Ach so, Gregor Schmidt«, sagt sie. »Nichts ist mit dem. Ich mag ihn halt nicht besonders.«

Unvermittelt geht sie in die Hocke und fährt mit der flachen Hand über den Rand zwischen dem Kunstrasen des Spielfeldes und den Pflastersteinen der umlaufenden Fläche. Ich sehe ihr dabei zu und würde sie gern darauf ansprechen, wieso sie ständig den Boden berührt, obwohl nichts runtergefallen ist. Aber ich weiß gar nicht, wie ich fragen soll, ohne dass es komisch klingt.

Stattdessen frage ich: »Darf man sich als Bürgermeister auch in seiner Freizeit von seinem Chauffeur kutschieren lassen?«

»Bürgermeister haben keine Freizeit, niemals. Gerade an den Wochenenden nicht.« Chiara richtet sich wieder auf. »Irgendein Kleingartenverein hat Jubiläum oder irgendeine Bürgerinitiative veranstaltet eine Podiumsdiskussion oder irgendein Museum verleiht irgendeinen Preis. Der Bürgermeister düst von A nach B und erst unterwegs liest er, wo er als Nächstes hinmuss und was für eine Rede er dort halten soll.«

Wie aufs Stichwort schiebt Fürst den Ärmel des Mantels hoch, um einen Blick auf seine Armbanduhr zu werfen. Eine gelbgrüne Spielerin hat einen Ball ins Aus abgefälscht. Emily trottet zur Linie, kurz treffen sich die Blicke von Vater und Tochter: Er scheint ihr ein paar aufmunternde Worte zuzurufen, dann klaubt sie den Ball auf und dreht ihm den Rücken zu, um den Einwurf auszuführen.

»Ich hab während des Praktikums mal an ein paar solcher Reden mitgearbeitet«, sagt Chiara.

»Mitgearbeitet?«

»An so einer Rede ist ein halbes Dutzend Leute beteiligt. Die Büroleiterin, die zuständige Fachabteilung der städtischen Verwaltung, der Pressesprecher und so weiter. Schließlich ist der Typ quasi für alles zuständig, was in der Stadt passiert. Aber keiner kann sich mit allem auskennen.«

»Nee«, sage ich. »Stimmt.«

Fürst sieht wieder auf die Uhr. Emily ist schon wieder am Ball, überblickt das Feld und spielt einen ziemlich präzisen Diagonalpass. Fürst klatscht frenetisch Applaus, als solle das für alle anderen Ballkontakte während der gesamten Spielzeit mitgelten. Dann winkt er noch mal und geht zum Wagen zurück. Schmidt, der Fahrer, drückt seine Zigarette in einen Ascheeimer und beide Männer steigen ein, der Schwarze Drache setzt langsam zurück und surrt elegant und lautlos davon.

Das ist er doch, oder? Der Schwarze Drache aus den Y-Drops?

Ich habe das Gefühl, dass Emily dem Wagen ganz kurz hinterherschaut, obwohl – oder gerade weil – sie sich alle Mühe gibt, den Abgang ihres Vaters zu ignorieren.

Chiara zieht ihre Kapuze ab. Der Regen hat für einen Moment aufgehört, das ist mir gar nicht aufgefallen. Sie schüttelt ihr Haar aus, dabei könnte ich ihr stundenlang zusehen.

Das Spiel hingegen gibt nicht viel Spannendes mehr her: Es fallen keine weiteren Tore und beim Abpfiff klatschen sich die Spielerinnen nur kurz ab, um zügig in der Kabine zu verschwinden.

»Ich mach mich dann mal vom Acker«, sage ich zu Chiara. »Ich will mich nicht in euer Treffen hineindrängen. Wenn du magst, sehen wir uns mal nach der Schule oder so.«

»Ja, mag ich«, sagt sie. »Aber du kannst ja noch kurz warten, dass ich dich mit Emily bekannt mache.«

Klar, warum nicht.

Nach einer guten Viertelstunde kommen die Spielerinnen aus der Umkleide, tragen jetzt Jogginganzüge in Vereinsfarben und Sporttaschen über den Schultern. Emily kommt auf uns zu und begrüßt Chiara mit einer Umarmung.

»Das ist Janusz«, sagt sie.

Emily gibt mir die Hand und sagt: »Freut mich.«

Es klingt so routiniert, als würde man ihr bei einem Empfang ihres Vaters irgendeinen lokalen C-Promi aus der Stadtgesellschaft vorstellen.

»Mich auch. Dann vielleicht auf ein anderes Mal.«

Ich zögere, weil ich jetzt gar nicht weiß, wie ich mich von Chiara verabschieden soll. Meine Hände hängen etwas hilflos in der Luft, aber bevor es anfängt, bescheuert auszusehen, drücke ich sie kurz. Sie gibt mir schon wieder einen Kuss auf die Wange.

»Wir sehen uns morgen«, sagt sie.

Ich frage mich für einen Moment, wo wir uns morgen sehen, dann fällt mir wieder ein, dass wir zusammen zur Schule gehen. Anscheinend sehe ich sie mit anderen Augen, seit wir gestern Abend zusammen aus waren. Als wäre sie gar nicht diese stille, einsame Mitschülerin, die ich eigentlich schon seit der fünften Klasse kenne, ohne je richtig mit ihr gesprochen zu haben.

Emily nickt mir zu, dann mache ich mich vom Acker.

Ihr Name endet auf Y, geht mir durch den Kopf.

Bestimmt nur ein Zufall.

Ich öffne mein Fahrradschloss und fahre los, ein paar Hundert Meter, bis ich außer Sichtweite des Fußballplatzes bin. Als hätte ich Angst, verfolgt oder beobachtet zu werden. Ich hole mein Handy raus und tippe auf die Koordinaten aus dem Y-Drop. Knapp fünfzig Minuten entfernt. Zeit für eine sonntägliche Radtour. Ich folge dem Weg, den das Handy mir sagt, durch die Stadtrandsiedlungen und kleinen Vororte. Fahre durch den Nebelschleier und den leichten Runkelrübengeruch über den braunen Äckern, fahre zwischen den Feldern hindurch und frage mich, ob der Stacheldraht eigentlich die Felder zur Straße hin einzäunt oder doch eher die schmale unbefestigte Straße zum Rest der Welt hin wie einen engen Korridor ohne Entkommen. Wo ist aus Sicht dieses Stacheldrahts jetzt drinnen und wo ist draußen? Das Gelände steigt an und ich muss immer weiter runterschalten, muss aus dem Sattel und im Stehen treten, kämpfe mich den Hügel hoch, bis ich auf der

Kuppe die Eiche erkenne. Ohne auf die Karte zu schauen, bin ich mir sicher, dass das hier der gesuchte Ort ist. Ausladend und einsam steht die Eiche da wie ein festgewurzelter König, der sich fragt, warum sich sein Heer nicht wie befohlen mit ihm auf diesem Hügel zur Schlacht versammelt hat.

Vielleicht sollte ich weniger *The Last Kingdom* schauen.

Ich weiß auch gar nicht, ob es wirklich eine Eiche ist, ohne Blätter erkenne ich das nicht. Aber solche riesigen einsamen alten Bäume im Novembernebel sind doch eigentlich immer Eichen. Diese Eiche hat nicht nur keine Blätter, weil es Herbst ist, sondern vor allem deshalb, weil sie schon tot ist.

Eine Eichenleiche, ein Mahnmal ohne Mahnung. Ich steige vom Rad und muss verschnaufen. Ich sollte wirklich dringend mehr Sport machen, ich bin ganz schön unfit geworden. *Der Junge hängt ja immer nur vorm Rechner ab.* Klar. Ich dampfe richtig, fast wie die Rübenhalden unter ihren Planen da unten auf den Feldern. Aber es fühlt sich gut an. Endorphine oder so. Nee, es ist nicht nur die Bewegung. Es ist das Gefühl, dass ich so was wie ein Ziel habe.

Leider hab ich nichts zu trinken dabei, fällt mir schmerzlich auf, als ich die vielen leeren Sektflaschen und Bierdosen sehe, die hier verstreut liegen. Zusammen mit Pizzakartons und zerdrückten Zigarettenschachteln. Und aufgerissenen Kondomverpackungen. Die unzähligen Reifenspuren deuten darauf hin, dass die Dates hier wohl überwiegend im Auto stattfinden. Im Sommer hat man sicher einen überragenden Ausblick über die Stadt hinweg bis zum Rhein und weit darüber hinaus, bestimmt gibt es tolle Sonnenuntergänge. Heute hat sich die Stadt unter ihrer Dunstdecke verkrochen.

Blick aufs Handy. Kein Zweifel, das hier ist genau der Punkt, den die Koordinaten bezeichnen.

Ich lehne das Bike gegen den toten Baumstamm, dann umrunde ich ihn. Versuche, nicht in den umherliegenden Müll oder die verstreuten Glasscherben zu treten. Fahre mit der Hand über die raue grüngraue Rinde. Tief gefurcht wie eine Schluchtenlandschaft. Auf der vom Weg abgewandten Seite ist der Baumstamm offen, wie aufgeplatzt sieht er aus, eine tiefe Wunde mit schwarzen Rändern, vielleicht ein Blitzschlag. Ich sehe mich unwillkürlich um, bevor ich vorsichtig die Hand ausstrecke und hineingreife. Ich taste ins Nichts. Der Stamm scheint komplett hohl zu sein, jedenfalls reicht das Loch ziemlich weit nach unten. Bald verschwindet mein ganzer Arm darin. Meine Fingerspitzen berühren etwas Glitschiges. Bitte lass es einfach eine Bananenschale sein. Ich unterdrücke den Ekel, taste weiter, fühle eine Plastiktüte, greife zu, ziehe sie heraus. Es ist eine Einkaufstüte vom Supermarkt, der Inhalt ist nicht besonders schwer. Ich ziehe einen großen braunen Umschlag hervor. Er ist nur gefaltet, nicht zugeklebt. Ich greife vorsichtig hinein und hole ein kleines Büchlein ans Licht. Ein Notizbuch. Nein, ein Taschenkalender.

Wieder muss ich mich umschauen. Aber hier ist noch immer niemand. Nur ich und der Baum. Ich schlage den Kalender in der Mitte auf. Da ist ein Termin eingetragen.

Am 8. Juni. Ein Dienstag. In der Zeile bei 14 Uhr 30 stehen zwei Buchstaben: *S.D.*

Ich schlage die Seite um. Auch in der Woche darauf ist für Dienstag dasselbe Kürzel um dieselbe Uhrzeit vermerkt. In der Woche danach ebenfalls und auch im März und im Oktober. Ich lasse die Seiten des Kalenders wie ein Daumenkino vor meinen Augen vorbeiflattern, es ist immer derselbe Termin. Immer dienstags, immer um halb drei, immer *S.D.*

Ansonsten nichts. Keine anderen Einträge, kein Name auf

dem ersten Blatt, keine Telefonnummer, keine weiteren Hinweise. Das Material erscheint mir billig, also der Einband, es kommt mir jedenfalls so vor, ich habe natürlich keine richtige Ahnung davon.

Ein Auto nähert sich, ein kleiner grauer Toyota. Drosselt sein Tempo. Ich stopfe den Umschlag zurück in die Tüte und die Tüte zurück in den Baumstamm und den Kalender in meine Jackentasche. Wie paranoid von mir. Als ob ich was Verbotenes täte. Sicher sieht es sehr bescheuert aus, wie ich hinter dem Baum hervorluge. Das Auto rollt in Schrittgeschwindigkeit vorbei. Am Steuer sitzt ein Typ, vielleicht Anfang dreißig, Basecap und fusseliger Bart, er glotzt mich an. Natürlich nicht, weil er genau weiß, was ich hier mache, und nicht, weil er auch in Sachen Y unterwegs ist. Sondern weil ich es bin, der zuerst geglotzt hat. Weil ich mich am helllichten Tag hinter einem Baum verstecke, so sieht es jedenfalls aus. Ich fange an, mit den Händen an meiner Hose rumzufummeln, so als wollte ich eigentlich gerade an diesen Baum pinkeln. Das sollte unverdächtig wirken. Der Typ hält kurz an und glotzt unverhohlen weiter. Oh Shit, ist das ein kranker Voyeur oder was? Ich mache einen Schritt zur Seite und bin jetzt ganz vom Baum verdeckt. Endlich lässt er seinen Wagen wieder anrollen und beschleunigt.

Ich warte, bis er hinter der Hügelkuppe verschwunden ist. Dann ziehe ich den Kalender aus meiner Tasche hervor und blättre ihn nochmals durch. Er kommt mir unbenutzt vor. Keine Knicke an den Ecken der Blätter, der Einband ist nicht gebogen. Niemand hat ernsthaft mit diesem Kalender gearbeitet, denke ich. Er wurde nur gekauft, um das Datum einzutragen. Bei jedem einzelnen der 52 Dienstage. Als Hinweis von Y für die Suche nach den »gefangenen Kindern«.

S.D. könnte für den Schwarzen Drachen stehen. Aber der

Bürgermeister fährt ja offenbar andauernd in seinem Auto herum, nicht nur dienstagnachmittags. Womöglich bezieht sich der Schwarze Drache doch auf etwas anderes als auf den Dienstwagen. Oder es geht um einen bestimmten Termin, den er zu dieser Zeit hat, und zwar Woche für Woche für Woche. Kommt mir unwahrscheinlich vor.

Der Toyota kehrt zurück. Der fusselbärtige Typ hat anscheinend gewendet. Wieder rollt der Wagen im Schritttempo vorüber. Ich halte den Kalender hinter meinem Rücken versteckt und erwidere den Blick des Mannes, der jetzt Gas gibt und hinter der nächsten Kurve verschwindet.

So, wie der mich angeglotzt hat, bin ich vermutlich doch nicht paranoid. Ich wette, er wird irgendwo dahinten ein weiteres Mal wenden und erneut zurückkommen. Ich mache schnell ein paar Handyfotos von dem Kalender – Vorderseite, Rückseite, drei verschiedene Blätter mit dem Dienstagstermin – und hole die Tüte mit dem Umschlag aus dem Loch im Stamm. Ich schiebe den Kalender zurück in den Umschlag, falte den Umschlag und wickle ihn in die Tüte ein, will die Tüte wieder ins Loch stecken, da muss ich innehalten. Es wäre doch schlauer, den Kalender mitzunehmen. Ich habe die Information zwar noch nicht enträtselt, aber es ist klar, dass sie sehr wichtig ist. Wenn ich den Kalender mitnehmen würde, hätte ich einen uneinholbaren Vorteil vor allen anderen, die auch auf der Jagd nach Ys Botschaften sind. Aber, okay – es wäre eben unfair. Ich habe ja auch nicht den Hinweis am Brückenpfeiler unkenntlich gemacht. Ich will fair spielen und fair gewinnen. Und außerdem … will ich wissen, ob der Typ von vorhin tatsächlich aus demselben Grund hier ist wie ich.

Ich stopfe die Tüte in das Loch, nehme mein Bike und fahre los. Nach knappen hundert Metern zweigt ein schmaler Feldweg von der Straße ab und verschwindet hinter einer dichten Hecke. Ich biege ein, schiebe das Bike ein Stück in die Hecke rein, sodass man es von der Straße aus nicht sehen kann, und lege mich auf die Lauer. Keine halbe Minute später taucht das Auto wieder auf. Fährt zum dritten Mal im Schritttempo an den Baum heran, hält, der Motor verstummt.

Der Typ steigt aus und nimmt sein Basecap ab. Kratzt sich am Kopf und schaut sich misstrauisch um. Setzt das Cap wieder auf und kratzt sich am fusselbärtigen Kinn. Schaut sich noch einmal um, kratzt sich durch die ausgebeulte Jogginghose am Arsch und geht dann, genau wie ich vorhin, um den Baum herum. Eine Weile sehe ich ihn nicht, dann erkenne ich, wie er mit der Tüte hantiert. Seine Bewegungen sind halb von der alten Eiche verdeckt, aber mit etwas Fantasie kann ich verfolgen, wie er den Kalender findet und ihn untersucht, wie er dann ein paar Handyfotos davon macht und ihn anschließend wieder im Baum deponiert. Mein Konkurrent ist immerhin auch ein fairer Sportsmann.

Klar, das war ein großer Zufall, dass ich kurz vor ihm hier aufgekreuzt bin und dass wir uns überhaupt über den Weg gelaufen sind. Trotzdem frage ich mich, wie viele andere außer uns beiden schon die Eiche und den Kalender gefunden haben – oder noch finden werden. Drei? Dreißig? Mehr? Die Stadt ist nicht richtig groß, für eine Großstadt sogar eher klein, aber es steht nirgendwo geschrieben, dass nur Leute von hier mitmachen dürfen. Ich hatte mir das zwischenzeitlich so vorgestellt, weil ich einfach von mir selbst ausgegangen war: Ich habe keinen Führerschein und kein Auto und muss abends um 23 Uhr zu Hause sein, solange ich keine guten Gründe für längeres Ausbleiben habe. Doch niemand hat dieses Game hier als Spiel für Jugendliche bezeichnet. Bis gerade eben waren meine Gegner in meiner Fantasie immer in meinem Alter: Min-su und Co. natürlich oder dieser Yves Nellesen, der zwar schon studiert, aber auch noch ziemlich jung ist. Mir dämmert, dass ich hier bei einer Erwachsenensache mitmache.

Gefällt mir.

Ich frage mich, was der Preis für den Sieger sein wird. Ich hoffe, nicht bloß ein läpsches Hühnchen-Dinner.

Die »gefangenen Kinder«.

Der Typ taucht hinter dem Baum auf und macht noch ein paar Fotos von der ganzen Szenerie. Blickt sich wieder misstrauisch um, kratzt sich wieder am Arsch, lässt seinen Blick über die Hecke schweifen, hinter der ich hocke, aber er kann mich unmöglich auf die Entfernung erkennen, die immergrüne Blätterwand ist dafür zu dicht.

Endlich steigt er in seinen Toyota, wendet und fährt davon. Braust an der Abzweigung vorbei, wo ich hinter der Hecke kauere, ohne sich in meine Richtung zu drehen.

Er wird kein weiteres Mal umdrehen und zurückkommen, trotzdem warte ich einfach noch einen Moment, bevor ich mein Rad aus dem Dickicht ziehe, um heimzufahren. Ich hole das Handy aus der Hosentasche und will meine Fotos vom Fund aus dem Baum noch mal anschauen.

Ich habe eine E-Mail gekriegt.

Ich kriege nie E-Mails. Außer von irgendwelchen Lehrern. Aber an einem Sonntag?

Ich tippe drauf.

Hi Bad_Kid,

lass uns treffen. Mittwoch, 17 Uhr auf dem Schlachtfeld des unbekannten Spielers.

PURG3M4N

Y

Der Gedanke an die Glock birgt Ungeheuerliches.

Ja, ich habe selbstverständlich Respekt davor. Und nein, die Vorstellung, einen Menschen zu töten beziehungsweise töten zu lassen, erfüllt mich nicht mit Vorfreude.

Es ist ganz einfach etwas, das getan werden muss.

Wie ich das empfinde, ist irrelevant.

Überhaupt sind meine Werte und Normen irrelevant. Denn sie bilden nur einen winzigen Ausschnitt der Wirklichkeit ab. In unserer scheinbar zivilisierten Gesellschaft sind wir vom Töten völlig entwöhnt. Wir haben ja nicht mal mehr die Todesstrafe, und selbst die allergrausamsten Kindesmörder kommen nach ein paar Jahren wieder frei.

Na ja, sie kommen nicht richtig frei, sie kommen in Sicherungsverwahrung, aber das ist trotzdem ein Kindergeburtstag im Vergleich zu dem, was man in manchen anderen Ländern mit ihnen machen würde. Erst recht im Vergleich zu den entsetzlichen Qualen, die sie ihren Opfern zugefügt haben.

Aus der Sicht eines Folteropfers ist eine Glock 17 Kaliber 9x19 Millimeter keine Bedrohung, sondern eine Verheißung auf Erlösung. Es gibt Menschen, die darum betteln würden, mit so einer Waffe erschossen zu werden, weil es nichts anderes gibt, worauf sie hoffen könnten.

Ich rede nicht nur von den Kerkern in Syrien oder von den Lagern in Nordkorea. Ich rede von den gefangenen Kindern in der sogenannten »freien Welt«, wo die sogenannten »westlichen Werte« gelten.

Ha, ha.

Wenn ich könnte, würde ich lachen.

Aber da ist nichts zu lachen. Und das wird Martin Fürst auch noch erfahren.

Am eigenen Leibe, wie man so sagt.

6

Hattet ihr gestern noch einen schönen Nachmittag?«, frage ich. »Du und Emily?«

»War ganz nett«, sagt Chiara.

Wir stehen auf dem Schulhof. Ich denke die ganze Zeit, dass mich alle anstarren müssten. Hey, seht mal, Janusz hängt mit Chiara Rombach rum. Was ist denn mit dem los?

Aber natürlich beachtet mich niemand. Und Chiara auch nicht. Alles wie immer. Drüben bei den Tischtennisplatten stehen Min-su, Mert und Vinzent ins Gespräch vertieft. Normalerweise würde ich jetzt bei ihnen stehen. Sie bemerken anscheinend nicht mal, dass es heute nicht so ist, denn ich stehe schließlich immer einfach nur dabei. Manchmal sage ich was, worauf aber niemand eingeht. Es macht gar keinen Unterschied, ob ich mich an ihrem Gespräch zu beteiligen versuche oder nicht, ich könnte mich genauso gut zu einer Gruppe von Wachsfiguren stellen, die Reaktion wäre dieselbe, nämlich keine.

»Ich musste gestern noch an sie denken«, sage ich. »Also an Emily. Weil du sagtest, dass sie ihren Vater so sehr hasst. Das klingt nach einer richtig tragischen Familiengeschichte. Ganz großes Drama.«

»Na, weiß nicht. Das hier ist nicht *Game of Thrones*, sondern das echte Leben.«

»Ich hab mich nur gefragt, was es geben könnte, das diesen Mann hassenswert macht.« Ich zucke mit den Schultern.

Chiara blinzelt mich an. Fragt sich vielleicht, ob ich mich plötzlich mehr für Emily statt für sie interessiere. Ich sollte die Familie Fürst fürs Erste nicht mehr erwähnen.

»Keine Ahnung«, sagt sie schließlich. »Man sieht von Menschen ja immer nur die Fassade.«

Ohne Vorwarnung stellt mein Kopf sich vor, dass sie nichts drunter trägt. Dass sie unter ihrem alten Admiralsregenmantel komplett nackt wäre. Keine Ahnung, woher das Bild so plötzlich kommt, oder wie ich es wieder loswerde. Ich glaube, ich werde knallrot.

»Warum schüttelst du den Kopf?«, fragt sie.

»Nur so.«

»Mittwoch würde mir übrigens gut passen.«

Kurz weiß ich gar nicht, was sie meint.

»Wir wollten uns doch mal nach der Schule treffen«, sagt sie.

»Ja. Ja! Das wollten wir. Also – wollen wir immer noch. Mittwoch ist … da kann ich nicht.«

»Donnerstag?«

»Donnerstag ist gut. Donnerstag ist super. Hast du vielleicht Lust, ähm … mit zu mir zu kommen? Also ich meine – zu mir nach Hause?«

Zur Hölle, warum stammle ich so? Ich frage sie doch nicht, ob sie gleich mit mir ins Bett geht. Vielleicht hat ein Teil von mir das aber im Hinterkopf. Bullshit – ich wüsste ja gar nicht, wie das überhaupt geht.

»Okay.« Sie nickt.

»Okay.« Ich nicke auch.

»Ich glaub, ich muss jetzt zu Bio«, sagt sie.

»Ja«, sage ich. »Ich nicht. Also ich muss zu Deutsch. Ich meinte – ich muss dann auch mal los.«

Ich schaue ihr nach, wie sie in den Menschenstrom Richtung NW-Gebäude eintaucht, und schließe für einen Moment die Augen, um die beiden Bilder aus meinem Kopf zu kriegen. Das von der nackten Chiara. Und das von dem stotternden Idioten, mit dem sie sich während der Pause unterhalten hat.

Als ich die Augen wieder öffne, steht Min-su vor mir.

»Hey, Bro. Na?«

»Na?«

»Und sonst?«

»Läuft.«

»Sag mal ...« Er schaut kurz zu dem Eingang hinüber, wo Chiara vor ein paar Sekunden verschwunden ist. »Chiara, ne?«

»Ja?«

Ich verschränke die Arme.

»Kennst du sie eigentlich näher?«

»Geht so.«

Ich öffne die Arme wieder und boxe ihn gegen die Schulter.

»Auf was willst du raus?«, frage ich.

»Wir hatten vorhin diskutiert«, sagt er. »Also Mert und ich. Weil, ich hab es so in Erinnerung, dass Chiara ihr Praktikum bei einer Zeitung gemacht hat, aber Mert behauptet, sie hätte das Praktikum im Büro vom Bürgermeister gemacht.«

»Klingt ja wie eine Wette.« Ich kann mir ein Grinsen nicht verkneifen. »Was ist der Einsatz?«

»'Ne Dose Bier.«

»Die hast du verloren, mein Freund. Aber warum fragst du sie nicht einfach selbst?«

»Hm. Ja, könnte ich machen, aber du stehst ja gerade hier rum, und weil's mir in dem Augenblick einfiel ...«

»Aha. Aber wo wir gerade reden ...« Ich mache einen Schritt auf ihn zu und sage mit gedämpfter Stimme: »Hast du gewusst, dass der Fürst der Finsternis den Schwarzen Drachen reitet?«

Er macht unwillkürlich einen Schritt zurück, glotzt mich groß an, dann lacht er.

»Ja, Mann, das hab ich gewusst. Und ich hätte mir mal echt denken können, dass du auch an der Sache dran bist.« Er kommt wieder näher und flüstert: »Sorry, dass ich dich so dämlich ausgefragt habe, gerade. War doof von mir.«

»Ja, war es. So was von.«

»Weißt du schon mehr? Über den Schwarzen Drachen und so?«

»Ich muss jetzt echt los«, sage ich. »War nett, mit dir zu plaudern.«

Damit lasse ich ihn stehen und schwebe beschwingt zu meinem nächsten Kurs. Hab mich lange nicht mehr so souverän gefühlt. Beinahe könnte ich gute Laune kriegen.

Am Abend schreibt er mir. Also Min-su. Ob wir uns nicht noch mal treffen wollen. Bisschen rumhängen, labern, was zocken, so.

Ein bitterer Geschmack füllt meinen Mund.

Mich schmerzt, dass er sich nur wegen Y meldet und nicht, weil er sich für mich interessiert. Gleichzeitig gefällt es mir, dass er was von mir will. Weil er meint, dass ich ihm und den Jungs in Ys Game voraus bin, was ich vielleicht tatsächlich bin oder auch nicht, egal, ich meine: Niemand kann bei diesem Spiel sagen, wo vorne und hinten ist, außer Y natürlich.

Ich schreibe Min-su, dass er gern vorbeikommen kann, wenn er will.

Eine halbe Stunde später klingelt es schon und ich höre, wie meine Mutter ihn überschwänglich begrüßt. Lange nicht gesehen, du bist ja ein richtiger Mann geworden, wie geht es deinen Eltern, komm doch rein, Janusz ist oben, der freut sich bestimmt, toll, dass du ihn endlich mal wieder besuchst …

What the fuck. Die Schule hat mich vielleicht zu einem Außenseiter gemacht, aber meine Mutter macht mich zu einem Aussätzigen, einem Leprakranken. So sieht sie mich anscheinend, und das dreht mir den Magen um. Am liebsten würde ich mir wie ein kleines Kind die Ohren zuhalten und laut Lalala singen.

Schon höre ich seine Schritte auf der Treppe, dann steht er in meinem Zimmer, guckt sich um.

»Hey«, sagt er. »Mann, ich war ganz schön lange nicht mehr hier. Ist anders geworden. Düsterer.«

»Ich wische zu selten staub.«

»Das meine ich nicht.« Er lacht. Nickt zur Wand rüber. »Da hing früher ein Fußballposter, oder?«

»Gutes Gedächtnis«, sage ich.

Jetzt hängt da das Poster von Night Lovell und daneben das Poster eines seiner Albumcover, grinsender Schädel unter schwarzer Kapuze.

»Setz dich«, sage ich.

Er hockt sich auf mein Bett und ich mich auf meinen Schreibtischstuhl.

Weil ich keinen Bock auf Smalltalk oder Vorgeplänkel habe, frage ich ihn einfach ganz direkt: »Warst du schon bei der Brücke?«

»Waren wir.«

»Wer ist *wir*? Du und Mert?« Er nickt. »Und Vinzent?« Er nickt. »Und …?«

»Nur wir drei. Ich dachte, dass sich sonst niemand dafür interessiert. Also niemand, den wir kennen. Wobei ich es mir hätte denken können. Hast du noch von irgendwem anders mitgekriegt, dass er die gefangenen Kinder sucht?«

»So, wie du das sagt«, antworte ich, »klingt es beinahe echt. Also so, als ob diese Kinder tatsächlich existieren würden. In Fleisch und Blut. Aber nein, ich habe von keinem anderen was mitgekriegt. Ich hab nicht so viele Kontakte.«

Da weicht er meinem Blick kurz aus, als wäre das irgendwie seine Schuld. Mir egal, wenn er das denkt. Wenn es seine Wahrnehmung ist, dann mag es für ihn stimmen.

»Wir fragen uns auch, was mit diesen Kindern gemeint ist«, sagt er schließlich und schaut mich wieder an. »Ob das ein Symbol für irgendwas ist, eine Chiffre, ein Code, keine Ahnung, wir haben noch nicht mal 'ne schlüssige Theorie, sei sie auch noch so theoretisch. Aber vielleicht brauchen wir das nicht, weil es sich eh erst am Ende mit der Auflösung ergibt.«

»Auflösung …«, wiederhole ich. »Ihr seid sicher, dass das ein Game ist?«

Er sieht mich verständnislos an. »Was zur Hölle könnte es denn sonst sein, wenn kein Game?«

»Keine Ahnung«, sage ich. »Was wisst ihr über den Schwarzen Drachen?«

»Nichts. Absolut nichts. Mert meinte, dass damit vielleicht die Karre des Bürgermeisters gemeint sein könnte.«

»Ihr geht also auch davon aus, dass Martin Fürst gemeint ist«, stelle ich fest. »M. F., Fürst der Finsternis und so weiter?«

»Jep«, sagt er. »Und du auch, oder? Deshalb hängst du doch neuerdings mit Chiara Rombach ab. Weil sie als Praktikantin im Bürgermeisterbüro war.«

»Wer sagt, dass ich mit ihr abhänge?«

»Freitag hab ich euch zusammen in der Mensa gesehen. Und heute in der Pause.«

»Na und? Wie viele Leute gehen auf die Schule – zwölfhundert? Da kann man nicht jeden Tag alleine essen oder in jeder Pause alleine in der Ecke stehen.«

»Du musst mir nichts erklären«, sagt er.

»Ich erkläre gar nichts«, gebe ich zurück und ärgere mich über den Klang meiner Stimme.

»Jedenfalls suchst du ja nicht den Kontakt zu ihr, weil du auf sie stehst«, schiebt er nach und lacht. »Also – konnte sie dir was Verwertbares sagen?«

»Wieso sollte ich nicht auf sie stehen?«, frage ich.

Er guckt mich an. Grinst. »Hey, ich meine – hallo? Chiara Rombach?«

Wut steigt in mir auf. Es steht ihm nicht zu, so über sie zu reden. Mir fällt nur leider keine passende Entgegnung ein.

Er zuckt mit den Schultern, schüttelt den Kopf. »Also – na komm schon.«

»Ich fürchte, ich kann dir nicht ganz folgen«, sage ich.

Einen Moment erwidert er meinen Blick, dann macht er eine wegwerfende Handbewegung.

»Wie auch immer. Hat sie dich in Sachen Y weitergebracht?«

»Leider hat sie während ihres Praktikums versäumt, den Terminkalender des Bürgermeisters zu kopieren«, antworte ich. Das Wort *Terminkalender* habe ich lang und gedehnt ausgesprochen, aber Min-su beißt nicht an.

Stattdessen fragt er: »Was hättest du dir von seinem Kalender erhofft?«

Sie haben die Eiche noch nicht gefunden. Vielleicht nicht einmal den Y-Drop mit den Koordinaten. Dann kennen sie auch PURG3M4Ns /Y-Research/ noch nicht.

»Gibt es einen Drop, wo von einem Kalender die Rede ist?«, hakt er nach.

»Man muss einfach in alle Richtungen denken«, erwidere ich kühl.

Wieder breitet er die Arme aus. »Wir sollten zusammenarbeiten«, sagt er. »Wir sollten ein Team sein.«

»Wie neulich in dem Lagerhaus?«

»Das war doof. Einfach kindisch. Das war ...« Er kratzt sich am Kopf. »Es tut mir leid, Mann. Es ist nicht meine Idee gewesen, dich da abknallen zu lassen. Aber hey, es ... also manchmal ... wie soll ich sagen?«

»Einfach geradeaus«, sage ich.

»Mann, manchmal nervst du einfach, okay?« Wieder kratzt er sich am Kopf, gestikuliert, sucht nach Formulierungen, Wörtern, irgendwas. »Ich kann das gar nicht genau festmachen, also nicht an bestimmten Situationen, es ist auch nicht ... ach, scheiß drauf. Sorry, Mann, ich wollte dich nicht ...«

»Schon gut.«

»Ich wollte dich wirklich nicht ...«

»Hast du nicht.«

»Okay, gut.« Er wirkt tatsächlich erleichtert. Als hätte er sich tatsächlich für irgendwas entschuldigt und ich hätte die Entschuldigung tatsächlich angenommen. Ich glaube, er ist ein Idiot.

Er fragt: »Na? Wollen wir uns zusammenschließen?«

Ich atme ein und aus. Es würde mir gefallen, ein Team zu haben. Aber sie wissen überhaupt nichts, glaube ich. Ich war bei der alten Eiche, ich kenne den Dienstagstermin, ich habe Kontakt zu PURG3M4N, ich bin an Chiara dran. Sie werden mein Wissen absaugen und mich früher oder später fallen lassen.

»Ich sehe nicht, was ich davon hätte«, sage ich kühl. »Was wäre mein Vorteil?«

»Na, du ... wärst nicht mehr allein«, sagt Min-su.

»Wo soll denn da der Vorteil sein? Ohne euch bin ich besser dran, denke ich.«

Er schluckt.

Ich auch. Es tut weh und fühlt sich gleichzeitig gut an. Süßer Schmerz. Vielleicht bin ich Masochist und wusste es nicht.

Er labert noch ein bisschen rum und tut so, als gäbe es was zu quatschen, aber ich weiß ja, dass er nur hier ist, um über Y zu reden. Ich lasse ihn auflaufen, bis er es irgendwann einsieht und sich vom Acker macht. Weil ich höflich bin, begleite ich ihn noch zur Tür. Meine Mutter hört uns, rauscht heran, schade, dass du schon gehst, schau doch mal wieder rein, grüß doch mal deine Eltern von mir, schönen Abend, bla, bla.

Nachdem die Tür ins Schloss gefallen ist, drehe ich mich zu ihr um und frage: »Was soll das?«

»Was hast du denn?«, fragt sie. »Ich bin einfach nur freundlich zu deinem Gast. Ich freue mich halt, dass dich jemand besuchen kommt. Passiert ja nicht so oft. Ich finde, du solltest mehr unter Leute gehen.«

»Ich gehe zur Schule, da sind Leute«, antworte ich.

»Und wenn du möchtest«, sagt sie, »kannst du ruhig auch mal das Mädchen mitbringen, mit dem du dich Samstagabend getroffen hast.«

»Wenn du dann auch wieder so ein Affentheater veranstaltest, lass ich es lieber, ehrlich gesagt.«

»Affentheater«, wiederholt sie und gibt einen empörten Laut von sich. »Das ist einfach nur Konversation. In der analogen Welt ist das ganz normal. In deinem Teil der Onlinewelt herrschen sicher andere Maßstäbe, davon verstehe ich nichts. Aber wenn ein echter Mensch mein Haus betritt, dann unterhalte ich mich halt mit ihm.«

»Klar«, sage ich. Mir fallen mehrere passende Antworten ein, aber ich habe überhaupt gar keinen Bedarf an einer Konversation, darum nick ich bloß. »Du hast ja recht. Und jetzt entschuldige mich, bitte. Ich muss noch was fertig machen.«

»Natürlich, wie immer«, brummt sie. »Bestimmt wieder für die Schule.«

»Genau.«

Ich steige die Treppe hoch, schließe die Zimmertür hinter mir und lasse mich auf den Stuhl fallen. Setze das Headset auf, will on gehen, merke, dass ich gar keinen Bock habe und nehme es wieder ab.

Ich brause durch verschiedene Boards und besuche auch /Y-Research/. Übers Wochenende und heute tagsüber sind ein paar neue Drops dazugekommen.

>Y052
M. F. bekommt seine Befehle direkt aus der Zentrale der Bilderberger Konferenz.

>Y054
51°04'06.5"N 7°05'53.9"E

>Y057
Der Schwarze Drache bringt den Kindern die Hölle.

>Y058
51°04'06.5"N 7°05'53.9"E

>Y060
Du denkst, Satan ist eine Sagengestalt. Aber das stimmt nicht. Satan ist real.

>Y062

51°04'06.5"N 7°05'53.9"E

>Y065

51°04'06.5"N 7°05'53.9"E

>Y063

WANN WERDET IHR ENDLICH AUFWACHEN?

Wie es aussieht, hält Y uns tatsächlich alle für etwas schwer von Begriff, deswegen will er unbedingt sicherstellen, dass wir die alte Eiche auf dem Hügel draußen vor der Stadt finden. Ich hätte es Min-su ruhig sagen können, einfach aus Freundschaft, um der alten Zeiten Willen. Aber er wird es auch so finden, er kann es gar nicht übersehen.

Ich schiebe die Tastatur zur Seite und lege ein Blatt Papier vor mich hin. Spitze ganz analog einen Bleistift an und beginne zu zeichnen. Früher habe ich das oft gemacht, um mich woanders hinzuträumen. Ich kann mich beim Zeichnen unglaublich gut entspannen. Versteh gar nicht, warum ich das schon so lange nicht mehr gemacht habe. Ich zeichne gewaltige Flügel, ein bisschen wie die einer Fledermaus. Einen Reptilienkörper mit schwarz schimmernden Schuppen. Einen gehörnten Kopf, ein aufgerissenes Maul, aus dem Flammen schlagen. Einen langen stachligen Schweif, der in zwei spitzen Enden ausläuft. Wolkenfetzen, die durch den rasenden Flug des Ungeheuers durcheinandergewirbelt werden.

Yes, das kann ich wirklich gut.

Manchmal nerve ich einfach, sagt er. Als wäre das total logisch, so aus sich selbst heraus, ein Alltagsgesetz, keine weitere Erklärung nötig. Hey, manchmal regnet es einfach. Hey, manchmal ist einfach dein Handyakku leer. Hey, manchmal muss man einfach pissen gehen. Manchmal nervst du einfach. Fick dich. Den schwarzen Drachen kümmert das nicht. Ich würde mich gern auf seinen Rücken schwingen und mit ihm fliegen. Janusz, Drachenreiter.

Aber der Drache hat schon einen Reiter. Den Fürsten der Finsternis.

Für einen Augenblick wünsche ich mir, dass Fürst wirklich ein finsterer Lord ist, ein mächtiger Feind, ein wirklicher Verbrecher, der echte Kinder gefangen hält. Und die auf ihren Befreier warten. Das wäre was.

Aber so ist das Leben nicht. Das Leben ist novembergrau.

Es sei denn …

… das, was wir als normales Leben kennen, ist nur Fantasie. Wir halten es für real, funktionieren brav und hinterfragen nichts, gehen zur Schule, finden Arbeit und einen Partner, bauen Häuser, kriegen Kinder und die Kinder werden wie wir. Mit etwas Abstand betrachtet, hat diese sogenannte Wirklichkeit doch etwas ziemlich Unwirkliches an sich. Ebenso gut könnte das Game von Y die echte Realität sein.

Jedenfalls – die Vorstellung, dass ich übermorgen PURG-3M4N treffen werde, fühlt sich für mich viel lebendiger an als die Vorstellung, dass ich morgen in der ersten Stunde Chemie habe und dann Latein und dann Mathe und dann Englisch, Musik, Sport … Das Einzige, was sich nur noch einen Tick lebendiger anfühlt als Y, ist der Gedanke, dass ich mich Donnerstag wieder mit Chiara treffen werde. Ich frage sie, ob sie Lust hat, mit zu mir nach Hause zu kommen, denn Donnerstag kommen meine Eltern nicht vor sieben.

Erst mal folgt der Dienstag.

Ich kann mich weder auf Chemie, noch auf Latein oder sonst was konzentrieren, weil ich mich die ganze Zeit über frage, was wohl heute um halb drei passiert. Was Fürst mit seinem schwarzen Drachen anstellt. Vielleicht hat PURG3M4N ja schon eine Idee dazu.

Als endlich der Mittwoch da ist und ich auch diesen Schultag irgendwie hinter mich gebracht habe, stehe ich ihm endlich gegenüber. Er trägt Jogginghose, Collegejacke und eine Gasmaske. Wir begegnen uns in einem alten Flugzeughangar. Um uns herum laufen die anderen Leute in Erwartung des bald beginnenden Matches. Natürlich ist das hier nur ein Haufen aus Nullen und Einsen, denn in Wirklichkeit sitze ich am Schreibtisch, mit dem Headset auf dem Kopf. Jedenfalls habe ich wie erwartet das richtige Game gefunden und ihn selbst auch. Habe ihn geaddet – und hier sind wir also.

»Hi, Bad Kid«, sagt er. »Was läuft bei dir?«

»Einiges«, sage ich. »War ja wieder ganz schön was los, gestern um halb drei, was?«

»Moment mal.« Ich höre die Überraschung in seiner Stimme. »Du hast schon rausgekriegt, was dieser andauernde Dienstagstermin bedeutet?«

»Nee, sorry«, sage ich. »War nur ein Test. Wollte wissen, ob du den Kalender schon in der Hand hattest.«

»Du bist wohl oberschlau, was?«

Ich versuche, seine Stimme einzuschätzen. Er muss ein Typ um die dreißig sein. Aber vermutlich denke ich das nur, weil ich ihn mir so vorstelle. Weil ich den Fusselbart aus dem Toyota vor Augen habe, der trug schließlich auch Jogginghose. Oder Yves Nellesen, von dem ich auf seinem Blog ein paar Fotos gesehen habe. Die Stimme kann täuschen. Die Hörspielsprecher der

Drei Fragezeichen sind weit über fünfzig Jahre alt, aber trotzdem nimmt man ihren Stimmen die Teenager ab, die sie darstellen. Die Welt ist ein Kopfkino.

»Ich bin auch nicht schlauer als du«, sage ich.

»Ich hatte diesen beknackten Kalender nicht nur einmal in meinen Händen«, sagt er. »War Samstag dort bei der alten Eiche. Und bin Sonntag noch mal hingefahren, weil ich dachte, dass ich vielleicht was übersehen hätte.«

Ich unterdrücke die Frage, ob er zufällig einen grauen Toyota fährt. Stattdessen frage ich: »Und? Hast du tatsächlich was übersehen?«

»Glaub nicht. Jedenfalls ist mir nichts aufgefallen. Daraufhin hab ich beschlossen, deine Nachricht zu beantworten.«

»Warum?«

»Weil ich inzwischen glaube, dass diese Aufgabe nicht für Einzelkämpfer gedacht ist. Y will, dass wir eine Gruppe bilden. Ein Team.«

»Und wie viele Teammitglieder hast du schon?«

»Du wärst das erste.«

Der Countdown zum Matchbeginn zählt runter. Das Bild schaltet um und wir sehen unser Flugzeug über die Insel fliegen.

Ich weiß nicht, ob ich Bock auf Teamwork habe. Bei Min-su war ich mir sicher, dass ich es nicht wollte. Das hatte aber mehr mit ihm zu tun, also mit Min-su und den anderen, weniger mit Y. Zumindest finde ich PURG3M4Ns Stimme nicht unsympathisch.

Wir springen ab.

»Hast du eine Theorie, was den schwarzen Drachen betrifft?«, frage ich ihn.

»Er hat einen schwarzen Dienstwagen«, antwortet PURG3-M4N. »Du weißt, wen ich meine.«

»Klar.«

»Sag es.«

Okay, ich hab ihn getestet, warum soll er mich nicht zurücktesten.

Ich sage: »Martin Fürst. Oberbürgermeister dieser putzigen Stadt.«

»Du bist also auch von hier?«

»Ja«, sage ich. »Seems to be a local thing from Germany.«

»Was meinst du damit?«

»Das war ein Kommentar zu einem Y-Drop. Von irgendeinem Anon. Auf 8kun, glaub ich. Im Grunde bin ich erst dadurch so richtig auf Y aufmerksam geworden.«

»Verstehe«, sagt er.

Wir landen in einer Halbwüste auf einem staubigen Gelände. Wachtürme, Stacheldraht, Bretterbuden, Hallen aus Wellblech, Armeelastwagen. Scheint eine alte, vor langer Zeit verlassene Militärbasis zu sein.

Wir checken die Umgebung. Wir hören Schüsse, sie kommen von Osten, aber klingen weit weg. Anscheinend sind wir hier allein. PURG3M4N betritt einen Bunker, ich finde draußen neben einem LKW ein Medikit und stecke es ein.

»Hier ist Munition«, sagt er. Jetzt, wo ich ihn nicht mehr sehe, nur noch seine Stimme höre, stelle ich mir tatsächlich den Fusselbart vor. Ich glaube, er ist es. Nicht nur wegen der Jogginghose.

»Wie kommst du darauf, dass Y von uns erwartet, im Team zu arbeiten?«, frage ich, während ich den Bunker von außen umrunde. »Hast du Hinweise darauf oder ist es so, dass du es dir selber wünschst? Weil du einfach nicht gern alleine arbeitest?«

»Ich kann es dir nicht beweisen«, antwortet er. »Y gibt ja wirklich nichts von sich preis, jedenfalls nicht direkt. Aber ich sehe Hinweise. Und die verdichten sich. Es … fuck!« Schüsse peitschen. »Hier ist einer«, ruft er.

Ich drücke mich neben einen schmalen Fensterschlitz in der Betonwand des Bunkers und linse hinein. Da ist ein Raum mit einem umgeworfenen Bett, die Tür steht offen, ich sehe eine Gestalt mit Stahlhelm durch den Flur huschen, aber ich schaffe es nicht, rechtzeitig anzulegen.

»Ich seh ihn«, sage ich, »er ist südlich von dir. Willst du's mir erzählen?«

»Was erzählen?«

»Die Hinweise, von denen du sprichst.«

Der Typ mit dem Helm taucht wieder auf. Jetzt betritt er den Raum. Fehler.

»Kann ich dir vertrauen?«, fragt PURG3M4N.

Ich lege an und knalle den Typen ab. Sein Blut spritzt gegen meinen Bildschirm. Er ist ausgeknockt.

»Nein«, sage ich. »Kannst du nicht.«

Ich feuere auf den am Boden liegenden und gebe ihm den Rest.

You killed BenderBC by headshot with AKM.

»Du mir auch nicht«, sagt PURG3M4N und lacht. Dann erscheint er in dem Raum mit der Leiche von BenderBC. »Gute Arbeit.«

»Was für Hinweise?«, will ich wissen.

»Y spricht einen großen Kreis von Leuten an. Er will, dass viele es mitkriegen. Und wozu? Doch nicht, damit wir uns gegenseitig Konkurrenz machen und bekämpfen.«

»Wieso nicht?«

»Es wäre nicht logisch.«

»Das hier ist doch auch logisch«, erwidere ich und meine das Spiel.

Oben rechts in der Ecke steht, wie viele noch am Leben sind. 72. Nein, jetzt 69. Nur einer überlebt und gewinnt.

»Es geht um eine Bewegung«, beharrt PURG3M4N. »Ich glaube nämlich, er baut eine Untersektion von QAnon auf. Kennst du QAnon?«

»Diesen Verschwörungsscheiß?«

»Das ist kein Scheiß«, widerspricht er. »Von nichts kommt nichts. Und wo Rauch ist, da ist auch Feuer.«

Oh, Mann.

Es ist nicht Fusselbart.

Bin fast ein bisschen enttäuscht.

»Sag mal, bist du vielleicht selbst Y?«, frage ich.

»Witziger Gedanke«, antwortet er. »Aber nee. Bin ich nicht.«

»Dein richtiger Name ist jedenfalls Yves Nellesen.«

Er hebt ansatzlos seine Knarre und ballert mich ab. Mein eigenes Blut spritzt gegen den Bildschirm, ich stürze zu Boden. Gar nicht schlecht gemacht von ihm, durch diesen schmalen Fensterschlitz im Bunkerbeton.

PURG3M4N knocked out YOU by headshot with Kar98k. FRIENDLY FIRE.

»Danke, du Arsch, was soll das?«

»Sorry«, brummt er, »war ein Reflex. Lass uns mal im Real Life treffen. Ist ja jetzt auch egal.«

»Also hab ich recht? Du bist Yves?«

»Mach's gut. Ich bin AFK.«

Away from keyboard.

»Warte kurz«, rufe ich in mein Mikro, aber er ist fort, nur sein *Skin* steht noch im Raum, reglos wie eine Marionette mit gekappten Fäden. Solche von ihrem Spieler verlassene Spielfiguren sehen immer ziemlich dämlich aus, finde ich. Manchmal stelle ich mir vor, es würde mir auch einmal so gehen. Also dass der Typ, der mich eigentlich spielt, halt mal pissen oder irgendein doofes Referat für die Schule vorbereiten muss und mich einfach mitten in meinem Alltagsleben einfrieren lässt. Wobei – ich würde das ja dann gar nicht mitkriegen, denn ich wäre ja eingefroren, und wenn er zurück ist, mein Spieler, mache ich genau da weiter, wo ich stehen geblieben war. Ich würde nichts von meinem AFK-Status mitkriegen. Vielleicht ist es heute Vormittag dreimal passiert, während ich dachte, dass ich in Frau Wiegands Deutschkurs säße. Wer weiß.

Da wird hinter mir geschossen. Dummerweise wälze ich mich hier immer noch immer am Boden, versuche, mich umzudrehen und fortzukriechen, da knallt es erneut und mein Blut klebt an der Scheibe.

FatLegend killed YOU by headshot with SKS.

Y

Vielleicht tun sich welche zusammen.

Es kann schon sein, dass ein Team aus drei oder vier Leuten effizienter vorgeht. Aber Effizienz ist nicht die Tugend, auf die es letztlich ankommen wird. Entscheidend sind vielmehr Kaltblütigkeit und Entschlusskraft. Wer die Kinder retten und Martin Fürst richten will, darf zu keinem Zeitpunkt Skrupel entwickeln.

Ich befürchte, dass eine Gruppe eher zu Skrupeln neigt als eine einzelne Person, die von der Richtigkeit ihres Tuns vollständig überzeugt ist. Gut, ich weiß durchaus, dass Gruppendruck in der Lage ist, die Mitleidsfähigkeit einzelner Gruppenmitglieder zu unterdrücken. Man kennt das von Massakern in Kriegen. Insofern hätte eine Gruppe vielleicht wirklich mehr Schlagkraft. Andererseits brauchen solche Gruppen immer einen Befehlsgeber.

Und was mich betrifft – ich bin kein Befehlsgeber. Ich ordne nichts an. Ich peitsche auch niemanden auf, ich hetze nicht, ich rufe zu nichts auf.

Alles was ich tue ist, Inspiration zu geben.

Nein, falsch. Ich GEBE nicht, ich BIN Inspiration.

Ich streue meine Botschaften aus. Sie sind kleine Krumen von Wahrheit in einem Wald voll Finsternis. Ich lege behutsam die Spur zu den gefangenen Kindern. Es ist eine Geschichte wie die von Hänsel und Gretel.

Wer immer die Krumen findet und der Spur folgt, muss selbst zum notwendigen Entschluss kommen. Ein einsamer Wolf, der nichts zu verlieren hat. Wie David S. im Münchener Einkaufszentrum. Oder die Massenmörder von Utøya oder Christchurch, von Halle oder Hanau. Ja, es war verwerflich, was diese Männer getan haben, grauenhaft sogar, doch darum geht es hier nicht. Bewertungen bringen mich nicht weiter. Was zählt ist, dass sie die Kraft dazu aufgebracht haben, überhaupt etwas zu tun.

Solch einen einsamen Wolf brauche ich.

Nur einen einzigen.

Einer wird ja wohl dabei sein.

7

An diesem Donnerstag kann ich Chiara in der Pause nirgends entdecken. Erst nach dem Unterricht sehe ich sie, sie scheint auf dem Weg zur Bushaltestelle zu sein.

Ich laufe hinterher, überhole sie und sagte: »Hi.«

»Bye«, sagt sie und geht weiter.

»Warte mal, ähm … hab ich was falsch gemacht?« Ich laufe neben ihr her.

»Aus deiner Sicht vermutlich nicht«, erwidert sie.

»Was ist denn los? Sind wir nicht verabredet? Ich hab nicht die geringste … was hast du denn?«

»Wut«, sagt sie und bleibt stehen. »Das ist es, was ich habe. Wut.«

»Auf mich?« Ich rattere im Geist meine letzten vierundzwanzig, achtundvierzig Stunden durch – was habe ich gesagt oder getan – oder unterlassen, was auch immer, das sie derart erzürnen könnte?

Sie funkelt mich an.

»Schwarzer Drache, he? Erinnerst du dich? Und welche Farbe hat der Wagen von Bürgermeister Fürst? Und was macht der überhaupt so, der Herr Bürgermeister? Weißt du noch, wie du mich all das am Samstagabend gefragt hast?«

»Ja, klar, aber was hat das …« Während ich stammelnd eine zweite Hälfte für diesen angefangenen Satz suche, kapiere ich längst, was passiert sein muss. »Jemand anders hat dich dasselbe gefragt, richtig? Oh, shit ...« Ich reibe mir mit den Handballen an den Schläfen, als hätte ich plötzlich schwere Kopfschmerzen gekriegt. »Wer war es? Min-su?«

»Ich habe nicht den leisesten Schimmer, was für ein fucking Spiel ihr Typen da mit mir treibt«, zischt sie. »Ich will es auch gar nicht wissen. Lass mich einfach in Ruhe, okay?«

Sie setzt sich wieder in Bewegung.

»Ja, es ist ein Spiel«, rufe ich hinter ihr her. »Aber du bist kein Teil davon. Jedenfalls ... ich will nicht mit dir spielen. Ich will mit dir ...«

Ich breche ab. Mir fallen hundert passende Wörter ein, aber keines von denen will in der Nähe einer Bushaltestelle, um die ein Haufen Unterstufenkiddies wabert, laut gerufen werden. Auf der anderen Straßenseite warten ein paar Grundschulkinder auf den Bus, sie haben ihre selbst gebastelten Martinslaternen dabei.

Mir ist gerade bewusst geworden, dass ich sie verlieren kann. Bis zu diesem Augenblick ist mir gar nicht klar gewesen, dass es da überhaupt was gibt, was ich verlieren könnte. Aber jetzt. Ich will sie nicht ver... was auch immer. Ich *will* sie.

Sie ist stehen geblieben. Dreht sich zwar nicht zu mir um, läuft aber auch nicht vor mir weg. Ich gehe zu ihr und flüstere ihr von hinten ins Ohr: »Am Freitag hatte ich den Plan, dich kennenzulernen und auszufragen. Seit Samstag denke ich nur noch daran, wie gern ich dich küssen würde.«

»Du gibst es also zu«, murmelt sie. »Dass du nur mit mir ausgehen wolltest, um an irgendwelche Informationen zu kommen.«

»Ja.«

»Ich als Person hab dich überhaupt nicht interessiert.«

»Nein.«

»Aber jetzt ist es plötzlich anders oder was?«

»Ja. So anders, wie nur je etwas anders gewesen ist, als es vorher gewesen war. Die Erfindung des Nachher-anders-als-vorher-Seins schlechthin.«

»Und das soll ich dir glauben.«

»Ja.«

Endlich dreht sie ihren Kopf zu mir. Ihr Gesicht ist direkt vor meinem. Ihr Haar hat wieder diesen Duft wie am Samstag im Kino. Honig oder was auch immer, es ist mir egal, der Duft löst was in mir aus.

»Was ist das für ein Scheißspiel, bei dem man sich an ein Mädchen ranmacht und ihm vorgaukelt, dass man es mag?«

»Wenn du trotz allem immer noch Lust hast, mit zu mir zu kommen, dann erzähle ich dir erstens, worum es bei dem Scheißspiel geht, und zweitens, warum ich dir jetzt nichts vorgaukle, sondern warum ich dich ... wirklich mag.«

Sie presst die Lippen aufeinander und schaut nach oben, als stünde eine mögliche Antwort auf dem Innensaum ihrer Admiralsregenmantelkapuze. Dann geht sie in die Hocke und betastet mit der flachen Hand den regenfeuchten Asphalt. Ich wüsste gern, was zur Hölle das soll. Aber jetzt ist natürlich ein blöder Moment, um danach zu fragen.

Ich gehe ebenfalls in die Hocke, damit wir auf Augenhöhe sind. Sieht wahrscheinlich total beknackt aus, ist mir aber egal.

»Du kannst mir einfach zuhören und dann entscheiden, ob du mir glaubst oder nicht«, schlage ich vor. »Was hast du zu verlieren?«

»Tja, mal überlegen«, macht sie. »Einen öden verregneten Nachmittag allein auf meinem Bett mit sinnlosem Bingewatching und Butterkeksen.«

»Butterkekse haben wir zufällig auch welche im Schrank«, sage ich.

»Meine eigenen sind mir lieber«, erwidert sie.

Ihre Finger krallen sich an den nassen Asphalt.

»Was können deine Butterkekse, was meine nicht können?«, frage ich.

»Umgedreht«, sagt sie, »sie können was nicht, was deine können: mich verletzen, nämlich.« Sie schaut auf den Boden.

Ich sehe, dass sie wirklich was davon versteht. Vom Verletztwerden.

»Ich ... würd gern versprechen, dass ich dich niemals verletze«, sage ich. »Aber ich ... kann ja nicht über deine Gefühle bestimmen.«

»Nee, kannst du nicht.« Sie schaut mich an und schluckt. Dann lösen sich ihre Finger vom Boden, verhaken sich mit meinen. Kurz kriege ich Angst, unsere Hände könnten sich so verknoten, dass sie nicht mehr auseinandergehen. »Okay, ich komme mit.« Synchron stehen wir auf, ohne die Finger zu lösen. Sie betrachtet unsere verknoteten Hände, dann zieht sie ihre langsam heraus. »Das heißt nicht, dass ich dir in irgendeiner Hinsicht vertraue, klar? Und schon gar nicht, dass ich am Ende weniger wütend bin als jetzt gerade. Ich komme nur mit wegen der Butterkekse. Aus dir als Person mache ich mir gar nichts. Verstanden?«

Sie grinst schief.

Ich nicke.

»Und – okay, ich bin ein winzig kleines bisschen neugierig«, sagt sie.

Ich muss auch grinsen.

»Auf Punkt eins? Oder auf zwei?«

»Wenn du mir zu eins keine halbwegs annehmbare Erklärung abliefern kannst«, erwidert sie und wird schlagartig wieder ernst, »wird es keinen Punkt zwei geben.«

Ich bin so was von froh, dass meine Eltern nicht da sind, vor allem meine Mutter nicht. So überschwänglich, wie sie Min-sus Kurzbesuch am Montag gefeiert hat, würde sie diesmal vermutlich schon mit Hochzeitsplanungen beginnen.

Die Haustür ist vorschriftsmäßig zweimal abgeschlossen und als ich sie öffne, weht uns die feierliche Stille eines völlig menschenleeren Gebäudes an. Eines meiner Lieblingsgeräusche.

Chiara schaut sich um und ich wüsste gern, was sie sieht. Also wie unser Haus in ihren Augen wirkt.

»Ihr habt eine offene Küche«, stellt sie fest. »Später will ich auch einen Herd, um den man herumgehen kann.«

Über solche Sachen habe ich noch nie nachgedacht. Ich kann mir überhaupt nicht vorstellen, wie es mal sein wird, wenn ich erwachsen bin. Es macht mir auch überhaupt keinen Bock, mir solche Dinge auszumalen – raus in die Welt gehen, reisen, fremde Städte, eine coole WG mit coolen Leuten, das löst in mir nichts aus. Ehe ich es merke, werde ich in diesem Haus mit meinen Eltern alt geworden sein.

Ich öffne den Vorratsschrank und nehme eine Kekspackung heraus.

»Du hast das ernst gemeint«, stellt Chiara fest. »Das mit den Butterkeksen.«

»Du etwa nicht?«

Sie lacht.

»Ich hatte das als Metapher gemeint.«

»Ich meine eigentlich immer alles ernst«, sage ich.

»Außer letzten Freitag, als du dich in der Mensa zu mir an den Tisch gesetzt hast«, erwidert sie.

»Möchtest du trotzdem einen Keks?«

»Danke.« Sie greift zu, kaut und sieht mich an, als warte sie auf meine Entgegnung.

»Im Gegenteil«, sage ich. »Ich hatte mir sehr ernsthaft vorgenommen, dich auszufragen.«

»Wenigstens bist du ehrlich«, sagt sie und klingt bitter dabei. »Aber was habt ihr mit Martin Fürst, du und deine Freunde? Und was hat es …«

»Das sind nicht meine Freunde«, unterbreche ich sie.

»Dann halt nicht. Also?«

»Ist 'ne lange Geschichte.«

»Deswegen bin ich hier.« Sie nimmt sich noch einen Keks. »Zeigst du mir denn gar nicht dein Zimmer?«

»Hier entlang, bitte.«

Ich führe sie die Treppe hinauf und in mein Reich, das ich ebenfalls plötzlich mit anderen Augen sehe. Düster, hat Min-su es genannt. Obwohl ich extra aufgeräumt und staubgewischt habe. Ich glaube, dadurch wirkt es bloß noch düsterer. Ihr scheint es zu gefallen.

»Hey, wow … Ist das von dir?« Ihr Blick ist auf meine Zeichnung gefallen, die ich neulich an dem Abend nach Min-su gemacht habe und die noch auf dem Schreibtisch liegt. »Schwarzer Drache, ja?« Sie nimmt das Blatt in die Hand, mustert mein Werk, dann sieht sie mich an. »Ich bin ganz Ohr.«

»Setz dich«, sage ich.

Das tut sie. Lässt sich auf meinem Schreibtischstuhl nieder, dreht sich ein wenig hin und her, schlägt die Beine übereinander und sieht zu, wie ich mich im Schneidersitz auf mein Bett hocke und den Kopf hin- und herwende, als müsste ich meine Nackenmuskeln auflockern. Wie ein Krieger vor einem Kampf.

Ich räuspere mich und beginne, von Y zu erzählen. Von jenem Nachmittag vergangene Woche, an dem ich die ersten Drops fand und zur Brücke fuhr. Wie ich auf Martin Fürst und den Schwarzen Drachen stieß. Den Baum fand und den Kalender darin. Wie ich PURG3M4N online traf. Dass er in Wahrheit Yves Nellesen ist, Betreiber des rechtsextremen *redpill*-Blogs, lass ich spontan weg. Ich will auf keinen Fall, dass Chiara denkt, ich wäre auch nur ansatzweise rechts.

Trotzdem sagt sie ziemlich unmittelbar, nach dem ich mit meiner Erzählung geendet habe: »Das ist ja die reinste Nazischeiße.«

Ich will protestieren, aber Chiara fährt fort: »Dieser Mythos von irgendwelchen verschwundenen Kindern, die irgendwo gefangen gehalten werden, weißt du, woher das stammt?«

»Ich glaube, das hat mit dieser QAnon-Bewegung zu tun«, sage ich. »Kennst du dich etwa damit aus?«

»Ein bisschen. Hast du je von Pizza-Gate gehört?«

»Glaub nicht.«

»Das war vor etlichen Jahren, im Wahlkampf in den USA, bevor Donald Trump Präsident wurde. In Washington gibt es eine Pizzeria namens *Comet Ping Pong*. Zu den Kunden gehörten Leute aus dem Wahlkampfteam von Hillary Clinton – so hieß damals die Gegnerin von Trump.«

»Ich weiß.«

»Im Internet tauchten Mails auf. Scheinbar ganz harmlose Pizzabestellungen. Aber ein paar Verrückte meinten, die verschiedenen Sorten von Pizzabelag wären in Wahrheit Codewörter für Begriffe wie *Mädchen* oder *Kleinkind* und so weiter.«

»Ich verstehe kein Wort.«

»Diese Leute haben behauptet, die Pizzeria wäre in Wahrheit die Zentrale einer geheimen Organisation, bei der man Kinder kaufen kann. Also als ...« Sie schluckt. »... als Sexsklaven.«

»Wie krank.«

»Ja. Allein die Vorstellung.« Chiara macht eine weitere Drehung auf meinem Schreibtischstuhl, dann beugt sie sich vor und befühlt den Teppichboden. »Angeblich war Clinton die Chefin der Organisation. Und Barack Obama und Lady Gaga und andere Promis sollten auch mit drinhängen.«

»Lady Gaga?« Ich muss lachen. »Wer verbreitet denn so was?«

»Was weiß ich. Anhänger von Trump. Oder halt irgendwelche Nazis.« Sie gleitet vom Stuhl auf den Boden und betastet ihn mit beiden Händen. »Und dieser Q hat daraus dann eine weltweite Verschwörung konstruiert.«

»QAnon. Aha.« Ich nicke. »Lächerlich.«

»Ja, klingt so. Aber weißt du, was geschah? Eines Tages tauchte in dieser Pizzeria ein Kerl mit einem Sturmgewehr auf. Er hat um sich geschossen und wollte die Kinder befreien, die angeblich dort im Keller eingekerkert waren. Verstehst du? Aus einem völlig beknackten Fake, den kein denkender Mensch glauben würde, ist ein richtiger Überfall geworden, mit einer echten Waffe. Gottseidank wurde niemand getötet. Der Typ hat sich der Polizei ergeben, nachdem er geschnallt hatte, dass dieser Pizzaladen überhaupt gar keinen Keller hat.«

»Abgefahren.«

»Nicht wahr?« Chiaras Handflächen fahren über meinen Teppichboden, als müsse sie ihn planieren. »Es wundert mich ehrlich gesagt überhaupt nicht, dass dieser Y, von dem du mir erzählst, sich ausgerechnet Martin Fürst als Zielscheibe ausgedacht hat. Fürst setzt sich für Geflüchtete ein, er kämpft fürs Klima, für eine Geschlechterquote in der Verwaltung ... Er ist das perfekte Hassobjekt für QAnon-Jünger. Mit solchen Leuten willst du doch bestimmt nichts zu tun haben.«

»Nein, natürlich nicht.« Ich bin froh, dass ich Yves Nellesen nicht erwähnt habe.

Ich rutsche vom Bett hinunter zu ihr auf den Boden und fasse ihre Hände.

»Sag mal – warum berührst du eigentlich ständig den Fußboden?«

»Was?« Sie schaut mich verständnislos an.

»Vorhin an der Bushaltestelle auch schon. Oder Sonntag, auf dem Fußballplatz. Oder im Kino, am Samstag.«

»Ist mir gar nicht aufgefallen.«

Sie stützt sich auf und setzt sich wieder auf den Stuhl.

Ich sehe zu ihr hoch und will was zu ihrem komischen Tick sagen, weiß aber nicht, wie. Stattdessen sage ich: »Ich glaube nicht, dass Y was mit QAnon zu tun hat. Oder hast du schon mal gehört, dass solche Verschwörungstypen Hinweise auf Brückenpfeiler schreiben oder Artefakte in toten Bäumen verstecken?«

»Nein.«

»Eben. Diese Leute, von denen du sprichst, dieser Q und Co., die wollen einfach nur Hass verbreiten. Aber Y hat ein richtiges Game gestartet. Ich denke, er spielt bloß mit diesen Themen, die du ansprichst. Sieh es wie eines dieser Rollenspiele, für die du dich begeisterst.«

Chiara hält inne und fixiert mich. »Du willst mich hoffentlich nicht fragen, ob ich da einsteige?«

»Warum nicht?« Ich muss an Yves' Worte denken. *Y will, dass wir eine Gruppe bilden. Ein Team.* »Ich bin sicher, dass wir ein unschlagbares Duo wären.«

Sie legt den Kopf schräg und scheint einen Moment nachzudenken.

»Nein«, sagt sie dann. »Das ist mir zu creepy.«

»Creepy ist *das*«, entgegne ich und patsche mit den Händen auf dem Teppichboden herum.

»Machst du mich etwa nach?«, fragt sie. »Von mir aus – ich fass eben gern den Boden an. Ist nichts weiter als ein kleiner Tick, okay? Auch nicht ekliger als Nasebohren.«

Finde ich nicht. Trotzdem muss ich lachen. Rapple mich vom Boden auf und setze mich wieder aufs Bett.

»Warum weißt du überhaupt so viel darüber?«, frage ich. »Über QAnon und diese Dinge?«

»Ich lese halt viel, und nicht immer nur Fantasy«, sagt sie und dreht sich auf meinen Schreibtischstuhl ein bisschen hin und her. »Ich hab dir ja erzählt, dass mich Zusammenhänge interessieren. Zum Beispiel, wie Kommunikation funktioniert.«

»Kommunikation ...« Wiederhole ich.

»Du fragst dich jetzt bestimmt, warum ich in der Schule meistens allein rumhänge, wenn ich mich doch für Kommunikation interessiere?«

»Hm, ja. Ging mir durch den Kopf.«

»Ich frag mich das selbst manchmal auch«, gibt sie zu. »Ich habe eine gewisse Scheu vor physischen Menschen. Aber online kommuniziere ich viel. Das fasziniert mich. Auch die negativen Auswüchse. Zum Beispiel, warum Leute auf Fake News reinfallen.«

»Sind Fake News nicht auch bloß 'ne Art von Fantasy?«, frage ich.

»Doch, vielleicht. Darum ist es wichtig, die Grenzen zu erkennen.« Sie rollt mit dem Stuhl auf mein Bett zu und sieht mich durchdringend an. »Und ein Rollenspiel ist immer nur so lange ein Rollenspiel, solange du *weißt*, dass du eine Rolle spielst. Wenn du das nicht mehr schnallst und du beginnst, deine Rolle mit deinem realen Ich zu verwechseln, ist es zu spät, um noch aus der Sache auszusteigen. Wer weiß denn, ob dieser Y dich nicht schon längst manipuliert.«

»Unsinn.« Ich winke ab. »Das würde ich ja wohl merken.«

In ihren Augen blitzt was auf. »Immerhin hat er dich dazu gebracht, dass du dich mit einem Mädchen verabredest, das dich eigentlich gar nicht interessiert.«

»Das war ...« Ich seufze. »Okay, ja, der Impuls kam von Y, dass ich mich in der Mensa zu dir setze und dass ich mir extra vorher auf Insta angesehen habe, auf welche Musik du stehst. Y hatte mich in der Hand bis zu dem Augenblick, als wir über das Lied sprachen. Denn da hast du mich auf eine Art angesehen, wie ... Also noch nie zuvor hat mich jemand ... Du hast mich angesehen auf eine Art, die so ... da! Jetzt wieder! Genau so wie jetzt. Bleib mal genau so.«

Sie steht auf, kniet sich neben mich aufs Bett und greift nach meiner Hand.

»Oder bleib lieber doch nicht so«, flüstere ich und beuge mich zu ihr vor.

Sie beugt sich auch vor und wie in Zeitlupe treffen sich unsere Lippen. Honig. Sie legt den Kopf ein wenig schräg. Als ich ihre Zunge in meinem Mund spüre, bin ich im ersten Moment total erschrocken und im zweiten Moment total elektrisiert. Ich falle rückwärts auf die Matratze und sie kommt mir nach und legt sich auf mich und ihre überhaupt nicht strähnigen Haare schließen sich wie ein magischer Umhang um unsere beiden Köpfe, als wären wir darunter unsichtbar verborgen und könnten tun, was immer uns einfällt. Zeit und Raum zerfließen.

Es klingelt an der Tür.

Wir küssen uns weiter. Ich will nie wieder im Leben etwas anderes machen als das.

Es klingelt wieder und noch mal.

Sie hebt den Kopf und der magische Umhang gibt uns frei.

»Vielleicht ist es wichtig«, sagt sie und setzt sich auf.

Ich rapple mich hoch. Draußen ist es schon fast dunkel. Wie lange haben wir jetzt hier gelegen und geknutscht? Zehn Minuten oder zwei Stunden? Ich stehe auf und merke, dass ich eine Erektion habe. Leicht verschämt wende ich mich von Chiara ab und versuche, an etwas vollkommen Unerotisches zu denken.

Es klingelt wieder. Ich laufe die Treppe hinunter und öffne die Tür.

»Laterne, Laterne, Sonne, Mond und Sterne.« Da stehen vier Kinder mit ihren selbst gebastelten Martinslaternen. »Brenne auf, mein Licht. Brenne auf, mein Licht. Aber nur meine liebe Laterne nicht.«

»Wie nett«, brumme ich.

Die Kinder strahlen mich an. Ein Junge hält mir einen geöffneten Stoffbeutel hin.

Ich laufe in die Küche, komme mit der angebrochenen Packung Butterkekse zurück und werfe sie in den Beutel.

»Wie nett«, brummt der Junge, als wollte er mich nachäffen. Will er vermutlich wirklich.

»Tschüss«, sage ich, schließe die Tür und laufe die Treppe hoch zurück in mein Zimmer. Eigentlich will ich mich aufs Bett werfen und ganz dringend weiterknutschen, aber Chiara sitzt wieder auf meinem Schreibtischstuhl. Sie hat sich in die Zeichnung vertieft.

»Das ist wirklich richtig gut«, sagt sie. »Mich faszinieren die Augen dieses Ungeheuers. Du hast es so lebendig gezeichnet, da liegt irgendwas Irres in seinem Blick.«

»Danke«, sage ich und lasse mich wieder aufs Bett fallen. »Fällt dir denn irgendetwas dazu ein? Im Bezug auf den Bürgermeister? Irgendein Hinweis? Muss ja nichts mit dem Auto zu tun haben. Vielleicht ist es was ganz anderes.«

»Mit fällt nichts ein«, sagt sie. »Absolut nichts. Und ich bin mir nicht sicher, ob ich es dir sagen würde, wenn mir doch was einfällt. Ich finde diese ganze Y-Geschichte total gruselig. Willst du nicht lieber die Finger davon lassen?«

»Hast du etwa Angst, dass jemand mit einer Knarre im Rathaus auftaucht wie in dieser Pizzeria?«

»Kann doch sein«, sagt sie. »Viele Kommunalpolitiker kriegen Morddrohungen, auch Martin Fürst.«

»Wenn das so ist, müsste man ihn eigentlich warnen«, überlege ich. »Also Fürst.«

Chiara legt das Blatt aus der Hand und kratzt sich am Kopf.

»Dazu ist es wahrscheinlich zu unkonkret«, meint sie. »Was du mir erzählt hast, klingt nicht wie ein direkter Mordaufruf. Ich habe eher Sorge, dass irgendein verwirrter Typ das so interpretiert.«

»Na, dann sollte ich auf gar keinen Fall die Finger davon lassen«, sage ich. »Im Gegenteil – ich muss schneller sein als alle anderen und das Game gewinnen. Wenn es zu Ende ist, ist es zu Ende und dem Bürgermeister droht keine Gefahr mehr. Wenn du also deinen Martin Fürst beschützen willst, wäre es am besten, wenn du mir hilfst, das Rätsel der gefangenen Kinder zu lösen.«

»Er ist nicht *mein* Martin Fürst«, entgegnet sie. »Und ich werde dir nicht helfen. Ich möchte mit diesem Y wirklich nichts zu tun haben.«

Sie wendet sich ab, schaut aus dem Fenster, dann lässt sie ihren Blick über meinen Schreibtisch schweifen. Ich frage mich automatisch, ob da irgendetwas herumliegt, das mir unangenehm oder peinlich sein könnte.

»Grauglitschig«, sagte sie. Erst schnalle ich es gar nicht. *»Glibberkalte, grässlichste Novembernachmittagstrübnis.«* Sie liest aus meinem aufgeschlagenen Collegeblock vor, wo immer noch kein Englischaufsatz über die Apartheid in Südafrika steht, sondern bloß ein paar weitere Wortungetüme aus den letzten Tagen. Sie liest: *»Niemandslandnebel. Novembernachtnordwindtropfen, Nirgendschlaf.* Das ist …«, sie dreht sich zu mir um, »wirklich wundervoll. Du bist ja ein Poet! Ein Poet und ein Zeichner.«

Mir wird warm, ja richtig heiß von ihrem Lob, ich glaube, meine Birne ist knallrot angelaufen.

Ich weiß nicht, warum ihre Bewunderung mich paradoxerweise verunsichert. Ich will bescheiden tun und sage: »Ach, na ja, irgendwas kann doch jeder.«

»Ich nicht«, antwortet sie sehr bestimmt.

»Unsinn«, sage ich. »Du kannst küssen! Es ist der Wahnsinn! Und du behauptest, du hättest angeblich Scheu vor physischen Menschen.«

Sie steht auf und kommt zu mir aufs Bett. »Du musst ja viel Erfahrung haben, um das vergleichen zu können.«

»Ich brauche keine Vergleiche«, sage ich und schließe sie in die Arme.

Sie streicht mir übers Gesicht, fährt mit ihren Fingern durch mein Haar, schließt die Augen und drückt ihren Mund auf meinen. Eine seltsame Tätigkeit, denke ich, dass zwei Menschen ihre Zungen miteinander verknoten, dass sie mit den Fingern den Hals, das Schlüsselbein, den Nacken, die Schulterblätter des anderen erkunden, dass sie ihre Nasen aneinanderreiben, wie unlogisch all das. Ich frage mich, ob ich Y aufgeben würde, wenn sie mich darum bäte. Ich glaube aber, dass sie das gar nicht tun wird, also mich bitten. Warum sollte sie das auch. Ich weiß gar nicht, ob man gegenseitig solche Forderungen stellen kann oder soll, wenn man zusammen ist. Ich weiß nicht mal, ob wir das jetzt eigentlich tatsächlich sind – zusammen. Und was das heißt. Ich hatte noch nie eine Freundin und ich habe das auch nicht in Betracht gezogen. Natürlich habe ich Fantasien in Bezug auf Mädchen, aber das sind eben Fantasien, und ich habe mir niemals auszumalen versucht, wie es sich anfühlt, ganz real mit einer was anzufangen.

Ich fänd es schöner, wenn ich nicht diese Gedanken denken müsste, sondern einfach in den Augenblick einsinken und alles genießen könnte, so wie vorhin, bevor die Kinder geklingelt haben, aber das funktioniert nicht mehr. Und jetzt höre ich von unten Absatzgeklapper auf den Flurfliesen. Ich ziehe den Kopf zurück und setze mich aufrecht hin.

»Was ist?«

»Meine Mutter«, brumme ich.

»Hast du Angst, dass sie gleich ins Zimmer gestürmt kommt?«

Ich zucke mit den Schultern. Meine Eltern platzen nicht rein, sie klopfen an, das ist das Mindeste. Oder sie rufen sogar an. Trotzdem fühle ich mich gehemmt.

»Wir sind ja noch komplett angezogen«, meint Chiara.

Ihre Worte durchschauern mich. Dass sie das so sagt, deutet ja darauf hin, dass es theoretisch auch anders sein könnte. Wir könnten echten Sex haben, sie und ich. Nicht in der Fantasie oder irgendwelchen Pornoclips, sondern persönlich, physisch, analog. Der Gedanke erschreckt mich zutiefst.

Ja, ich kriege richtig Angst – und hab nicht die geringste Ahnung, vor was eigentlich.

Chiara mustert mich, kneift Augen und Lippen zusammen.

»Alles in Ordnung bei dir?«

»Ja, klar. Ich war nur gerade ...«

»Schon gut.«

»Nein, es ist nur ...«

»Du musst nichts erklären.«

»Nein. Aber ich fand ... ich find ... also es ist total schön mir dir. Wirklich.«

Sie gibt mir einen schnellen Kuss und rappelt sich dann vom Bett hoch.

»Ich muss dann auch mal los«, sagt sie.

Ich springe auf und frage: »Sehen wir uns wieder?«

Da lacht sie und meint: »Es gibt Schulpflicht, oder? Ich schätze, ich werde morgen wieder hingehen. Wenn du auch gehst, sehen wir uns.«

»Ich meinte: so. Wie gerade.«

»Ja. Fänd ich schön.« Sie nimmt meine Hand und gibt mir noch einen Kuss.

Ich begleite sie die Treppe hinunter. Wie der Blitz kommt meine Mutter aus der Küche geflitzt.

»Ach, hallo. Ich glaube, wir haben uns noch nicht kennengelernt.« Sie schüttelt Chiara begeistert die Hand. »Ich bin Janusz' Mutter. Kannst gern Sabine zu mir sagen.«

»Chiara«, sagt Chiara.

Ich will Chiara in ihren Regenmantel helfen wie ein Gentleman, verheddere mich aber fast darin, so ungeschickt stelle ich mich an. Sie kriegt trotzdem irgendwie ihre Arme in die Ärmel, schultert ihre Schultasche und geht.

»Wir sehen uns«, ruft sie über ihre Schulter.

»Ja«, rufe ich zurück und schließe die Tür.

Meine Mutter steht im Flur, faltet die Hände, lächelt.

»Ein sehr nettes Mädchen«, lobt sie, als wäre das eine Art Verdienst von mir, wie eine gute Note in einer Klausur oder so was.

»Woher willst du das wissen?«, frage ich und gehe die Treppe wieder hoch. »Du hast sie doch nur drei Sekunden gesehen.«

»Nun, sie wirkte nett«, sagt meine Mutter. »Und sie trifft sich mit dir.«

Ich muss bitter auflachen. »Es macht einen Menschen nett, dass er sich mit mir trifft? So wie es nett ist, eine einsame Oma im Altersheim zu besuchen?«

Ich will in meinem Zimmer verschwinden und die Tür hinter mir schließen, doch meine Mutter kommt die Treppe hoch und folgt mir.

»So habe ich das natürlich nicht gemeint, Janusz-Hase. Ich freue mich ganz einfach, wenn du Kontakt zu Gleichaltrigen hast.«

»Ja, wie neulich, als Min-su hier gewesen ist. Da hast du auch so einen Tanz veranstaltet.«

»Also getanzt habe ich nun nicht gerade.«

»Lass mich doch bitte mein Privatleben so leben, wie ich das möchte. Ich bewerte doch auch nicht, mit wem ihr euch trefft, Papa und du, und wie oft und überhaupt.«

»Würde mich aber nicht stören«, erwidert sie achselzuckend. »Ich finde es nicht schlimm, wenn du dich für deine Eltern interessierst. Und ebenso wenig ist es schlimm, dass wir uns für dich interessieren. Ich frage mich halt manchmal, ob du dich nicht ein bisschen einsam fühlst, und dann …«

»Nein«, sage ich.

»Was, nein?«

»Tu ich nicht«, sage ich. »Mich einsam fühlen. Weder *bin* ich einsam, noch *fühl* ich mich so, okay? Ich treffe wahnsinnig viele Leute online, wir haben eine Menge Spaß. Ich bin nicht einsam.«

»Ja, schon gut, ich hab's kapiert.«

Meine Mutter wendet sich zum Gehen, doch dann hält sie inne. Ihr Blick fällt auf meinen Schreibtisch. Die Zeichnung mit dem Schwarzen Drachen.

»Hast du das gemalt?« Macht kehrt, nimmt das Blatt in die Hand. »Mensch, stark, Janusz. Wirklich beeindruckend.«

»Danke.«

»Hast du das irgendwo abgemalt? Von einer Vorlage?«

»Nein, wieso?«

»Dieser Drache erinnert mich an etwas.«

»Was, echt?« Mein Desinteresse an diesem Gespräch ist schlagartig verflogen. »An was?«

Sie kratzt sich am Hinterkopf. »An irgendwas, was lange her ist, glaub ich. Ich komm nur gerade nicht drauf.«

»Sagst du es mir, wenn es dir wieder einfällt?«

»Ja, falls ich dran denke.« Sie lacht. »Wofür ist das wichtig?«

»Weiß ich nicht«, sage ich. »Sag mir einfach Bescheid.«

Y

Es regnet einfach die ganze Zeit.

Könnte am Klimawandel liegen, sagte jemand im Radio. Im selben Radio, wo sie noch im Sommer erklärt hatten, die anhaltende Dürre käme vom Klimawandel.

Also bitte – was denn jetzt?

Und dann sagt jemand, der Klimawandel würde vor allen Dingen dazu führen, dass das Wetter insgesamt extremer wird: extreme Hitze, extreme Niederschläge, sogar extremer Schneefall, alles denkbar. Alles Folgen des Klimawandels.

Merkst du, wie geschickt diese Argumentation ist? Sie passen ihre Logik einfach immer wieder neu an.

Wenn ich jetzt zum Beispiel behaupte, es gibt den Satan und er versucht, die Herrschaft über die Welt an sich zu reißen. Und als Beweis führe ich an, dass das Reichstagsgebäude in Berlin die Hausnummer 666 hat. Und dann aber behauptet jemand anderes, das Reichstagsgebäude hätte die Hausnummer 1. Und dann sage ich: Da seht ihr es, Satan kämpft mit allen Tricks.

Und dann sagst du vielleicht, dass ich Unsinn rede – und vielleicht tu ich das, vielleicht aber auch nicht. Kannst du beweisen, dass Satan nicht existiert?

Na, siehst du.

Hast du übrigens gewusst, dass Impfstoffe aus dem Blut von abgetriebenen Embryos hergestellt werden? Die Pharmaindustrie produziert immer mehr Impfstoffe. Kein Wunder, dass die Regierung dafür sorgen will, dass es immer mehr Abtreibungen gibt. Woher ich das weiß? Kannst du ja ruhig selbst mal googeln. Ich hab es zuerst auf der Website von *Opposition24* gelesen. Manche behaupten, das wäre eine Seite für Verschwörungstheorien. Aber ein Artikel auf der angeblichen Faktenchecker-Seite *Correctiv* zum selben Thema verwickelt sich total in Widersprüche. Das ist vielleicht kein direkter Beweis dafür, dass *Opposition24* recht hat, andererseits widerlegt es eben die Aussage von *Opposition24* auch nicht. Und jetzt mal ehrlich: Wie ekelhaft und widerwärtig ist denn die Vorstellung, dass man dir in deine Adern Blut von Babys spritzt, die im Bauch ihrer Mütter ermordet worden sind? Unter dem Vorwand, dich vor Krankheiten zu schützen? Krankheiten, die ja vielleicht überhaupt nicht existieren?

Denk da doch mal drüber nach.

Ich sage ja gar nicht, dass es so ist.

Ich schlage bloß vor, dass du einfach mal versuchst, dir vorzustellen, es wäre so. Und welche Folgen das vielleicht hätte.

Ich habe mich wirklich ernsthaft mit der Frage befasst, was Wahrheit ist.

Es gibt Leute, die glauben, dass nur göttliche Offenbarungen überhaupt einen Wahrheitsanspruch haben. Andere meinen, dass so etwas wie Wahrheit gar nicht existiert: Es gibt keine objektiven Wahrheiten, bloß Meinungen und Ansichten. Demnach könnte alles gleich wahr sein oder gleich falsch.

Der Philosoph Jürgen Habermas sagt, dass Wahrheit einen Konsens braucht. Wahr ist eine Sache, wenn ihr möglichst viele Leute aus guten Gründen zustimmen können. Und zwar gewaltfrei.

Aber das ist der Haken.

Gibt es in unserem Leben überhaupt Gewaltfreiheit? Und ich meine gar nicht irgendwelche Länder, wo es verboten ist, zu demonstrieren und wo es keine Meinungsfreiheit gibt und wo du direkt in ein KZ kommst, wenn du was sagst. Ich meine einfach Leute wie dich und mich. Sind wir nicht schon als Kleinkinder in irgendeine Richtung gedrängt worden? Hat man uns nicht erzogen, uns irgendwelche Werte vermittelt, die wir uns nicht selbst ausgesucht haben?

Was für ein Konsens soll das sein?

Ich weiß es nicht.

Ich weiß es einfach nicht.

Dieses Nichtwissen kann einen auch ganz schön verrückt machen.

Selbst die allerschrecklichste Wahrheit ist immer noch besser auszuhalten als das Nichtwissen.

8

Er tröpfelt weiter seine Drops unter die Leute. Ich habe das Gefühl, dass ich immer weniger kapiere statt mehr.

>Y066
Der Antichrist im Herzen Roms tilgte den Donnerstag, der nie existierte.

>Y065
Unter den Häuten der Zwiebel wirst du es finden.

>Y067
WANN WERDET IHR AUFWACHEN?

>Y069
51°04'06.5"N 7°05'53.9"E

>Y070
Satan ist real.
Für J.C.

>Y072
WANN WERDET IHR ENDLICH AUFWACHEN?

Zwiebel? WTF. Der *Antichrist* ist ganz leicht in der Wikipedia zu finden, es handelt sich offenbar um eine apokalyptische Gestalt, eine Art religiösen Endboss. Aber was er in Rom sucht, schnalle ich nicht. Und ein Donnerstag, der nie existierte, sagt mir erst recht nichts.

Gestern war Dienstag und ich habe wieder an diesen Kalendereintrag denken müssen. Was zur Hölle passiert dienstags um halb drei? Woche für Woche für Woche?

Seit fast einer Woche bin ich mit Chiara zusammen. Es ist schön. Wir knutschen. Wir reden. Wir hängen in der Schule in den Pausen zusammen rum. Wir waren am Samstagabend wieder im Kino. Ich habe überlegt, ob ich zu *dm* gehe, Kondome kaufen. Ich hab mich nicht getraut. Nicht wegen der Verkäuferin im Laden, sondern wegen Chiara. Es käme vielleicht komisch rüber, wenn wir nicht zumindest mal drüber sprechen, ob wir es vielleicht mal *tun* wollen.

Min-su hat mich vorhin gefragt, was denn da eigentlich läuft zwischen ihr und mir und ob sie meine Freundin ist. Ich hab ihn abgeknallt. Friendly Fire. Nicht auf dem Schulhof natürlich, sondern im Game. Weiß auch nicht, warum ich zur Abwechslung noch mal mit den Jungs zusammen als Team gezockt habe. Vielleicht, weil ich Lust darauf hatte, genau das zu tun. Friendly Fire. Eigentlich warte ich darauf, dass PURG3M4N mal wieder on ist. Auf seinem /Y-Research/-Board sind auch schon die Rätselworte vom Antichrist, dem getilgten Donnerstag und der gehäuteten Zwiebel aufgetaucht. Jemand schreibt dazu, es müsse sich um eine äußert vertrackte Verschwörung handeln, die Y da mit unserer Hilfe offenlegen wolle, schließlich habe eine Zwiebel ja sieben Häute. Also sieben Schichten und unter jeder Schicht könne sich wiederum etwas Neues, anderes verbergen …

Mich beschleicht der Verdacht, dass es tatsächlich unmöglich sein könnte, das Game ganz allein zu gewinnen, weil niemand alles wissen und alle versteckten Andeutungen enträtseln kann. Dass Y vielleicht wirklich will, dass wir uns zusammenschließen.

Wer immer *wir* sind.

Ich renne, robbe über die Insel, knalle Leute ab und werde abgeknallt.

Ich gehe in den Keller, hole Wäsche aus der Maschine, hänge meine T-Shirts auf, stopfe Socken und Shorts in den Trockner, gehe wieder hoch und starte eine neue Runde.

Da meldet er sich. PURG3M4N.

»Hi, Bad Kid. Auch mal wieder on?«

»Hallo Yves«, sage ich. »Hast du auf mich gewartet?«

»Ja, hab ich tatsächlich. Ich hab mir überlegt – wenn du doch eh weißt, wer ich bin, können wir uns ja auch mal im Real Life treffen und uns austauschen. Du weißt schon. Team und so.«

»Okay?«, sage ich nur. Es klingt mehr nach einer Frage als nach Zustimmung.

Ich habe unwillkürlich Chiaras Stimme im Ohr, sehe sie vor mir, ihre schmalen Lippen, zwischen denen sie herauspresst: *Nazischeiße.*

Aber ich werde wohl kaum zum Nazi, wenn ich mich einmal mit einem treffe. Vielleicht ja sogar im Gegenteil, vielleicht ist es wirklich mein Schicksal, den Bürgermeister vor solchen Typen zu schützen.

Oh Mann, hab ich das gerade wirklich gedacht? Schicksal? Ein bisschen mehr Drama könnte in meinem Leben wirklich nicht schaden.

»Kennst du den Großmarkt?«, fragt Yves.

»Ich weiß zumindest, wo der liegt.«

»Am Ende des Parkplatzes steht so eine Fischbude. Freitag um elf?«

»Geht es auch später?«

»Wie lange musst du freitags arbeiten?«

Ich verkneife mir ein Lachen. So, wie ich mir nicht vorstellen konnte, dass Erwachsene beim Y-Game mitspielen, ist es für Yves anscheinend nicht denkbar, dass Jugendliche am Start sind.

»Ich könnte zirka vierzehn Uhr da sein.«

»Ja, das passt. Bis dann.«

Weg ist er. Noch bevor das neue Match begonnen hat. Ich verlasse das Spiel ebenfalls.

Stehe auf, gucke aus dem Fenster. Graue Wolken wie seit Tagen. Seit Wochen schon, es gibt gar kein anderes Wetter mehr und mir kommt es vor, als hätte es nie anderes Wetter gegeben.

Mein Blick fällt auf einen weißen BMW in der Garageneinfahrt des Hauses schräg gegenüber. Ich zucke zusammen. Das Kennzeichen des Wagens: WUM – Y 66.

Er ist es.

Er ist hier!

Nein, Bullshit, Mann.

Vielleicht hat Alissa ein Auto geschenkt bekommen. Wenn ich mich nicht irre, ist sie schon achtzehn geworden. Meine Nachbarin. Also die Tochter der Nachbarsfamilie. Als Kinder haben wir manchmal zusammen gespielt. Warum auch immer sie sich ein Kennzeichen mit diesem Buchstaben ausgesucht hat – Y parkt nicht in ihrer Einfahrt, um mein Haus zu observieren. Alles ist ganz normal, alles easy, niemand verfolgt mich.

Auf der Fensterbank sitzt eine dicke schwarze Fliege.

Sie ist wieder da. Ich stupse sie mit dem Fingernagel ganz vorsichtig an, sie krabbelt ein paar Millimeter, dann dreht sie sich um, als würde sie mich direkt ansehen mit ihren riesengroßen glitzernden Fassettenaugen. Sie putzt sich die Flügel, dreht ab und krabbelt ein bisschen weiter. Ich könnte das Fenster öffnen und sie wieder ins Freie lassen, aber ich vermute, dass sie das gar nicht will. Niemand will bei diesem Wetter ins Freie gelassen werden. Manchmal ist eben drinnen das eigentliche Draußen.

Ich werde Chiara nicht erzählen, dass ich mich mit Yves treffe. Es fühlt sich komisch an. Falsch. Nicht das Treffen, sondern das Verschweigen. In einer Beziehung sollte man keine Geheimnisse haben. Glaube ich. Vielleicht aber auch doch, man bleibt ja ein eigener Mensch, auch wenn man mit jemandem zusammen ist. Ich weiß gar nicht, wie ich auf den Gedanken komme, dass es falsch sein könnte. Wer definiert so was? Ich weiß nichts über Beziehungen.

Es ist noch nicht richtig lange, dass ich mich für Sex interessiere. Aber ich hab seither bestimmt Hunderte Pornos gesehen. Ich kenne alle denkbaren Sexstellungen, jedenfalls die englischen Begriffe dafür. Ich habe trotzdem nicht die geringste Fantasie, wie das wäre, wirklich mit einem Mädchen zu schlafen. Wie man beginnt und woher man weiß, was sie gut findet. Ich wünschte, ich könnte einfach meine innere Festplatte löschen.

Und außerdem hat Chiara selbst gesagt, dass sie mit Y nichts zu tun haben will. Indem ich ihr meine Verabredung mit Yves verschweige, respektiere ich ihren Willen.

Ich drehe mich zum Schreibtisch um und betrachte meine Zeichnung vom schwarzen Drachen. Öffne eine Schublade und nehme Pinnadeln heraus und hefte das Blatt an die Wand neben das Poster von Night Lovell. Es klopft.

»Herein.«

»Ich mache Abendessen«, sagt mein Vater. »Hast du Lust auf Pfannkuchen?«

Sein Blick fällt auf den Drachen.

»Witzig«, meint er. »Hast du das gezeichnet?«

»Was ist daran witzig?«, frage ich.

»Nichts, eigentlich«, sagt er. »Es erinnert mich bloß an was.« Er lächelt verschmitzt. »Früher gab es ein beliebtes Ausflugslokal im Grünen, das hieß *Zum Schwarzen Drachen*. Ich hab dort deine Mutter gedatet. Mensch, was waren wir damals jung! Jedenfalls – über dem Eingang hing ein Schild und darauf war ein Bild, das ein bisschen so ähnlich aussah. Na, vielleicht auch ganz anders, aber es erinnert mich spontan daran.«

»Papa, niemand benutzt ernsthaft das Wort *daten*, außer in Serien«, sage ich. »Schon gar nicht Erwachsene.« Ich sage das hauptsächlich, um mich selbst von meiner eigenen Aufregung abzulenken.

Er lacht.

»Also, Pfannkuchen?«, fragt er dann.

»Ja, gerne. Ich komm runter. In zehn Minuten, okay?«

Er nickt und verlässt mein Zimmer. Ich hocke mich an den Schreibtisch vor mein Laptop, meine Finger fliegen über die Tasten. Aber es ist gar nicht so leicht, einen Laden zu googeln, der schon geschlossen worden ist, bevor es Google überhaupt gab.

Fündig werde ich schließlich auf Pinterest, in der Fotosammlung eines Lost-Places-Jägers. Die Bilder eines verwunschenen Gebäudes aus Bruchstein und Fachwerk, in den Hang gebaut, halb von Gestrüpp überwuchert wie ein Dornröschenschloss. Und der Jäger hat es sogar auf einer Karte markiert. Es ist mit dem Rad in unter einer Stunde zu erreichen.

Chiara wird natürlich misstrauisch. Ob ich sie nach der Schule wieder mit zu mir nehmen würde, fragt sie mich am nächsten Morgen und ich antworte, das ginge nicht, ich hätte was Wichtiges zu tun.

»Was ist denn so wichtig?«, fragt sie, kneift die Augen und die Lippen zusammen. Sie weiß, dass ich kein Instrument spiele und in keinem Sportverein bin, dass ich eigentlich außer Zocken gar keine richtigen Hobbys habe und eigentlich auch nie ernsthaft für die Schule lerne.

»Ach, sag es mir nicht. Es hat sicher was mit diesem Y zu tun.«

»Aber morgen geht es«, sage ich schnell, bevor mir wieder einfällt, dass ich morgen um vierzehn Uhr PURG3M4N aka Yves Nellesen treffe. »Also nicht gleich nach der Schule, aber später. Ich komm dann einfach zu dir, ja?«

Sie zögert. Ich bin bisher noch nie bei ihr gewesen. Mittlerweise denke ich, ihr ist das unangenehm.

»Wir können ja später mal schreiben«, sagt sie.

»Okay.«

Ich kann kaum das Ende dieses Schultags abwarten. Die letzte Stunde endet um kurz vor vier und von hier aus ist die Strecke bis zum Schwarzen Drachen noch etwas weiter als von meinem Stadtviertel aus. Und spätestens um halb sechs wird es dunkel werden. Ich könnte mich auch gedulden und ganz gechillt am Wochenende hinfahren. Aber meine Neugierde ist zu groß, ich will endlich diesen Schwarzen Drachen mit meinen eigenen Augen sehen. Falls es da wieder einen Hinweis gibt wie an dem Brückenpfeiler oder in dem toten Baum, will ich auf keinen Fall zu spät kommen. Es ist nicht gewiss, dass alle Player so fair vorgehen wie ich oder Yves oder der Fusselbart. Schon morgen früh könnte jemand anders den Ort finden und den Hinweis an sich nehmen oder vernichten.

So trete ich in die Pedale, quäle mich durch den Nieselregen und den anschwellenden Feierabendverkehr, raus aus der Stadt und die weit gewundenen Serpentinen einer endlosen Steigung hinauf, muss im kleinsten Gang aus dem Sattel und im Stehen treten und frage mich für einen Moment, ob Y in Wahrheit nichts anderes ist als ein verrückt gewordener Fitnesstrainer, der die Menschen zu mehr Sport animieren will. Dann erinnere ich mich an Fusselbart in seinem grauen Toyota und daran, dass ich vermutlich der einzige Player ohne Führerschein bin. Außer Min-su und den anderen zumindest, aber ich habe den Eindruck, dass er und Mert und Vinzent inzwischen aufgegeben haben, sonst hätte Min-su ein paar Andeutungen fallen lassen.

Vielleicht wäre es ja heute passiert, geht mir durch den Kopf. Hätte ich den Schwarzen Drachen ignoriert und stattdessen Chiara mit zu mir genommen, wer weiß. Dabei habe ich immer noch keine Kondome gekauft. Aber sie vielleicht. Sie hat enttäuscht ausgesehen. Ich bin der allergrößte Idiot des Planeten und der ganzen Galaxis, dass ich mich hier auf meinem Mountainbike die Kurven emporkämpfe, anstatt mit ihr auf meinem Bett zu liegen und – ja, was genau. Vielleicht werde ich es nie erfahren.

Weil der Wald hier so dicht steht, habe ich erst gar nicht gemerkt, dass ich den Scheitelpunkt erreicht habe. Jetzt geht es ein paar Hundert Meter ziemlich steil abwärts, das tut gut. Ich schalte in den höchsten Gang, lasse die Arme rechts und links neben mir baumeln und das Bike dahinschießen, als würde ich einen Drachen reiten. Beinahe hätte ich die Abzweigung verpasst. Mein Handy will, dass ich links abbiege, und da hängt sogar ein Schild, nein es baumelt und könnte jeden Augenblick von dem morschen Pfahl herunterfallen. Durch Moos und

Flechten hindurch schimmern die Umrisse einer schwarzen Drachengestalt. Ganz anders als der, den ich gezeichnet habe: Er fliegt nicht, sondern sitzt mit ausgebreiteten Schwingen auf einem Stein.

Gasthaus Zum Schwarzen Drachen – Fußweg 15 Minuten

Die kurze Stichstraße öffnet sich zu einem Parkplatz, halb von Gras und Efeu überwuchert. Ein Wohnwagen steht da, auch er von Grünspan überzogen, die Kennzeichen abmontiert, die Fenster von innen mit Pappkarton verkleidet, sonst keine Autos. Ein schmaler asphaltierter Weg führt von hier in den Wald und verschwindet hinter einer Biegung, als wolle er mich verschlucken. Obwohl die Bäume kein Laub mehr tragen, bilden ihre Zweige ein dichtes Dach und filtern das vergehende Tageslicht. Ich zögere, die Lampe anzuknipsen. Dabei gibt es gar keinen Grund, hier nicht gesehen zu werden. Eine kleine Radtour auf einem öffentlichen Weg, kein Hinweis auf *privat* oder *gesperrt*. Der Boden ist von Wurzeln aufgeplatzt. Ich schalte die Lampe am Lenker ein und folge dem kaltgrellen Trapez aus LED-Licht um ein paar Windungen, bis die Straße schließlich an dem Haus endet, das ich von den Fotos des Lost-Places-Jägers wiedererkenne.

Der untere Teil ist aus großen Steinblöcken gemauert und hat keine Türen oder Fenster, nur ein zweiflügliges hölzernes Garagentor. Eine breite Treppe führt zu einer großen Terrasse hinauf. Ab da besteht das Haus aus Fachwerk, zwei Stockwerke hoch, mit einem spitzen Dach. Ich sehe mich um. Natürlich ist niemand hier. Allerdings gibt es Reifenspuren. Der Asphaltbelag endet vor dem Holztor, rechts und links wächst ein wenig Gras auf matschigem Boden und dort hat offenbar ein Auto gewendet, vielleicht auch mehrere. Fusselbart und weitere Player? Jemand, der sich verfahren hat? Jemand wie mein Vater, der aus sentimentalen Gründen mal gucken wollte, ob eigentlich das alte Ausflugslokal noch steht? Unter dem Tor wächst ebenfalls Gras hervor. Es sieht nicht so aus, als wäre hier in letzter Zeit ein Auto rein- oder rausgefahren oder als wäre es überhaupt geöffnet worden.

Ich lehne mein Bike gegen die Mauer, löse die Lampe vom Lenker und nähere mich der Treppe. Hier gibt es jetzt doch eine Absperrung. Wobei die rot-weiße Kette eher lustlos über der untersten Stufe hängt und das daran baumelnde Schild mit der Aufschrift *Betreten verboten. Einsturzgefahr!* angesengt ist, als hätte jemand zum Spaß sein Feuerzeug drangehalten. Ich steige über die Kette und die Stufen hinauf. Oben auf der Terrasse stehen verwitterte Biergartentische und Klappstühle, manche umgeworfen. In einer Ecke Reste eines Lagerfeuers, in einer anderen McDonalds-Tüten und verstreute Hamburgerschachteln, außerdem liegen überall Kippen und Bierflaschen herum. Erinnert mich ein bisschen ans Loch bei der Unterführung. Über der Tür prangt, wie mein Vater es beschrieben hat, das Schild mit dem Drachen und dem Namen des Lokals. Ich leuchte es mit der Fahrradlampe an und verstehe, warum meine Eltern direkt daran denken mussten, obwohl der Drache eine ganz andere Körperhaltung hat als der auf meiner Zeichnung. Es ist der Blick, den Chiara als etwas Irres bezeichnet hat. Zufällig habe ich meinem schwarzen Drachen denselben Ausdruck ins Gesicht gezeichnet wie der unbekannte Urheber dieses Wirtshausschildes. Oder auch nicht zufällig, vielleicht kann man einen Drachen gar nicht anders zeichnen. Ich meine ja nicht so süße, lustige, kleine Kuscheltiere wie Kokosnuss oder Tabaluga, sondern richtige Monster aus uralten Legenden, die man besänftigen musste, indem man ihnen Jungfrauen als Opfergabe brachte. Oder kleine Kinder … Gänsehaut. Es ist richtig kalt geworden, ich hätte eine dickere Jacke anziehen sollen.

Die Fenster hier im ersten Stock des Gebäudes sind mit Holzplatten vernagelt, auch auf diesen blüht grüner Belag. Im zweiten Stock erkenne ich zerborstene Fensterscheiben, von irgendwem aus Spaß oder Langeweile mit Steinen eingeworfen. Aus einem Fenster hängt der Zipfel einer vergilbten Gardine und bewegt sich sacht im kaum merklichen Wind. Als würde er mir winken.

Ich leuchte die Wände ab, die Holzbretter in den Fensteröffnungen sind allesamt intakt, keine Einbruchspuren. Wer immer hier Party macht, begnügt sich wohl mit der Terrasse und hat keinen Bedarf, ins Innere einzudringen. Hätte ich auch nicht.

Was ich nicht sehe, sind irgendwelche Hinweise, die auf den ersten Blick zu Y passen könnten. Es gibt ein paar Graffiti und Tags, aber nichts davon hat mit Satan oder Fürst oder Kindern zu tun. Es gibt einen Briefkasten neben der Tür. Der Schlitz ist so breit, dass ich fast meine ganze Hand hineinstecken kann. Was ich fühle, könnten Lakritzstäbchen sein. Ich ziehe meine Hand wieder raus und rieche, dass es Kippen sind. Ich schüttle meine Finger, um den Geruch loszuwerden.

Die Terrasse reicht im hinteren Bereich etwas über die Breite der oberen Stockwerke hinaus. Weil das Haus in den Hang gebaut ist, beginnt dort eine steile Böschung. Sie ist durch ein rostiges Geländer abgetrennt, das allerdings von Baumwurzeln und Dornenranken zur Hälfte aufgefressen wurde. Ich klettere über das Geländer und hangle mich von Baum zu Baum die Böschung hoch. Der ganze erste Stock endet wie das Erdgeschoss im Berg, aber der zweite ragt darüber heraus. Ich lasse den Lichtstrahl über die Rückwand des Gebäudes wandern. Die

Fenster zum Hang sind genau auf Bodenhöhe. Sechs Fenster insgesamt, hinter allen sind die Vorhänge zugezogen, nur bei einem fehlen die Glasscheiben. Anscheinend gibt es doch Besucher, die sich ins Innere gezogen fühlen. Mein Lost-Places-Jäger war es wohl nicht, er hat nur Fotos von außen gepostet. Ob darin der nächste Hinweis wartet? Will Y, dass ich hier einsteige und mich drinnen umsehe?

Ich werde da nicht reingehen. Auf keinen Fall! Schon bei Tageslicht nicht. Nicht mal, wenn im Hochsommer die liebe Sonne scheint und die Blümlein blühen und Vöglein zwitschern. In der Abenddämmerung eines Novembertages schon gleich gar nicht. Es ist inzwischen fast dunkel geworden.

Ich senke die Lampe zu Boden, weil ich plötzlich Schiss kriege, ich könnte im finsteren Innern des Schwarzen Drachen irgendjemanden aufschrecken. Oder irgendetwas. Ich stelle mir vor, ich würde mich einem der Fenster nähern und drinnen würde plötzlich der Vorhang zur Seite gerissen und ein Augenpaar würde mich anglotzen.

Scheiße, warum hab ich so viel Fantasie?

Ich wende mich um, schiebe mich an der Hausecke vorbei und stolpere den Hang abwärts. Ich will mich über das Geländer der Terrasse schwingen, bleibe mit dem Fuß an einer Dornenranke hängen, schlage einen unfreiwilligen Salto und lande halb mit dem Gesicht, halb mit dem rechten Handballen auf dem Steinboden. Rapple mich fluchend auf. Die Handfläche brennt und meine Wange auch, aber sonst tut mir nichts weh. Ich renne los, quer über die Terrasse, vorbei an der Tür und dem Briefkasten, halte aber inne. Biete all meinen Willen auf, nicht sofort kopflos wegzurennen, sondern stehen zu bleiben und mich auf das zu konzentrieren, was mir gerade aufgefallen ist.

Das Türschloss. Ich bücke mich und leuchte es mit der Fahrradlampe an. Es glänzt matt im Lichtschein. Rein und sauber, kein Hauch von Rost oder Patina, nicht mal die Schrauben, mit denen der Beschlag auf das modernde, abblätternde Holz der Tür fixiert ist, zeigen Spuren von Alter. Als hätte erst heute Morgen jemand dieses Schloss hier angebracht. Oder letzte Woche vielleicht oder vor ein paar Monaten, meinetwegen, auf jeden Fall aber viele Jahre, nachdem dieses Gasthaus geschlossen worden ist.

Ein Ort, um Kinder gefangen zu halten.

Eine knappe Stunde später steige ich völlig erschöpft vom Rad. In der Garageneinfahrt schräg gegenüber steht wieder der weiße BMW mit Y-Kennzeichen. Ob ich mal bei Alissa klingle und frage, wem der Wagen gehört?

Heute aber nicht. Ich bin müde, hungrig, total verschwitzt und ein bisschen aufgewühlt von – ja, wovon eigentlich? Objektiv betrachtet hab ich einfach nur ein verlassenes altes Lokal erkundet. Aber vor meinem inneren Auge sehe ich im Keller dieses Hauses eine Gruppe Kinder, eingesperrt, verängstigt, traumatisiert. Sie haben vielleicht meine Schritte gehört und gehofft, da wäre endlich jemand, der ihnen hilft und sie befreit. Aber dann haben sich die Schritte entfernt und niemand hat geholfen. So ein Feigling. Alles absolut hoffnungslos.

Ich versuche, die Vorstellung mit Macht fortzuwischen, bringe mein Bike in die Garage und betrete das Haus, wo meine Eltern gerade am Tisch sitzen und Abendbrot essen. Ich blicke in erschrockene Gesichter.

»Was ist?«, frage ich.

»Sag du es uns«, antwortet mein Vater. »Und guten Abend.«

Meine Mutter ist aufgesprungen und kommt mit ausgefahrenen Händen auf mich zu, als wolle sie meinen Kopf umfassen. Ihre Finger stoppen einen Zentimeter vor meinem Gesicht.

»Wie siehst du denn aus? Bist du gestürzt? Da müssen wir was drauf tun.«

Die brennende Wange. Ich habe auf dem Heimweg gar nicht mehr dran gedacht, der Wind hat die Schrammen gekühlt und im Kopf hatte ich nur diese Kinder, die ja nicht in echt existieren.

»Wie oft habe ich gesagt, du sollst deinen Fahrradhelm tragen, Hase?«, fragt meine Mutter und ist schon auf der Treppe.

»Auf den Kopf ist er aber anscheinend nicht gefallen«, ruft mein Vater ihr hinterher. Er guckt mich an. »Oder, mein Sohn? Wo ist das her? Hast du dich geprügelt?«

Er klingt streng, aber ich habe den Eindruck, dass er es insgeheim gut fände, wenn es so wäre.

»Bin gestolpert«, brumme ich. »Hab mich einfach nur blöd angestellt, hatte nichts mit dem Bike zu tun.« Meine Mutter kommt die Treppe wieder runter, mit einer Wundsalbe in der Hand.

»Außerdem«, sage ich, »können Hasen gar keine Helme tragen. Was würden sie sonst mit ihren Ohren machen?«

»Berechtigte Frage«, meint mein Vater.

Meine Mutter verteilt Salbe auf meiner Wange. Ich hatte eine knappe Stunde Zeit zu überlegen, wo ich gewesen bin, falls sie mich fragen.

Aber sie fragen gar nicht.

Zum Abendessen gibt es Zwiebelkuchen.

Nichts belegt, dass das verlassene Ausflugslokal tatsächlich jener Schwarze Drache ist, von dem Y spricht. Noch nicht, jedenfalls.

Das könnte sich ändern, falls sich dort am kommenden Dienstag irgendwas tut. Dienstag um halb drei. Eigentlich habe ich dienstags bis zwei Unterricht. Aber vielleicht werde ich Kopfschmerzen kriegen.

Y

Ich gebe zu: Ich bin nicht so cool und abgebrüht, wie ich gern wäre. Ich konnte mir nicht verkneifen, bei Deathliveroo nachzufragen, ob schon Bestellungen eingegangen sind. Bisher keine. Er war so freundlich, mich nicht eigens daran zu erinnern, dass er ohne Geld-zurück-Garantie arbeitet. Er hat für mich drei Pistolen reserviert und ich habe sie bezahlt und dabei bleibt es. Egal, ob nun eine oder fünf oder gar keine Bestellungen bei ihm hereinkommen. Ich würde am liebsten zweimal täglich nachfragen, aber das verkneife ich mir.

Wenn mein Projekt scheitert und wirklich überhaupt niemand die entscheidende Mail an Deathliveroo schickt, kann ich mir die Waffen immer noch selbst zuschicken lassen, schließlich habe ich sie ja gekauft, sie gehören mir. Was ich im Zweifel damit anfangen würde, weiß ich nicht. Ich weiß bloß, dass ich es nicht selbst tun kann. Ich hätte längst die Möglichkeit dazu gehabt, aber ich bin zu schwach. Diese Kaltblütigkeit und Entschlusskraft, die man dazu braucht, fehlen mir schlicht. Eine bittere Erkenntnis, aber immerhin, ich verschließe mich ihr nicht.

Nein, ich bin durchaus in der Lage, zu analysieren und rationale Schlussfolgerungen anzustellen. Darum habe ich mich für das rationalste Vorgehen entschieden, das es gibt: für natürliche Auslese. Nur die Besten werden meine Rätsel lösen. Und nur die Besten der Besten werden die Waffen erhalten. Und der Beste der Besten der Besten wird es am Ende tun. Er wird dann gar nicht versagen können. Weil er ja der Beste ist. Logisch, oder?

Natürliche Auslese.

Evolution ist ja wohl ganz sicher keine Verschwörungstheorie.

Evolution ist objektiv.

9

Ich habe die halbe Nacht und den ganzen Vormittag lang überlegt, ob ich Yves von dem Geisterhaus erzählen soll. Ich werde ihm den Tipp nicht einfach so auf dem Silbertablett servieren, habe ich beschlossen, sondern nur, wenn er mir im Austausch auch was bieten kann. Zum Beispiel über Zwiebeln oder Antichristen. Oder über einen Donnerstag, der nie existierte.

Ich habe mir noch mal seinen Blog angesehen und ein Foto von ihm gefunden. Der drahtige Typ mit schmalem Schnurrbärtchen, der da neben der Fischbude unter einem breiten Schirm an einem Stehtisch lehnt, vor sich eine Coladose und sein Handy, sieht allerdings noch jünger aus als auf diesem Bild. Oder nicht richtig jung, sondern jungenhaft. Einer, der sicher auch mit vierzig noch so aussieht. Laut seinem Blog ist er vierundzwanzig.

Er geht wahrscheinlich davon aus, dass ich ihn gründlich gegoogelt habe, jedenfalls hat er mich nicht gefragt, wie er *mich* erkennen könnte. Er guckt auf sein Handy und mustert zwischendurch die Leute, die riesige Einkaufswagen zu ihren Autos schieben.

Ich merke, dass ich Hunger habe. Schließlich komme ich direkt von der Schule hierher. Ich schließe mein Bike an einem Fahrradständer fest, schlendere zur Fischbude und bestelle eine Portion Fish 'n' Chips. Während die Pommes im Fett brutzeln, beobachte ich Yves. Er nimmt mich gar nicht wahr. Sicher komme ich für ihn nicht als die Person infrage, mit der er verabredet ist.

Ich bezahle mein Mittagessen, nehme den dampfenden Pappteller und platziere ihn auf dem Stehtisch. Yves wischt auf seinem Handy herum, dann scannt er wieder das Personal auf dem Parkplatz.

Ich esse ein paar Pommes, ein Stück Fisch, drehe mich zu ihm und sage: »Hallo, PURG3M4N.«

Er fährt herum, mustert mich von Kopf bis Fuß, dann lacht er.

»Hallo, Bad Kid. Du bist ja wirklich ein Kid, damit hab ich nicht gerechnet. Wie alt bist du, wenn ich fragen darf?«

»Siebzehn. Du kannst mich Janusz nennen. Warum wolltest du mich ausgerechnet hier treffen? Ich kann mir kaum einen unpassenderen Ort vorstellen, um sich über die Rätsel eines mysteriösen Internetphänomens auszutauschen.«

»Na, eben drum.« Er streicht sich mit dem kleinen Finger über seinen dünnen Schnurrbart. »Niemand würde hier ein Treffen von Aktivisten vermuten.«

»Ich denke nicht, dass ich ein Aktivist bin«, sage ich. »Ich will einfach nur das Y-Game spielen. Und gewinnen.«

»Für dich ist es ein Game, ja?«

»Und für dich?« Ich schiebe mir ein paar Pommes in den Mund.

»Wie ich schon sagte – ich denke, dass Y Teil der QAnon-Bewegung ist. Es geht darum, sich gegen die Pläne der Neuen Weltordnung zu wehren. Gegen die korrupten Eliten, die uns knebeln und aussaugen. Und darum, den gefangenen Kindern zu helfen. So was ist kein Game.«

»Bist du eigentlich selber Y?«, frage ich.

Wieder lacht er.

»Immerhin beginnt dein Vorname mit dem Buchstaben.«

»Und darum hätte ich mir sicher einen anderen Buchstaben ausgesucht, wenn ich derjenige wäre«, antwortet Yves.

»Hast du eine Ahnung, wer J. C. ist?«, frage ich.

»Ich tippe auf Jesus Christus«, sagt er. »Schließlich geht es darum, das christliche Abendland gegen die Globalisten der Neuen Weltordnung zu verteidigen.«

»Was soll das eigentlich sein«, frage ich, »diese neue Weltordnung? Und wer sind diese Eliten?«

»Du weißt wohl nicht allzu viel«, stellt er fest. »Vielleicht ist dir schon aufgefallen, dass man in allen Medien immer dasselbe sieht, dass die Regierungen immer dasselbe tun, auch wenn sie wechseln. Dass alle nur Marionetten sind, die von geheimen Gesellschaften gesteuert werden. Sie etablieren im Verborgenen ihre Weltherrschaft und sind damit schon ziemlich weit gekommen.«

»Wer ist *sie*?«

»Na, Bill Gates zum Beispiel. Die deutsche Bundesregierung, die EU-Kommission. Das englische Königshaus. Und Britney Spears. Kannst du alles nachlesen, ich kann dir Quellen sagen, haufenweise. Und vor allem Leute wie die Rothschilds oder George Soros, jüdische Milliardäre. Überhaupt die Juden.« Er senkt die Stimme, beugt sich zu mir herüber und flüstert: »Ich weiß, dass man das nicht sagen darf. Aber am Ende sind es doch immer die Juden, die hinter allem stecken.«

»Das ist mir zu abgedreht«, sage ich.

»Das ist es ja gerade!«, raunt Yves. »Checkst du das nicht? Was meinst du denn, warum man nicht frei über Juden reden darf? He? Das ist doch der Beweis. Hast du übrigens schon mal von Pizza-Gate gehört? Ein als Pizzeria getarnter Laden, wo sie im Keller Kinder gefangen hielten, die von stinkreichen links-liberalen Leuten für kranke Sexpartys bestellt werden konnten?«

»Soweit ich gehört habe, hat diese Pizzeria gar keinen Keller.«

»Ja, genau, Mann. Merkst du was?« Er guckt mich an, als würde er mich zum kleinen Einmaleins befragen. »Ist doch klar, oder? Ich meine – hey. Keinen Keller. Ausgerechnet ein Haus, wo es Hinweise auf gefangene Kinder gibt, soll keinen Keller haben? Ja? Wach auf, Mann, wach auf!«

Ich kann ihm nicht mehr richtig folgen. Beiße in den Fisch, kaue, sehe ihn zweifelnd an, dann frage ich: »Du denkst also, dass all diese Menschen darauf stehen, Kinder zu vergewaltigen?«

»Nicht alle. Das ist nicht nur wegen Sex.« Er sieht mich durchdringend an und zupft an seinem Schnurrbart. Er wartet, dass ich nachfrage. Ich hasse so was.

Aber weil es sonst nicht weitergeht, frage ich: »Sondern?«

»Adrenochrom«, flüstert er. »Schon mal gehört?«

Ich schüttle den Kopf und kaue Pommes.

»Wundert mich nicht«, sagt er. »Natürlich nicht, sie tun ja alles dafür, dass man nicht drüber spricht.« Wieder senkt er die Stimme. Um ihn verstehen zu können, muss ich einen Schritt näher an ihn rangehen, was mir körperlich unangenehm ist, aber ich tu es.

»Adrenochrom ist ein Stoffwechselprodukt, das aus Adrenalin entsteht. Es wird von der Zirbeldrüse ausgeschüttet, unter starkem Stress. Vor allem bei Angst und Schmerz. Zum Beispiel unter Folter.«

Ich muss schlucken.

Er registriert mein Entsetzen mit Genugtuung und fährt fort:

»Sie quälen die Kinder, zapfen ihnen dann Blut ab und extrahieren daraus das Adrenochrom. Und das trinken sie. Es wirkt wie ein Verjüngungstrank.«

Ich muss wieder lachen und mache einen Schritt von ihm weg.

»Sorry«, sage ich, »aber das toppt jeden Fantasyfilm.«

»Ja, genau, Mann. Das ist es ja! Sie machen derart unglaubliche Sachen, dass jeder erst mal denkt, dass es gar nicht wahr sein könnte. Genial, oder? Aber schau dir mal diese Leute an. Die ganzen alten Knacker. Joe Biden war fast achtzig, als er Präsident wurde.«

Ich muss an 4chan und die anderen Image-Boards denken. Die wimmeln von Bildern, auf denen Joe Biden es mit jungen Mädchen treibt. Die meisten Bilder sind dermaßen schlecht montiert, dass es nicht mal nach Photoshop aussieht, sondern als hätte jemand verschiedene Fotos per Hand ausgeschnitten und zusammengeklebt.

»Und du denkst, dass genau das auch in unserer Stadt geschieht, ja? Dass Oberbürgermeister Martin Fürst Kinder entführen lässt, um deren Blut zu trinken?«

Er streicht wieder über sein Bärtchen und fragt: »Könntest du das Gegenteil beweisen?«

»Nee, wie denn auch?«

»Na, bitte. Ich weiß ja, dass es verrückt klingt. Aber im Laufe der Geschichte sind alle, die eine bahnbrechende neue Erkenntnis hatten, erst mal für verrückt erklärt worden. Weil die normalen Menschen es nicht verstanden haben. Oder nicht verstehen wollten. Es ist ja auch ungemütlich festzustellen, dass deine ganzen Wahrheiten nur Illusion sind. Viele wollen lieber als Schlafschafe durchs Leben dösen, weil es kuscheliger ist, statt endlich die unschönen Wahrheiten zu akzeptieren. Aber wir werden ganz allmählich mehr. Dank Corona sind viele aufgewacht. Kennst du das Lied *Marionetten* von Xavier Naidoo und den Söhnen Mannheims? Zwischen den Zeilen hörst du es ganz deutlich raus.«

Fisch und Pommes sind inzwischen kalt geworden. Ich schiebe die Pappschale mit den Überresten meines Mittagessens ein Stück von mir weg. Was Yves da alles von sich gibt, ist nicht wirklich neu für mich. Auf den Imageboards kursieren schon lange solche wilden Theorien, zumindest Schnipsel davon habe ich immer mal wieder aufgeschnappt. Meistens denke ich dann, dass die Leute das ironisch meinen, als Verarsche, oder dass sie einfach nur Trash geil finden. So auf einer Ebene mit dem Dschungelcamp, quasi. Yves hier scheint das alles todernst zu nehmen. Ich bin mir aber sicher, dass Y nicht so tickt, wie Yves es sich ausmalt. In den ganzen Y-Drops kam kein einziges Mal was gegen Juden vor oder gegen Muslime oder irgendwas Frauenfeindliches. Y hat nur ein einziges Feindbild: den Bürgermeister. Kann ja sein, dass es tatsächlich mehr ist als nur ein Game. Aber in diesem Fall wäre es wohl was sehr Persönliches. Trotzdem bleibt es ein Game. Denn wenn Y einfach nur einen Hass auf Martin Fürst hätte, gäbe es für ihn tausend bessere Wege, das rauszulassen. Ein Attentat oder meinetwegen irgendwelche Lügen öffentlich zu verbreiten, aber nicht dieses Heimliche, Mysteriöse, das nur einen kleinen Kreis von Menschen erreicht. Das wäre nicht logisch. Ein Game ist die einzig logische Erklärung für das, was Y da inszeniert.

»Ich hab dir ganz schön was zum Denken gegeben, nicht wahr?«, meint Yves und lächelt mich gönnerhaft an.

»Aber echt«, lüge ich. »Sag mal, irgendwo auf deinem Blog hab ich gelesen, dass du Geschichte studierst, richtig?«

»Ja, also die offizielle Geschichte. Was anderes wird ja an den

Unis nicht gelehrt. Aber ich bemühe mich, hinter die angeblichen Tatsachen zu blicken.«

»Verstehe. Worauf ich hinauswollte – wenn du was von Geschichte verstehst, hast du dann vielleicht eine Ahnung, was es mit einem Donnerstag auf sich hat, der nie existierte? Und mit einem römischen Antichrist?«

»Hab ich tatsächlich.« Wieder scannt er mich von oben bis unten. »Aber ich bin mir nicht sicher, ob ich dir vertrauen will.«

»Sagtest du nicht was von Teamarbeit?«

»Sagte ich. Aber ich habe Zweifel, ob du schon weit genug bist.«

»Du meinst: weit genug in Sachen Verschwörungsglauben?«

»Allein, dass du das so nennst, zeigt mir, dass wir nicht unbedingt in dieselbe Richtung wollen.«

»Politisch ganz sicher nicht, das stimmt. Aber was das Game betrifft, wollen wir doch beide das ›Rätsel der gefangenen Kinder‹ lösen.«

»Du denkst an einen Deal?« Er nippt von seiner Cola und streicht sich wieder über sein Bärtchen.

Ich nicke.

»Ich mag keine Dealer. Aber okay, wenn du was zu bieten hast …« Cola. Schnurrbart. Skeptischer Blick. »*Hast* du was zu bieten?«

»Wie weit bist du mit dem Schwarzen Drachen?«

»Du hast ihn?«

»Denke schon.«

»Nun?«

Ich setzte einen extrem coolen Blick auf – oder was ich dafür halte. »Du zuerst.«

»Na gut.« Yves räuspert sich. »Der Antichrist in Rom ist niemand anderes als der Papst höchst persönlich.«

»Hä?«, mache ich.

»Hast du gewusst, dass der Papst in Wahrheit nicht Gott, sondern dem Teufel einen Eid geschworen hat?«, fragt er. »Kann man alles nachlesen. Die wirkliche, echte Kirche kämpft im Untergrund gegen die offizielle Mainstreamkirche.«

»Okay.« Ich schüttle unmerklich den Kopf, hole mein Handy raus und öffne meine Liste mit den gespeicherten Y-Drops. »Und wieso hat der Papst einen Donnerstag getilgt? Einen Donnerstag, der nie existierte?«

»Es geht gar nicht um das Auto, oder?«, entgegnet Yves. »Beim schwarzen Drachen, meine ich. Wer ist es?«

Ich seufze. »Kein *er*. Ein *es*. Ein Gebäude«, sage ich.

»Hier in der Stadt?«

»Nein. Aber auch nicht weit entfernt. Wie kann ein Papst einen Donnerstag tilgen?«

»Indem er einen neuen Kalender einführt. Wo liegt dieses Gebäude?«

»Du musst der Jakob-Mierscheid-Straße stadtauswärts folgen, da kommen irgendwann Serpentinen.«

»Kenn ich. Und weiter?«

»Wie soll ich mir das vorstellen, dass der Papst einen neuen Kalender einführt? Kapiere ich nicht. Hat das was mit dem Taschenkalender zu tun, den wir beide in dem toten Baum gefunden haben?«

»Nein, hat es nicht. Aber ich hab dir schon mehr als genug gesagt. Den Rest kannst du ganz easy googeln.«

»Und du kannst ganz easy die Serpentinen hochfahren.«

Er verschränkt die Arme und scannt mich ein drittes Mal, als könnte er was entdecken, das ihm vorher entgangen ist.

Schließlich sagt er: »Wir werden wohl eher kein Team werden, du und ich.«

»Nope.« Ich werfe meinen Pappteller in den neben uns stehenden Mülleimer, der einem Fischkopf mit weit aufgerissenem Maul nachgebildet ist. »War aber nett, mit dir zu plaudern.«

»Ganz meinerseits«, brummt er. »Für heute jedenfalls. Sollten wir uns wieder über den Weg laufen, könnte es allerdings etwas weniger nett werden.«

Ich verkneife mir zu fragen, was er damit konkret meint. Bestimmt weiß er es selber nicht und will sich nur ein bisschen interessant machen. Und mich einschüchtern. Wobei er einfach nichts Einschüchterndes an sich hat. Ein Mittzwanziger, der innerlich irgendwie bei zwölf stehen geblieben ist. Garantiert wohnt er noch bei seinen Eltern, in seinem Kinderzimmer.

»Also, dann«, sage ich, nicke ihm zu und schlendere zu meinem Rad. Ohne mich noch mal zu ihm umzudrehen, öffne ich das Schloss und fahre los, cruise zwischen den Kleinlastern und Lieferwagen hindurch zum Ausgang dieses riesigen Parkplatzes und trete in die Pedale. Den Nieselregen bemerke ich kaum noch, er gehört inzwischen so selbstverständlich dazu, dass ich mich an Sonne nur noch wie an eine Sache aus dem vorletzten Urlaub erinnern kann. Der Skatepark ist überfüllt. Über dem Parkour mit Half- und Quarterpipes wölbt sich die breite Autobahnbrücke auf schlanken Stelzen – es ist dieselbe Hunderte von Metern lange Brücke, die irgendwo weiter unten den Rhein überquert. Dort, wo meine Suche angefangen hat. Hier hat die Autobahn quasi einen großen überdachten Spielplatz geschaffen. Neben dem Skatepark gibt es noch Minigolf, zwei Basketball-Cages und jede Menge Bänke und bankähnliche Betonquader zum Abhängen. Irgendwo steht eine Bluetoothbox und verströmt chillige Bässe. Ich steige vom Rad, hocke mich auf eine freie Bank und ziehe das Handy raus.

Ich schreibe Chiara: *wmdg?*

Glotzen, schreibt sie sofort zurück. *Und du?*

Ich schreibe: *Kann ich zu dir kommen?*

Keine Antwort.

Hm.

Wie kann ein Papst einen neuen Kalender einführen? Yves hatte Recht. Ich muss wirklich nicht lange googeln, bis ich kapiere, was es mit dem getilgten Donnerstag auf sich hat. Wenn ich auch erst mal keine Ahnung habe, was ich damit jetzt anfangen soll. Es ist ein Puzzleteil und wird sich früher oder später einfügen.

Noch immer keine Antwort von Chiara. Wir haben uns jetzt schon dreimal bei mir getroffen, aber noch kein Mal bei ihr. Sie will mich anscheinend nicht in ihr Haus lassen. Oder in ihr Leben.

Ich habe noch nie so viel Bullshit auf einmal gehört wie vorhin in den paar Minuten meines Gespräches mit Yves Nellesen. Die Juden stecken also hinter allem? Mir fällt auf, dass ich überhaupt keine Juden kenne. Für einen Augenblick macht mich das stutzig. Ich meine – auf meiner Schule sind über zwölfhundert Leute: Ihre Eltern kommen aus Deutschland und Polen, Spanien und Russland, aus der Türkei und aus Nigeria, einer kommt sogar aus Bayern. Es gibt Christen und Muslime und eine ist bei den Zeugen Jehovas; die meisten glauben vermutlich an gar keinen Gott, sondern an ihre Instagram-Likes oder ihren Sportverein. Kann es denn sein, dass unter all diesen Leuten niemand jüdisch ist? Eine Verschwörung? Oder sie sind einfach nicht da, weil sie nie geboren worden sind. Ebenso wenig wie ihre Eltern und Großeltern. Weil die, die ihre Vorfahren hätten sein sollen, zu Millionen vergast worden sind.

Vielleicht gibt es trotz allem jüdische Leute an meiner Schule, überlege ich, aber sie zeigen es nicht. Weil sie in Angst leben müssen, solange Leute wie Yves Nellesen ihre Märchen verbreiten.

Das Krasse ist – gefangene Kinder gibt es ja trotz alledem.

Ich lehne mich zurück und google vor mich hin. Jedes Jahr werden in Deutschland Tausende Kinder als vermisst gemeldet. Die meisten tauchen nach kurzer Zeit wieder auf, ohne dass irgendein Verbrechen passiert ist. Andere werden irgendwann tot aufgefunden. Von wieder anderen fehlt jede Spur ... seit drei, fünf, zwölf Jahren. Ab und zu machen Horrornachrichten die Runde: Einer jungen Frau ist die Flucht geglückt; sie war als Kind entführt und von ihrem Peiniger acht Jahre lang in einem Kellerversteck gefangen gehalten worden. In Kalifornien erhält die Polizei einen Notruf und findet in einem unscheinbar wirkenden Haus zwölf verwahrloste, unterernährte Kinder und Jugendliche, seit Jahren von den eigenen Eltern gefangen gehalten und teilweise mit Ketten ans Bett gefesselt. Einmal im Jahr durften sie duschen, haben sie nach ihrer Befreiung ausgesagt. Und die Nachbarn haben nichts bemerkt. Mich fröstelt. Unter dieser Brücke bläst ein ganz schön frischer Wind.

Niemand hat etwas bemerkt.

Ist das denn möglich? Niemand wundert sich, dass man die Kinder niemals sieht, dass sie nicht auf der Straße spielen, nicht mal zur Schule gehen? Niemandem fällt auf, dass der eine kranke Typ da gar nicht allein in seinem Haus lebt, sondern sich ein junges Mädchen hält wie ein Haustier? Niemandem? Really?

Der Entführer jener jungen Frau hat später angeblich Selbstmord begangen; er sei von einem Zug überfahren worden. Untersuchungen seiner Leiche sollen aber ergeben haben, dass seine Verletzungen von ganz anderer Art waren ... die Sache verlief im Sande. Hintermänner, Drahtzieher, Geldgeber wurden nicht gefunden und auch nicht ernsthaft gesucht. In Belgien flog vor einigen Jahren ein Mann auf, der Kinder entführte, quälte und verhungern ließ. Angeblich ein Einzeltäter. Jahrelang wurde ermittelt, zwei Dutzend Zeugen starben während dieser Zeit, es gab angeblich Hinweise auf die Beteiligung wichtiger Personen bis in die Regierung hinein. Rausgekommen ist nie etwas …

Okay, Yves labert Kackmist. Aber ich verstehe eine Sache durchaus: seine Zweifel daran, dass unsere Wirklichkeit wirklich so ist, wie wir vielleicht glauben sollen.

Ich schaue an die Betondecke hoch über mir und stelle mir die Schlagzeilen vor: *Kinder aus verlassenem Gasthof befreit – Bürgermeister entpuppt sich als brutaler Entführer – Angeblich hat niemand etwas gewusst.*

Was würde eigentlich Emily Fürst sagen, wenn sie von Y wüsste?

Also – falls sie nicht doch selbst Y ist.

Mein Handy brummt.

Chiara schreibt: *Walter-Lübcke-Straße 19*

Na, bitte.

Ich kopiere die Adresse in die Navi-App, stehe auf und muss mich erst mal durchstrecken, als hätte ich auf der Bank nicht kurz gesessen, sondern ein paar Stunden geschlafen. Mein Körper fühlt sich so an. Unwillkürlich sehe ich mich um, ob mich hier jemand komisch anguckt. Keine Ahnung, warum.

Ich atme durch und schwinge mich aufs Rad.

Die Walter-Lübcke-Straße ist nicht weit entfernt. Eine Viertelstunde später halte ich vor einem imposanten Hochhaus von vielleicht elf oder zwölf Stockwerken. Halb zwischen Müllcontainern versteckt gibt es einen Fahrradständer, wo ich mein Bike anschließe, dann studiere ich die riesige Klingeltafel mit ihren unzähligen, teils mehrfach überklebten Namensschildern. Während ich noch nach dem Namen Rombach suche, bimmelt mein Handy. Chiara.

»Hab dich schon von oben gesehen«, sagt sie, »ich drück auf. In den Flur, links zum Aufzug und in den neunten Stock.«

Ich mache es so, und als sich kurz darauf die Aufzugtür vor mir wieder öffnet und ich einen Flur betrete, steht Chiara in einer der vier Wohnungstüren. Sie breitet die Arme aus und umschlingt mich, wir küssen uns lange.

»Komm rein«, sagt sie dann.

Ich folge ihr durch einen schmalen Flur in ein kleines Zimmer voller Bücherregale. Die Regale quellen über und lassen nur ein wenig Platz für einen Kleiderschrank, einen kleinen Schreibtisch mit einem großen Computerbildschirm und ein plüschiges Bett, auf dem sich Kissen stapeln: große, kleine, ganz große, dicke, lange, runde, fünfeckige, glatte, flauschige, strubbelige, bestickte, bestrickte, befellte, bemalte Kissen. Ich hätte mich am liebsten sofort mit Chiara zusammen in dieses Kissenmeer einsinken lassen, müsste ich nicht zuallererst ans Fenster treten und die atemberaubende Aussicht bewundern.

»Man kann ja fast bis Köln sehen«, staune ich. »Ist das nicht der Dom?«

»Ist er. Du solltest das mal im Sonnenschein sehen und nicht wenn alles voller Wolken hängt.«

»Wenn ich dich anschaue, sind da keine Wolken.«

OMG – das habe ich jetzt nicht wirklich gesagt. Anscheinend doch, denn sie lächelt mich an und ihre Augen leuchten wieder so. Sogar ihr Piercing scheint zu glitzern.

»Das ist übertrieben kitschig, was du gerade gesagt hast.«

»So was von«, sage ich. »Weiß selber nicht, wie mir das in den Sinn kam. Wird nicht wieder passieren.«

»Schade eigentlich. Ich bin in meinem tiefsten Innern ganz extrem verkitscht, musst du wissen.«

Ich grinse.

»Was hast du denn angestellt?«, fragt sie.

Kurz erschrecke ich und frage mich, wie sie von meinem Treffen mit Yves erfahren hat. Aber das meint sie nicht. Sie streckt eine Hand nach meiner Wange aus, wo man noch die Abschürfung von meinem Sturz auf der Terrasse erkennen kann.

»Mich doof angestellt«, sage ich. »Bin gestolpert, tut aber nicht mehr weh. Sag mal, hast du gewusst, dass der Kalender, nach dem wir heute unser Jahr einteilen, 1582 durch Papst Gregor den Dreizehnten eingeführt worden ist?«

»Nee«, sagt sie und schaut mich zweifelnd an. »Ist das wichtig?«

»Total. Bis dahin galt nämlich der Kalender von Julius Cäsar.«

»Aha. Und der war dann nicht mehr gut genug oder was?«

»Richtig. Cäsars Leute hatten das mit den Schaltjahren nicht richtig ausgerechnet. Dadurch waren die Jahre zu lang im Vergleich zu der Zeit, die die Erde braucht, um die Sonne zu umrunden. Und so verschob sich im Lauf der Jahrhunderte der Frühlingsbeginn im Kalender immer weiter nach hinten – weg vom tatsächlichen Frühlingsanfang in der Natur, verstehst du?«

»Glaub schon.«

»Um den Kalender quasi wieder richtig einzustellen, hat dieser Papst im Jahr 1582 einfach ein paar Tage rausgeschmissen.«

»Wie – rausgeschmissen? Wie kann man Tage rausschmeißen?« Sie runzelt die Stirn.

»Die haben sie übersprungen. Auf … warte.« Ich zücke mein Handy und öffne nochmal die Seite, wo ich es gefunden habe.

»Auf Donnerstag, den 4. Oktober 1582, folgte Freitag, der 15. Oktober 1582. Die Tage dazwischen wurden einfach gelöscht. Sie haben niemals stattgefunden. Zum Beispiel Donnerstag, der 11. Oktober 1582 – dieser Tag hat niemals existiert. Er wurde getilgt.«

»Getilgt«, wiederholt Chiara. »Was für ein Wort.«

»Ist das nicht faszinierend?«

»Sicher.« Sie sieht mich einen Moment an, als zweifle sie an meinem Verstand. Dann lächelt sie und meint: »Das ist richtiges Nerd-Wissen. Hab dich gar nicht als Nerd eingeschätzt.« Unvermittelt wird sie wieder ernst. »Oder hat es mit deinem Y zu tun?«

»Das ist nicht *mein* Y«, antworte ich. »Aber du hast recht, es hat mit ihm zu tun. Wusstest du, dass in Deutschland jedes Jahr über zehntausend Kinder als vermisst gemeldet werden?«

»Woher soll ich so was wissen?«

»Ich hab Websites gefunden, da ist von hunderttausend die Rede. Aber das ist Quatsch, glaub ich, denn auf der Website vom Bundeskriminalamt stehen viel niedrigere Zahlen. Andererseits bin ich mir nicht sicher, ob man dem BKA überhaupt trauen kann.«

Chiaras Gesicht scheint sich zusammenzuziehen, ihre Augen werden schmal, ihre Lippen auch, ich glaube, sie hasst es, dass ich wieder damit anfange. Aber ich rede trotzdem weiter, weil ich es einfach irgendjemandem erzählen muss, und ich weiß niemanden außer ihr.

Ich sage: »Laut BKA werden 98 Prozent der Kinder sehr schnell wiedergefunden, wohlbehalten, ihnen ist nichts passiert. Aber zwei Prozent bleiben verschwunden, oft jahrelang. Wusstest du, dass zurzeit 1800 Kinder in Deutschland als vermisst gelten? Manche schon seit einer halben Ewigkeit. Und das ist keine Zahl, die QAnon verbreitet, sondern die findest du in allen möglichen Mainstreammedien. Stell dir das mal vor. Wo stecken die nur alle?«

»Woher soll ich das wissen?«, wiederholt sie. Ihre Zähne mahlen aufeinander, ich kann es hören.

Mein Blick geht wieder aus dem Fenster, über die Dächer der Stadt, die Kirchtürme, Hochhausblocks, Bürogebäude, Fabrikschlote – als müssten die Kinder da irgendwo stecken.

»Das ist Gift«, sagt Chiara und ihre Stimme klingt, als hätte sie selbst gerade einen tödlichen Cocktail gekippt. »Wenn du solche Sachen in dein Denken reinlässt, vergiftest du deine ganze Wahrnehmung.«

»Ich behaupte doch gar nicht, dass ich irgendwas wüsste«, widerspreche ich. »Ich verbreite keine Verschwörungsmärchen, falls du das meinst. Ich stelle nur Fragen.«

»So fängt es an.«

»Was kann falsch daran sein, Fragen zu stellen?«

»Nichts. Eigentlich.« Sie atmet tief ein und aus, als müsse sie sich mühsam kontrollieren, mich nicht anzubrüllen. »Aber in diesen Fragen schwingt schon das Gift mit. Wenn du unbedingt Ungereimtheiten suchen willst, wirst du auch welche finden. Überall. Du wirst deiner eigenen Wahrnehmung nicht mehr trauen, all deine Gewissheiten werden sich auflösen, du wirst den Boden unter deinen Füßen verlieren.«

Sie geht in die Hocke und stützt sich mit der rechten Hand am Boden ab, als hätte sie Angst, sonst umzukippen. Oder: als würde sonst das ganze Haus umkippen. Die ganze Welt. Ich hocke mich auch hin, ihr gegenüber. Ich möchte sie in den Arm nehmen, aber sie ist hart wie eine Basaltskulptur.

»Wie kommst du auf so was?«, frage ich leise und streichle etwas unbeholfen ihre Schulter.

»Ich habe es bei jemandem erlebt.« Sie schluckt. »Man gleitet ab und keiner kann einen retten.«

Mir fällt ein Satz ein, den sie bei unserem Kinoabend gesagt hat. Auf meine Frage, ob sie auch Einzelkind sei wie ich. Sie hat geantwortet: *Ja, quasi.*

»Bei wem hast du es erlebt?«, frage ich und fasse ihre linke Hand. »Meinst du jemanden in deiner Familie?«

»Ich will nicht darüber reden. Nicht jetzt. Vielleicht irgendwann. Du darfst mich nicht für verrückt halten, ja?«

»Ich halte dich nicht für verrückt«, sage ich. »Ich halte dich nur an der Hand.«

»Ja.« Der Basalt löst sich und sie lässt sich von mir wieder hochziehen. Sie schlingt ihre Arme um meinen Kopf und drückt sich an mich, küsst meinen Hals, hält mich fest.

So stehen wir an ihrem Fenster vor dem Panorama der Stadt, die für uns ganz unmerklich das Licht herunterdimmt.

Lange stehen wir da. Irgendwann nicht mehr, wir liegen, ohne dass ich den Wechsel richtig bemerkt habe. Wir graben uns eine Höhle in den Kissenberg hinein, ziehen uns darin von der Welt zurück, küssen uns, reiben uns aneinander und ich denke, dass ich immer noch keine Kondome gekauft habe, und dass das egal ist, weil wir es heute nicht tun werden, jedenfalls nicht so. Mein Penis ist die ganze Zeit total hart und ich glaube, sie spürt das durch meine Hose hindurch, aber sie sagt nichts dazu, vielleicht findet sie das ja schön … Keine Ahnung, in all den Pornos im Internet kommt so was gar nicht vor.

Irgendwann sind unsere Münder wie ausgefranst, wir lassen voneinander ab und setzen uns auf. Draußen herrscht Dunkelheit. Ich überlege, dass ich allmählich nach Hause fahren müsste, andererseits ist es für einen Freitagabend noch früh und es besteht gar kein Grund dazu. Aber ich kriege Hunger.

»Sollen wir was kochen?«, fragt Chiara. »Ich bin nicht gerade gut darin, aber du ja vielleicht.«

»Nein«, sage ich, »ich auch nicht. Das wird bestimmt lecker.«

Ich schreibe meinen Eltern in unserer Dreier-Familien-WhatsApp-Gruppe, dass ich unterwegs sei und wie üblich spätestens um elf heimkäme. Erhobene Daumen kommen zurück. Keinerlei *Fahr vorsichtig, halte dich mit Alkohol zurück, denk an deine Jacke* oder was sie sonst so schreiben – vielleicht passt es ihnen ganz gut.

Ich schaue mich in der Küche um, wo es neben Herd und Kühlschrank, Waschmaschine und so weiter einen kleinen, an der Wand verschraubten Tisch mit zwei Klappstühlen gibt.

»Ihr wohnt allein hier, du und deine Mutter?«, frage ich.

Was ich nicht frage, hängt zwischen uns in der Luft ... Wo ist dein großer Bruder, der im Internet Verschwörungstheorien verbreitet? Hat deine Mutter ihn rausgeworfen oder ist er von selbst gegangen? Traust du ihm zu, dass er Y ist?

»Sie hat Spätschicht«, sagt Chiara. »Sie kommt erst gegen elf Uhr heim.« Sie öffnet den Kühlschrank, den Wandschrank, einige Schubladen.

Ich weiß, dass Chiara gar nicht von einem älteren Bruder gesprochen hat. *Quasi Einzelkind* schließt auch jüngere Schwestern, Stiefgeschwister, verbannte, enterbte und sogar ausgedachte Kinder ein, aber ich sehe halt einen älteren Bruder vor mir. Er trägt Fusselbart und Jogginghose.

»Ravioli?«, fragt Chiara und stellt zwei Konservendosen auf die Anrichte.

»Gute Wahl«, sage ich. »Was arbeitet deine Mutter?«

»Sie ist Pflegerin.«

»In der Psychiatrie?«

»Nein, im Altenheim.« Sie boxt mir gegen die Schulter. »Psychiatrie ist dir nur deshalb eingefallen, weil ich mich vorhin so bescheuert aufgeführt habe. Richtig?«

»Hast du gar nicht«, sage ich. »Bescheuert war, dass ich dir ständig von Y erzähle, obwohl du ziemlich klargemacht hast, dass du damit nichts zu tun haben willst.«

»Vielleicht war beides bescheuert«, meint sie. »Aber am bescheuertsten ist immer noch, dass du überhaupt das Game von Y spielst.«

»Weiß nicht.«

»Warum tust du es?«

Sie steht vor mir, den Dosenöffner in der Hand, als wolle sie mir gleich den Kopf aufschneiden und drinnen nachschauen, um zu begreifen, was mich an Y so reizt. Aber sie tut es nicht, sondern macht sich an den Ravioli-Dosen zu schaffen und nickt zu dem Unterschrank neben der Waschmaschine.

»Kannst du einen Topf rausholen?«

Ich kann. Stelle einen Topf auf den Herd und überlege, warum ich das Y-Game spiele.

»Vielleicht ist es dieses Gift, was mich reizt.«

»Hm?« Sie wirft mir einen Seitenblick zu. »Kapier ich nicht.«

»Das Game von Y«, sage ich, »dieses Spiel um angeblich gefangene Kinder, das überschreitet ständig die Grenzen zwischen online und offline, es wechselt zwischen Fakten und wilder Fantasie. Es spielt mit … na ja, irgendwie mit Abgründen.«

»Abgründe«, wiederholt sie.

»Genau«, sage ich. »Irgendwas zwischen Wahn und Wirklichkeit.« Die Worte hängen noch kurz unter der leicht vergilbten Küchendecke und verströmen was Dramatisches.

Ich könnte ihr vom Schwarzen Drachen erzählen, diesem Gruselhaus draußen vor der Stadt. Aber ich möchte gar nicht noch weiter über Y nachdenken. Das kann ich noch genug, wenn ich allein bin.

Als hätte ich das laut ausgesprochen, dreht Chiara sich unvermittelt zu mir und sagt: »Ich fänd es schön, wenn du bei mir bleibst. Über Nacht.«

»Oh …«, mache ich und muss wieder an die nichtgekauften Kondome denken.

Und als Zweites an meine Eltern. Ich sollte sie anrufen und fragen, ob das okay geht. Aber ich hab keine Lust, mich interessiert auch ihre Antwort nicht, ich bin immerhin siebzehn, ich wasche meine Wäsche selbst und all das. Ich schreibe ihnen, dass ich *auswärts* übernachte und morgen Vormittag heimkomme, danach schalte ich das Handy in den Flugmodus.

Übrigens habe ich nicht nur keine Kondome gekauft, ich habe mich auch nicht rasiert. Also untenrum. Hab ich noch nie gemacht. Ich bin mir auch nicht sicher, ob das eigentlich wirklich Standard ist und ob Chiara das von mir erwarten würde. Jetzt kann ich es eh nicht mehr ändern.

Anscheinend ist es ihr egal, stelle ist fest, nachdem wir gegessen und gequatscht und je zwei Folgen *Bridgerton* und *The Last Kingdom* gebingt, das Licht ausgemacht, uns unter die Bettdecke verkrochen und ganz langsam Stückchen für Stückchen ausgezogen haben. Ich kann ihre Schamhaare an meinem Bauch fühlen und in meinen Schamhaaren ihre Finger. Es fühlt sich seltsam real an, viel realer, als ich mir das je ausgemalt hätte. Mich durchzucken Stromstöße und ich weiß nicht, ob mir das gefällt oder Angst macht, ich glaube beides. Ich spüre ihre Finger an meinen Hoden und in meiner Achselhöhle, an meinen Nackenwirbeln und der Unterseite meiner Pobacken, an meinen Brustwarzen und an meinem Schienbein, während meine Finger an ihrem Rippenbogen entlangwandern und um ihren

Bauchnabel herum und über ihre Hüften, durch ihre Pofalte und den Rücken hinauf zu ihrem Hinterkopf und über ihre Wangen, ihr Kinn, ihr Brustbein, wieder um den Bauchnabel herum und weiter hinab zwischen ihre Beine, wo es auf einmal ganz feucht ist, richtig glitschig. Es macht mich wahnsinnig geil und es verstört mich total, mein Schwanz ist in ihrer Hand und ich hasse mich abgrundtief dafür, dass ich die ganze Zeit Pornobilder im Kopf habe und mich frage, was ich als Nächstes tun muss und ob das, was mein Ringfinger ertastet, eigentlich die Klitoris ist. Ich will meine Hand zurückziehen, aber sie hält sie fest und windet sich, ich weiß nicht, hat sie Schmerzen oder einen Orgasmus, sie keucht so, ich habe noch nie ein Mädchen so keuchen hören, natürlich nicht, wie auch, im Pornofilm schauspielern die Frauen doch bloß und stöhnen, wenn der Mann ihnen ins Gesicht spritzt, aber Chiara stöhnt gar nicht, sie ringt bloß nach Luft und ich auch. Es durchfährt mich wie der Sprung vom Zehnmeterbrett letztes Jahr, so geht es durch meinen ganzen Körper hindurch, und jetzt ist alles nass und total klebrig, sie, ich, die Bettdecke, mein Gehirn, ich versuche, ihr Gesicht zu erkennen, aber es ist ja stockdunkel, ich traue mich nicht, was zu sagen, sondern warte, dass sie was sagt, aber sie reibt ihren Kopf an meiner Schulter und brummt irgendwas und ich würde eigentlich gern sofort ins Bad laufen und mich waschen, aber andererseits finde ich es schön so, wie es gerade ist, und könnte bis zum Morgengrauen so liegen bleiben, aber dafür bin ich viel zu aufgewühlt. Ich rühre mich keinen Millimeter, als hätte ich Angst, dass sich dann sofort alles auflöst, sie und das Bett und das Zimmer, und ich nehme meine VR-Brille ab und sitze an meinem Schreibtisch. Aber das passiert nicht, weil ich mich ja nicht bewege, sondern reglos daliege. Irgendwann höre ich an ihrem gleichmäßigen Atem, dass sie eingeschlafen ist. Und noch irgendwann später höre ich, wie die Wohnungstür aufgeht. Ich höre Schritte und sehe blinzelnd, dass die Zimmertür einen winzigen Spalt geöffnet wird, für eine oder zwei Sekunden, dann schließt sie sich wieder. Geklapper im Bad, die Dusche rauscht, später wieder Schritte, irgendwo klappt eine Tür zu, Stille. Nur Chiaras Atem.

Im nächsten Moment ist draußen wieder Tag. Seltsames Licht. Sonnenschein. Lange nicht gesehen. Mein Arm tut weh, denn Chiara liegt drauf. Seit Stunden. Trotzdem muss ich irgendwann eingeschlafen sein. Sie mustert mich. Vielleicht auch schon seit Stunden. Ich räuspere mich, ziehe den Arm weg, rapple mich auf. Alles klebt.

»Ich glaub, ich muss dann mal los«, murmle ich.

Da ist so ein Fluchtreflex. Ich will jetzt nicht mit ihr reden. Oder Frühstücken. Oder dass sie mich ihrer Mutter vorstellt. Ich will duschen und frische Klamotten. Ich weiß nicht, warum das so ist. Ich hatte diese Nacht echten Sex mit einer echten Frau und ich mag sie wirklich gern, ich glaub, ich bin sogar richtig verliebt. Das ist so gruselig.

»Ja, okay.« Sie hat geflüstert. »Aber sei leise. Meine Mutter schläft noch.«

Ich drehe mich von ihr weg und ziehe meine Shorts über meine klebrigen Beine, schleiche mich zum Klo und wasche mich schnell ein bisschen, schleiche zurück in Chiaras Zimmer und ziehe mich an. Sie liegt noch immer im Bett und sieht mir so unverwandt beim Anziehen zu, wie sie mich vorhin beim Aufwachen beobachtet hat. Wie eine Tierforscherin in der Wildnis, die sich nicht bewegen will, um das scheue Wesen vor ihren Augen nicht zu verschrecken.

Ich bin ein scheues Wesen.

Ich gebe ihr einen Kuss. Da küsst sie mich hastig zurück, als wäre ihr soeben klar geworden, dass das ein Abschied für immer ist.

Darum sage ich schnell: »Bis bald.«

Ich sage es eigentlich eher zu mir als zu ihr.

Sie nickt, bleibt liegen, schaut mir nach. Ich verlasse das Zimmer und die Wohnung und fahre im Aufzug hinab, als würde mich jemand aus einem Raumschiff zurück auf die Erde beamen.

Die Sonne draußen steht schräg, blitzt aus tausend Pfützen heraus und sticht mir in die Augen. Ich hatte fast vergessen, dass es blauen Himmel nicht nur in Filmen gibt, dass meine Urlaubsbilder aus der Toskana gar nicht gephotoshopt sind, dass die ganze Welt völlig anders aussieht, wenn es nicht regnet. So sagt man doch: Ich sehe es in einem anderen Licht.

Mein Bike steht unversehrt da. Ich hätte mich nicht gewundert, wenn der Sattel geklaut worden wäre. Offenbar habe ich Vorurteile gegen Menschen, die in Hochhausblocks leben. Ich schließe die Kette auf und drehe mich noch mal um, gehe mit den Augen die endlosen Reihen der Fenster ab, Zeilen und Spalten wie auf Karopapier und in jedem einzelnen Kästchen steckt ein ganzes Leben, und vielleicht sitzt dazwischen irgendwo eine Familie, der ein Kind fehlt.

Und vielleicht steht ja Chiara wieder am Fenster wie gestern Nachmittag. Ich versuche, unter all den Fenstern die richtige Wohnung zuzuordnen, die Küche, in der wir gestern Ravioli heißgemacht haben. Aber ich erkenne nichts von hier unten.

Ich fahre los, aber nicht sehr weit. Als ich wieder den Skatepark erreiche, lacht mich die Bank an, auf der ich gestern gesessen habe. Sie hat meine Rückkehr offenbar erwartet.

Ich hocke mich drauf und öffne WhatsApp und beginne eine

Nachricht an Chiara mit alldem, was ich vorhin hätte sagen sollen: dass es schön war mit ihr in ihrem Bett und wie sehr ich die Nähe genossen habe, den Geschmack ihrer Haut und den sanften Druck ihrer Lippen auf meinen, den Duft ihrer Scheide an meinen Fingern, den ich immer noch in der Nase habe trotz der schnellen Wäsche vorhin, dass ich ihren Blick mag, wie sie mich beobachtet, mich scheues Wesen. Dass es mir gefällt, so betrachtet zu werden … so interessant zu sein für einen anderen Menschen. Nicht der zu sein, der dabeisteht und vielleicht was sagt oder halt auch nicht, weil eh niemand drauf eingeht, und dessen Fehlen man gar nicht bemerkt, wenn er nicht da ist.

Ich habe das nicht geschrieben, nicht mal einen halben Satz, habe das alles nach den ersten Worten nur noch gedacht, ohne zu tippen. Auch die ersten Worte lösche ich wieder.

Y schreibt:

>Y074
Öffne die Box der Toren und lass der Rache freien Lauf.
Für J. C.

>Y076
Unter den Häuten der Zwiebel warten viele Geheimnisse.

>Y077
Wacht auf, ihr Schlafschafe! Findet die gefangenen Kinder.

>Y078
Ihr müsst entschlossen sein. Zu allem entschlossen.

Wenn ich aufwachen soll – dann heißt das ja, dass ich jetzt gerade schlafe. Ich frage mich, was das letzte Nacht war, Teil des Schlafes oder des Wachseins. Oder vielleicht gibt es ja auch noch ein Traumreich, das irgendwo dazwischen liegt.

Y

Am Anfang fand ich das ja auch eher lächerlich.

Die Leute, die versuchen, Verschwörungen aufzudecken, kamen mir wie ein Haufen Geisteskranker vor. Wie diese Irren, die sich für Hitler halten, oder die behaupten, sie seien von Außerirdischen entführt worden. Dass ich mich überhaupt näher damit befasst habe, war erst mal nur Lust am Trash. *Guilty Pleasure*, wie andere halt GNTM glotzen.

Doch nach einer Weile fiel mir auf, dass bestimmte Motive immer wieder auftauchen – und zwar überall. Egal, ob die Autoren der Websites sich auf Amerika bezogen oder Europa oder sogar Singapur oder Australien … in allen Teilen dieses armen kranken Planeten sprechen Menschen – eingeweihte Menschen, versteht sich – über die mysteriösen Kindergefängnisse. Mir ist klar geworden, dass so eine weltumspannende Bewegung nicht einfach eine schlichte Erfindung sein kann.

Ich habe mich immer intensiver damit befasst und ein Puzzlestück nach dem anderen eingefügt und irgendwann gemerkt, dass sich tatsächlich ein einziges, großes, zusammenhängendes Bild daraus ergibt. Alles, was um uns herum passiert, lässt sich in diesem *einen* Bild wiederfinden! Es war eine absolut erstaunliche Entdeckung für mich.

Weltweit arbeiten die korrupten Eliten daran, gemeinsam die Weltherrschaft zu erringen. Und alles, was wir um uns herum wahrnehmen, ist Teil ihres teuflischen Plans, wirklich alles: die Corona-Pandemie, der Klimawandel, die Flüchtlingskrisen (ich habe überhaupt nichts gegen Flüchtlinge, die Flüchtlinge können ja selbst gar nichts dafür, sie werden auch nur von den geheimen Mächten gesteuert, um deren Plänen zu dienen). All diese Krisen werden ganz bewusst inszeniert, um unsere Demokratien auszuhöhlen. Selbst der angebliche Hass im Netz wurde von den Eliten in Auftrag gegeben, damit sie einen Vorwand haben, um die Meinungsfreiheit abzuschaffen.

Hinter allem, was geschieht, steckt ein einziger Plan.

Ein einziger Feind.

Eine einzige große Verschwörung, die all das verursacht.

Als mir das zum ersten Mal klar geworden war, fühlte ich mich ungeheuer erleichtert.

Klingt vielleicht paradox, denn eigentlich ist das ja eine schockierende Erkenntnis. So schockierend, dass die allermeisten Zeitgenossen es einfach nicht wahrhaben wollen. Sie schließen lieber die Augen vor alledem und reden sich ein, das seien bloß »Verschwörungsmärchen«, weil sie die Wahrheit schlicht gar nicht ertragen könnten – sie würden es nicht überstehen, wenn all ihre Illusionen als bösartige Täuschung der Neuen Weltordnung entlarvt würden.

Ich aber fand es gar nicht schlimm, wie gesagt. Es liegt ja vielmehr eine ungeheuere Entlastung darin. Denn das heißt doch: Du bist nicht schuld, dass die Welt so kaputt ist. Du bist nicht schuld, wenn dein Leben sich falsch anfühlt. Trau deiner Intuition! Versteh doch: Das Leben IST falsch. Weil geheime Mächte es zu manipulieren versuchen.

Vielleicht kannst du es eines Tages auch spüren.

Also.

Ich sage ja nicht, dass es zu hundert Prozent so ist. Ich habe keinen endgültigen Beweis. Aber eigentlich brauche ich auch keinen.

Denn schau mal, es ist doch so: Entweder ich habe recht und unsere ganze sogenannte Realität ist nur eine einzige Inszenierung der machtgeilen Eliten und ihrer Neuen Weltordnung.

Oder ich irre mich. Was wäre die Konsequenz daraus?

Dann hätten die Dinge, die um uns herum geschehen, keine innere Logik. Alles wäre bloß Zufall. All das Böse, das in der Welt geschieht, wäre nicht aus dem teuflischen Plan von Satan entsprungen, sondern es wäre einfach nur … Pech.

Die totale Sinnlosigkeit.

So. Und jetzt sag du mir: Welche der beiden Möglichkeiten findest du leichter zu akzeptieren? Und welche könntest du im Zweifel schwerer aushalten?

10

Ich kämpfe mich durchs Unterholz, der weiche Boden aus moderndem Laub saugt an meinen Füßen und ich versuche, mir die Stelle einzuprägen, wo ich mein Bike versteckt habe. Zurück im Reich des Nieselregens. Der Sonnenschein vom Wochenende war nur ein kurzes Zwischenspiel, als wollten die Wettergötter uns grausam verarschen. In einem sehr großen Bogen bewege ich mich auf den Schwarzen Drachen zu, er liegt jetzt ziemlich weit unter mir. Ich bin den Hang höher hinaufgeklettert, als ich dachte. Von hier sehe ich vor allem dieses überstehende Stück der Terrasse, wo ich letzte Woche gestürzt bin. Und etwas weiter die Stelle auf der Rückseite des alten Gasthauses, von wo man zu den Fenstern gelangen könnte.

Hier ist eigentlich ein guter Platz.

Ich nehme meinen Rucksack von der Schulter und lasse ihn neben mich auf den Boden gleiten. Blick auf die Uhr. Kurz nach halb zwei.

Es ist Dienstag.

Ich bin bereit.

Gleich wird sich zeigen, ob dieser Ort hier wirklich jener Schwarze Drache ist, zu dem es unseren Bürgermeister, seines Zeichens Fürst der Finsternis, Woche für Woche hinzieht. Gleich zu Beginn der Mittagspause habe ich mich wegen Kopfschmerzen abgemeldet. Am Ausgang stand Chiara, als hätte sie erwartet, dass ich an diesem Tag schwänze. Sie hat mich nur angesehen und den Kopf geschüttelt. Ich glaube, sie hat sofort geschnallt, dass meine vorzeitige Beendigung des Schultages irgendwas mit Y zu tun haben muss. Sie hat gar nicht erst gefragt.

Ich öffne den Rucksack. Zwischen meinen Schulsachen habe ich ein Fernglas verstaut, das ich jetzt rausziehe. Ich lehne mich mit der Schulter gegen den Baumstamm vor mir, um einen festen Stand zu haben, dann setze ich das Fernglas an und observiere den Schwarzen Drachen und seine Umgebung. Es fällt mir schwer, die Hände ruhig zu halten und das Bild scharfzustellen. Ich kann meinen Herzschlag fühlen. Es pocht, als würde ich vor einer wichtigen Prüfung stehen. Aber das hier ist ja weniger eine Prüfung für mich als vielmehr für Y. Bislang war das alles ein verworrenes Spiel voller Codes und Rätsel. Ein Spruch an einem Brückenpfeiler und ein verstecktes Notizbuch im Baum. Die Person, um die es in den Rätseln geht, könnte ebenso gut der Weihnachtsmann sein oder der Enderdrache oder der Kaiser von China. Oberbürgermeister Martin Fürst ist in diesem Game bisher nichts weiter als ein Name. Sollte er aber tatsächlich gleich um halb drei hier mit seiner schwarzen Hybrid-Karre vorgefahren kommen, dann – ja, dann ... keine Ahnung, dann würde das Game jedenfalls ein neues Level erreichen. Ich meine – wenn es tatsächlich stimmt, wie Y andeutet, dass Fürst jeden Dienstag zu einer bestimmten Zeit hierherkommt, mit welcher Absicht auch immer, dann könnten ja auch andere Dinge aus dem Game wirklich existieren. Zum Beispiel die gefangenen Kinder.

Ich erschaudere.

Weil es so nasskalt ist.

Ich hatte Chiara das ganze Wochenende über nicht mehr angerufen oder ihr geschrieben. Sie mir auch nicht. Wir haben uns erst Montag in der Schule gesehen und es war komisch, weil wir beide nicht wussten, wie wir uns begegnen sollten. Das ist total bescheuert, es gibt an unserer Schule haufenweise Pärchen, die einen sitzen Händchen haltend in der Mensa rum, die anderen zicken sich quer über den halben Oberstufenhof gegenseitig an, aber eines haben sie alle gemeinsam: Sie wissen anscheinend alle genau, wer sie sind und wie sie sich verhalten wollen. Aber wir wissen es beide nicht, wir haben uns unbeholfen geküsst und sehr belanglos geredet, als wären wir bloß alte Bekannte. Ich hätte so gern gesagt, wie schön ich es bei ihr fand, und ich hätte sie gern gefragt, ob sie es auch schön fand. Ich kriegte es aber nicht raus. Ich weiß nicht, was da mit mir nicht stimmt oder auch mit ihr vielleicht, aber vor allem mit mir. Und im Pornofilm zeigen sie das ja auch nie, wie die Sache am nächsten Tag weitergeht oder in der nächsten Woche. Ich hab extra gestern Nacht noch mal nachgeguckt.

Ich fand es schon als Kind total faszinierend, durch ein Fernglas zu schauen. Du hast eindeutig zwei Öffnungen vor den Augen, aber du siehst nur ein einziges Bild. Mein Bild gleitet über den kleinen Vorplatz des Schwarzen Drachen mit dem Tor und den Reifenspuren davor, gleitet die Mauer hoch und über die Terrasse mit den Tischen und Stühlen, über die vernagelten Fenster und am Giebel des Gebäudes vorbei über den Hang, die kahlen Baumstämme, die so dicht stehen, dass sie dem Wald trotz ihrer Kahlheit etwas Undurchdringliches verleihen und dass ich die vermummte Gestalt erst auf den zweiten Blick als menschliches Wesen erkenne. Ich bin so zusammengezuckt, dass ich das Fernglas verloren habe. Rasch hebe ich es auf und suche nach der Gestalt, kann aber die Stelle nicht mehr finden oder die Gestalt ist zu schnell weitergehuscht. Ich setze das Fernglas ab und kneife die Augen zusammen, scanne den ganzen Hang gegenüber dem Gebäude ab und sehe den schmalen Schatten, der sich da zwischen den Bäumen entlanghangelt. Ich fixiere die Stelle genau, bevor ich mir wieder das Fernglas an die Augen drücke. Kein Zweifel, da ist ein drahtiger Typ in Jeans und schwarzer Jacke, drunter einen schwarzen Hoodie, die Kapuze tief ins Gesicht gezogen. Yves Nellesen. Könnte er sein. Ebenfalls zum Rendezvous mit dem Fürsten der Finsternis. Könnte auch ein anderer sein, aber nicht der Fusselbart aus dem grauen Toyota, der war viel pummeliger. Ich drehe am Rädchen des Fernglases, um ein noch schärferes Bild zu kriegen und vielleicht sein Gesicht zu erkennen, aber in dem Augenblick verschwindet er aus meinem Sichtfeld.

Fast würde es mir ja Spaß machen, wenn sich an dieser Stelle alles in Luft auslösen würde, weil hier nie im Leben ein Oberbürgermeister auftaucht. Weil nämlich das hier doch nicht *der* Schwarze Drache ist, von dem in Ys Rätseln die Rede ist. Oder weil Y uns alle komplett verarscht, vielleicht in diesem Moment auch hier herumschleicht und Yves mit seiner Kapuze und mich mit meinem Fernglas dabei filmt, wie wir seinen Hirngespinsten nachjagen. Später können wir das dann auf YouTube sehen. Und Yves wäre der Geprankte. Okay, ich natürlich auch, aber für mich wäre das nicht mal einen Bruchteil so schlimm wie für ihn.

Er taucht wieder auf. Also Yves oder Mr. X. Entfernt sich ein Stück vom Haus, steigt den Hang hinauf, dreht sich kurz um und sieht genau in meine Richtung. Ich gehe sofort in Deckung, werfe mich auf den Boden und werde eins mit dem modernden Herbstlaub. Ich denke nicht, dass er mich auf die Entfernung gesehen hat. Leider konnte ich sein Gesicht nicht erkennen. Als ich nach einer Weile vorsichtig den Kopf hebe, sehe ich ihn nicht mehr.

Egal, alles egal, hier wird nichts mehr passieren. Ich schaue auf die Uhr, hebe das Fernglas auf, das ich gerade auf den Boden hab fallen lassen, und will es in meinem Rucksack verstauen, da registriere ich ihn aus dem Augenwinkel.

Kein Zweifel, der Wagen des Bürgermeisters. Das schwarze Auto nähert sich im Schritttempo, und wegen seines Elektromotors bewegt es sich nahezu lautlos auf den verfallenden Gasthof zu. Wie eine Katze pirscht er sich an.

Ich merke, dass mein Mund offen steht. Ich presse das Fernglas gegen meine Augen.

Der Wagen wendet vor dem zugewachsenen Garagentor und bleibt dann stehen, Schnauze nach vorn, wie um notfalls direkt abhauen zu können. Auf der Beifahrerseite klappt die hintere Tür auf und Fürst steigt aus, sieht sich um, knöpft seinen Mantel zu. Genau wie neulich, als er zum Fußballspiel seiner Tochter erschien, dieselbe Bewegung, dieselbe Haltung, die Habichtnase. Bloß winkt er diesmal nicht. Auf der anderen Seite steigt sein Fahrer aus. Gregor Schmidt. Der gedrungene Mann öffnet die hintere Tür auf seiner Seite des Autos und nimmt einen großen Koffer vom Rücksitz.

Da drin sind Spritzen! Und Kanülen! Und Schläuche! Und was sie sonst noch brauchen, um den Kindern das Blut abzuzapfen. Nein, Bullshit, das ist nur das Gelaber von PURG3M4N, so etwas gibt es nicht in echt. Andererseits sind die beiden Männer hier. Sie sind eindeutig real, sofern ich nicht komplett spinne. Die Autotüren fallen sachte zu, fast lautlos, und Fürst blickt sich nochmals um, während die beiden Männer die Treppe hochsteigen. Schmidt, in der einen Hand den Koffer, fummelt mit der anderen Hand den Schlüssel aus seiner Hosentasche. Ich höre, wie mein Atem pfeift, kann kaum noch scharf durchs Fernglas sehen, weil meine Hände zittern. Viel zu spät fällt mir ein, dass ich ein Foto machen muss. Ich lasse das Fernglas fallen und nestle mein Handy aus der Tasche. Da hat Fürsts Fahrer schon den Schlüssel ins flammneue Schloss der vernagelten Tür geschoben und sie geöffnet, sie gehen hinein, klick, klick, meine Fotos zeigen bloß noch, wie sich die Tür hinter ihnen wieder schließt.

Puh, Junge, durchatmen, komm runter.

Und der Wagen steht ja noch da, nicht zu leugnen. Ich mache zwanzig, dreißig Fotos, völlig sinnlos, doch ich weiß nicht, was ich stattdessen machen soll. Ich wünschte, Yves wäre wieder aufgetaucht, würde mir zuwinken, Teamarbeit. Wir würden zusammen ums Haus schleichen und von hinten am Fenster lauschen, wir würden vielleicht ins Haus einsteigen und Fürst auf frischer Tat dabei ertappen, wie er gerade – ja, was? Mir fehlt die Fantasie. Und mir fehlt der Mut. Ich bin mitten im Herbstwald festgewachsen, ein komischer Baum mit Handy zwischen den bibbernden Zweigen.

Ich könnte jemanden anrufen, die Polizei. Min-su. Chiara. Ich könnte bei der Zeitung anrufen. Ich kenne niemanden bei der Zeitung, ich weiß nicht mal genau, wie die Lokalzeitung dieser Stadt eigentlich heißt. Ich könnte bei /Y-Research/ posten, dass sofort alle Anons und sonstigen Schwachköpfe ihre dicken Ärsche hierherbewegen sollen, damit wir alle zusammen da reingehen, ein richtiger Mob, der das Gebäude stürmt.

Das ist alles so unfassbar krank – ich und dieser Ort und die Tatsache, dass da der Wagen des Bürgermeisters steht. Ich bin so konsterniert, weil ich, wie mir auffällt, bis vorhin anscheinend nie ernsthaft mit seinem Auftauchen gerechnet habe. Weiß der Geier, was ich stattdessen erwartet habe – irgendwas Symbolisches, ein neues Artefakt, einen spielerischen Hinweis … mein Gehirn rattert und dampft, während mein Körper hier tief ins Erdreich wurzelt, als könnte ich niemals wieder irgendwo hingehen. Ich mache hilflos noch irgendwelche Fotos und lasse die Minuten vergehen, die Viertelstunden, und es ist nach halb vier, als sich die Tür wieder öffnet.

Ich japse und fummle mit Handy und Fernglas rum, eiskalte Finger inzwischen, und ich weiß nicht, was wichtiger ist, die beiden zu fotografieren oder sie mit dem Fernglas aus der Nähe zu beobachten. Der Koffer sieht unverändert aus, natürlich, ich habe schließlich keinen Röntgenblick. Auch die beiden Männer sind unverändert, natürlich laufen ihnen keine Blutfäden aus den Mundwinkeln, Fürst grinst bloß seinen Fahrer an, während dieser die Tür von außen abschließt. Ich fotografiere und fotografiere und die Männer steigen die Treppe hinunter, sie öffnen die Türen, Schmidt legt den Koffer auf die Rückbank, ich fotografiere, sie steigen ein und der Wagen rollt los, lautlos wie vorhin, bis er Richtung Landstraße verschwunden ist.

Die Dämmerung ist nicht mehr fern. Und wenn ich mich jetzt nicht bewege, werde ich für Jahre hierbleiben und eines fernen Tages von Wanderern gefunden werden. *Der Irre aus dem Wald.*

Ich stecke das Handy in die Hosentasche und das Fernglas in den Rucksack und ich schaffe es, den Rucksack zu schultern und einen Schritt zu gehen und noch einen und noch einen, und als mir wirklich bewusst wird, dass ich in die falsche Richtung gehe, nicht zu meinem Fahrrad, das mich in mein warmes kuscheliges Zuhause bringen könnte, habe ich schon die Terrasse des Schwarzen Drachen passiert und schleiche wieder auf die Rückseite des Gebäudes zu. Die sechs Fenster glotzen mich an. *Ihr müsst entschlossen sein*, hat Y geschrieben. *Zu allem entschlossen.*

Das eine Fenster, bei dem die Scheiben fehlen, grinst mir gierig entgegen. Der Vorhang bewegt sich leicht – vielleicht vom Wind, vielleicht von selbst. Komm zu mir, komm schon, sei entschlossen. Ich drücke mich an der Wand entlang bis zu dem Fenster, strecke die Hand aus, betaste den Vorhangstoff, schiebe ihn zur Seite. Ich bin entschlossen. Ich bin *Bad_Kid*, ich habe mein AKM dabei, ich bin soeben aus dem Flugzeug abgesprungen und auf dieser Insel gelandet, ich weiß genau, wie man sich in verlassenen Gebäuden bewegt, wie man Deckung sucht, wie man lebend wieder rauskommt.

Dieser Raum war ein Büro, da stehen noch zwei Schreibtische, ein Telefon mit Wählscheibe, leere Regale, an einer Wand ein paar Graffiti. Ich gleite lautlos über die Fensterbank ins Innere, ziehe das Handy aus der Hosentasche und schalte die Taschenlampe ein. Dicke Staubschicht auf Möbeln und Fußboden und abgesehen von den Graffiti kein Anzeichen von Vandalismus. Sinnloserweise drücke ich ein paarmal auf den Lichtschalter. Natürlich gibt es hier keinen Strom. Als ich die Zimmertür öffne, quietscht es ohrenbetäubend und ich halte erschrocken inne. Höre aber nichts außer dem Pochen meines eigenen Blutes in den Ohren. Der Flur ist dunkel, ausgewetzter Teppichboden, der den Klang meiner Schritte schluckt. Der Lichtkegel der Handylampe huscht über kitschige Ölbilder an den Wänden, ein paar Schädel von Rehböcken, Jagdtrophäen, eine Standuhr mit staubblindem Glas. Nacheinander untersuche ich die Räume: ein Schlafzimmer, ein Wohnzimmer, eine Küche, ein Bad, das hier scheint die Privatwohnung der Besitzer gewesen zu sein. Durch eine Tür gelange ich in einen weiteren Flur. Die Zimmer hier dürften einst Übernachtungsgästen gedient haben, sie sehen alle gleich aus: Bett, Sessel, kleines Tischchen, Kleiderschrank, Waschbecken. Helle Flecken an den Wänden lassen ahnen, dass die Besitzer bei ihrem Auszug ein paar Möbel mitgenommen haben. Alles, was sie vermutlich nicht mehr brauchen konnten, ist einfach hier zurückgeblieben. Eine Treppe führt hinunter in die ehemalige Wirtschaft. Schwaches Licht tropft durch die Ritzen zwischen den Sperrholzplatten, mit denen die Fenster vernagelt sind, und kriecht über die groben Wirtshaustische. Die Treppe knarrt unter meinen Schritten und auch der Holzboden, und immer wieder friere ich zwischendurch in meinen Bewegungen ein, um zu lauschen. Aber da ist nichts und niemand außer mir.

Es gibt eine breite Theke, darauf ebenfalls eine dicke Staubschicht, auch auf den Regalen dahinter. Neben den Regalen ist der Durchgang zur Küche. Wieder halte ich inne. Nichts.

In der Küche herrscht staubig sterile Ordnung. Der Herd, die stählernen Arbeitsflächen, die metallenen Regale sind leer, hier hat jemand aufgeräumt. Das Licht meines Handys spiegelt sich matt in einer mächtigen Stahltür, die mit einem riesigen Hebel verschlossen ist. Der Lichtstrahl wackelt leicht, weil ein Zittern durch meinen Körper in meine Finger wandert. Würden sie die Kinder in einem ehemaligen Kühlraum einsperren?

Ihr müsst entschlossen sein! Ich trete näher. Versuche, meinen Atem zu kontrollieren. Bräuchte jetzt Min-su oder Mert oder Vinzent, die gute alte SniperPrincess, die mir Feuerschutz gibt, während ich den Hebel umlege. Reine Illusion, beim letzten Mal haben sie mich ins offene Messer laufen lassen. Da ist ein Fünkchen Wut und das hilft mir, bringt den Puls runter, lässt mich die freie Hand ausfahren, den Hebel umlegen, die Tür schwingt auf, jemand ruft: »Ho!« oder so etwas und ich brauche einen Sekundenbruchteil, um zu checken, dass ich das selbst war, der gerufen hat.

Ein Raum voller gar nichts. Endlose leere Regalreihen an den Wänden. Blinde Deckenlampen. Es gibt nicht mal einen Temperaturunterschied, weil die Kühlung vor über zwanzig Jahren für immer abgeschaltet worden ist.

Ich verlasse die Küche, gehe zurück in den Saal und wende mich nach rechts, dem verblassten Schild mit der Aufschrift *WC* folgend. Eine weitere Treppe führt hinab ins Untergeschoss. Sie knarzt nicht, weil sie aus Stein ist. Die Toilettenanlage ist ein Schlachtfeld: die Türen der Kabinen zerschmettert, Pissbecken und Kloschüsseln zertrümmert, alles ohne erkennbaren Grund. Die Schuttteile aus Porzellan wirken an den Bruchstellen angelaufen, als liege die Zerstörung schon lange zurück, wer auch immer das warum auch immer getan hat. Ein prähistorischer Kampf der Giganten.

Aber was haben Fürst und sein Fahrer hier drin fast eine Stunde lang getrieben? Mit dem Inhalt dieses Koffers. Es gibt keinerlei Spuren, die darauf irgendeinen Hinweis geben würden.

Ich betrete einen Raum voller altem Werkzeug und Krempel. Zementsäcke, Rohre, Brennholz sind hier gestapelt und ich sehe das Garagentor von innen. Ich durchquere den Raum, folge einem Flur und stehe schließlich vor einer Stahltür. Die Klinke lässt sich hinunterdrücken, aber sie öffnet sich nicht, sie ist fest verschlossen. Als einzige von allen Türen, die ich in diesem Gebäude bislang gesehen habe, abgesehen von dem ehemaligen Kühlraum. Ich klopfe. Mit den Fingerknöcheln. Ich poche mit den Fäusten.

Dumpfes Echo von drinnen.

Genau wie bei der Tür in dem mächtigen Pfeiler unter der Autobahnbrücke. Ich sehe den Satz vor mir, mit Filzstift auf den Beton gekritzelt: *M.F. hält die Kinder nicht hier gefangen, aber in der Nähe.*

»Hallo?«, rufe ich. »Hallo! Seid ihr da drin? Gebt mir ein

Lebenszeichen.« Ich horche. Höre meinen eigenen keuchenden Atem, sonst nichts. »Gebt mir ein Zeichen!«, rufe ich. »Habt keine Angst, ich bin ein Freund! Ich hole euch da raus!«

Pause.

Stille.

Mein Atem rasselt.

Ich poche.

Ich rufe.

Ich schwitze.

Ich spinne.

Oder?

Ich gehe in die Hocke und beleuchte das Schloss, betrachte es ganz genau. Anders als das oben an der Eingangstür sieht dieses hier nicht unbedingt neu aus, aber es ist auch nicht verrostet, es könnte durchaus noch in Gebrauch sein.

Ein kleines rotes Licht leuchtet auf meinem Handy auf. Und die Mitteilung: *Der Akku ist fast leer. Bitte schließen Sie ein Ladegerät an.*

Ich poche wieder, aber außer dem Echo meiner eigenen Schläge kommt nichts zurück.

Ich beleuchte den Boden. Der Staub liegt hier unten nicht so dick, trotzdem glaube ich, Fußspuren zu erkennen. Kann aber nicht sagen, ob das fremde sind oder einfach nur meine. Ich Idiot hätte vorher schauen sollen, jetzt bin ich selbst schon überall hingetreten. Ich poche noch ein letztes Mal. Lausche. Stille.

Ich wische mir den Schweiß von der Stirn, dann trete ich den Rückzug an.

Oben im Restaurant fällt mir auf der gegenüberliegenden Seite des Raumes eine weitere Tür auf, die ich vorhin nicht bemerkt habe. Sie führt vermutlich in ein Hinterzimmer. Kurzer

Blick aufs Handy, die Taschenlampenfunktion frisst wirklich verdammt viel Energie. Ich leuchte auf die Tür, die leicht angelehnt ist, und stoße sie mit dem Fuß auf.

Der Raum ist komplett leer, bis auf ... what the fuck!

Ich fahre mit dem Handystrahl an den beiden dicken Holzbalken entlang, die über Kreuz an der Wand befestigt sind und ein großes, mannshohes X bilden. An den vier Enden der Balken baumeln ... ich gehe näher ran, mein Mund ist ausgetrocknet, ich möchte mich räuspern, husten, schreien, traue mich aber nicht ... eiserne Fesseln. Je ein Ring, groß genug für Hand- und Fußgelenke ... in meinem Kopfkino explodiert die Leinwand, das ganze Kino brennt, mein Nacken auch, mein Hals innen und außen, ich mache Fotos von dem Kreuz, von den Fesseln, ich habe schon wieder nicht dran gedacht, beim Betreten dieses Raumes auf Fußspuren zu achten, aber hier sind eh keine, nicht mal meine eigenen, weil hier gar kein Staub auf dem Boden liegt. Die Treppe knarzt.

Ich lege den Daumen auf die Handylampe, friere ein und stehe im Dunkeln, lausche mit angehaltenem Atem, nur das Blut hämmert mir durch Hals und Ohren. Noch mal knarzt die Treppe und noch mal, jemand scheint von oben herabzukommen, aber nur zögernd. Oder es ist ein Tier. Ja, klar, natürlich, ein Waschbär oder so was.

Noch ein Knarzen, dann wieder Stille.

In Fernsehserien ist es doch meistens ein Waschbär, wenn in alten Häusern unheimliche Geräusche auftreten.

Also in amerikanischen Serien.

Keine Ahnung, ob es in Europa eigentlich Waschbären gibt.

Wer oder was auch immer da auf der Treppe ist, bewegt sich anscheinend nicht mehr. Ich verrenke mir den Hals, um durch die halb offen stehende Tür einen Blick zu erhaschen, aber der

Winkel, in dem ich stehe, ist ungünstig. Die Tür geht nach außen auf, zum Saal hin. Das sollte mein Vorteil sein. Wenn ich online wäre, würde ich mein AKM in Anschlag bringen, die Tür mit dem Fuß aufstoßen und losballern, bis die Treppe durchlöchert ist und mit ihr alles, was sich auf den Stufen befindet. Ich habe kein AKM, bloß ein Handy mit fast leerem Akku, aber ich bin entschlossen, wie ich zu meiner eigenen Verwunderung feststelle. Die Flammen in meinem Kopf, meinem Nacken, meinem Hals haben sich gelegt, da ist kalte Asche, ja kalte Wut. Was immer den gefangenen Kindern an diesem Ort angetan wurde oder wird – ich kann sie befreien! Oder, wenn ich zu spät bin, sie immer noch rächen. Als wäre ich bloß ein Skin im Game, gesteuert von irgendwem mit Headset auf dem Kopf und Controller in der Hand, hebe ich den Kopf, atme durch, gehe federnd in die Hocke, schnelle hoch, bin mit zwei, drei Sätzen an der Tür und trete sie auf, strecke die Hand mit dem Handy aus, wie man eine Pistole ausrichtet, und tauche den Typen in helles Licht, der sich in diesem Augenblick von mir weggedreht hat: drahtige Gestalt, Jeans und schwarze Jacke, schwarzer Hoodie. Er steht auf halber Höhe der Treppe und will zurück nach oben sprinten.

»Yves!«, rufe ich. »Warte, ich bin's!«

Er lässt sich nicht aufhalten, rennt den Flur entlang, ich hinterher. Er ist schnell und sehr wendig, hätte ich ihm nicht zugetraut, ich folge ihm durch den Flur mit den Hotelzimmern und durch die Zwischentür, er ist schon ins Büro gehuscht, und als ich dort ankomme, sehe ich ihn durchs Fenster verschwinden, wobei die Kapuze verrutscht und im Strahl meines Handylichts eine lange Haarsträhne hervorwallt. Sie hat die Farbe von Blutorgangensaft.

Ich bin so überrascht, dass ich mitten im Raum verharre.

»Emily …«, höre ich mich flüstern.

Dann laufe ich zum Fenster, steige hinaus und rufe ihr nach: »Emily! Emily Fürst, ich hab dich erkannt!«

Behände schnellt sie den Hang hinauf, bevor sie in ihren schwarzen Klamotten mit dem finsteren Wald verschmilzt und nicht mehr zu sehen ist.

Eine ganze Weile starre ich bloß auf die Stelle, wo das Dickicht sie verschluckt hat. In meinem Kopf haben sich mittlerweile alle logischen Sinnzusammenhänge aufgelöst. Wörter und Erinnerungen führen einen absurden Kreistanz auf, einen Hexenreigen, der zum Strudel wird, Strudel einer Klospülung … Kurz brummt meine Hand bzw. das Handy darin, ich schaue hin und blicke auf ein schwarzes, schlafendes Display, der Akku ist leer.

Ich löse mich von diesem Ort und gehe mein Bike suchen.

Es dämmert bereits, als ich es irgendwann an einen Laternenpfahl ankette, direkt vor der Tür der Polizeiwache.

Ich gehe die Stufen zum Eingang hoch und klingele. Die Tür summt, ich trete ein und stehe vor einem Empfangstresen. Die Polizistin hinter dem Sicherheitsglas mustert mich. Sie sieht einen verschwitzen, verdreckten jungen Mann, der bestimmt was Irres im Blick hat. Jedenfalls fühle ich mich so, als würde ich irre dreinblicken.

»Ja, bitte?«

»Ich will … ich muss … keine Ahnung … Anzeige erstatten?«

Die Beamtin zieht eine Augenbraue hoch.

»Ich weiß nicht, wie man das jetzt juristisch korrekt ausdrückt. Ich muss jedenfalls etwas melden.« Ich bemühe mich um eine ruhige, sachliche Stimmlage. Die müssen mich zumindest ein kleines bisschen ernst nehmen, sonst kann ich direkt nach Hause gehen oder zum Psychiater. »Ich habe eine Entdeckung gemacht«, sage ich gefasst, »die ich nicht richtig einordnen kann. Möglicherweise ist sie strafrechtlich relevant. Darum würde ich gern mit Ihnen darüber sprechen.«

»Okay. Können Sie sich ausweisen?«

Na bitte, wir kommen weiter. Sie begutachtet meinen Ausweis und schickt mich dann durch eine Tür in einen Warteraum. Sieht ein bisschen aus wie bei meinem Zahnarzt, nur dass die Poster an der Wand nicht vor Karies und Parodontose warnen, sondern vor Trickbetrügern und Einbruchgefahr.

Fuck, bin ich nicht selbst gerade eingebrochen? Widerrechtlich in den Schwarzen Drachen eingestiegen? Was würde meine Richterin aus dem Praktikum dazu sagen? Kurz überlege ich, einfach zu gehen. Aber wie sähe das denn aus? Sie haben meinen Ausweis gesehen, sie kennen meinen Namen und meine Adresse, sie würden meine Eltern anrufen oder was weiß ich.

Über der Tür hängt eine schlichte Uhr, groß und rund wie eine alte Bahnhofsuhr. Es geht auf fünf zu, draußen wird es schon wieder dunkel. Höchste Eisenbahn, mir ein paar gute Sätze zurechtzulegen für meine Aussage. Gerade vorhin während der Fahrt war doch alles vollkommen logisch: Fürst und Schmidt halten Kinder im Schwarzen Drachen gefangen und kommen einmal pro Woche dorthin, holen die Kinder aus dem Keller und fesseln sie ans Kreuz, um sie zu foltern und ihnen Blut abzunehmen. Tick, Tick, Tick. Der Uhrzeiger bewegt sich unbestechlich vorwärts. Es ist der größte Bullshit, den ich je gedacht habe. Berichte nur die Fakten, Janusz. Sei entschlossen.

Der Bürgermeister und sein Fahrer betreten ein geschlossenes, verwittertes Gebäude. Sie haben einen Koffer bei sich. Im Gebäude befindet sich ein Folterinstrument. Im Internet verbreitet jemand Gerüchte über ihn im Zusammenhang mit gefangenen Kindern.

Reicht das etwa nicht für einen – wie nennt man das? – Anfangsverdacht? Wieso stehen in diesem Gebäude alle Türen offen, nur diese eine nicht?

»Herr Bojko? Janusz Bojko?« Im Türrahmen steht ein breiter Mann mit kariertem Pullunder über dem großen Bauch. »Güler, mein Name. Mögen Sie mir in mein Büro folgen?«

Ich folge ihm. *Kriminalkommissar Celal Güler* steht an dem Schild neben seiner Bürotür. Er setzt sich hinter seinen Schreibtisch, deutet auf einen Stuhl davor, ich setze mich.

Er stützt die Ellbogen auf die Tischplatte und sein breites Kinn auf seine großen Hände, sieht mich an und sagt: »Sie haben also eine Entdeckung gemacht.«

Ich nicke, dann beginne ich zu berichten. Erst stockend, dann immer flüssiger. Ich versuche, mich ausschließlich an die Fakten zu halten. Fürst war ja da. Er und sein Fahrer sind ja hineingegangen. Das Kreuz mit den Fesseln steht ja wirklich da an der Wand. Ich lege mein Handy auf den Tisch. »Der Akku ist leider gerade leer«, sage ich, »aber bestimmt können Sie trotzdem irgendwie die Bilder einlesen.«

Und dann erwähne ich ganz vorsichtig die Y-Drops. Ich formuliere es so distanziert wie möglich, ich lasse in keiner Weise anklingen, dass ich der Theorie über die gefangenen Kinder glaube, ich weise bloß darauf hin, dass sie kursiert und von vielen Leuten ernst genommen wird. Und dass Martin Fürst ja tatsächlich vor Ort war, und dass sie reingegangen sind, und das Kreuz mit den Fesseln … ich wiederhole mich.

Kriminalkommissar Celal Güler blickt mich unverwandt an, ohne jede Regung, als warte er, dass es weiterginge und dass irgendeine Pointe oder Auflösung käme.

»Das wäre alles«, sage ich.

»Hm«, macht er und lehnt sich zurück.

»Was werden Sie jetzt tun?«, frage ich.

»Tja«, meint Güler, »das ist wohl eine Nummer zu groß für uns hier. Wir werden das BKA einschalten und ein Sondereinsatzkommando anfordern, um diesen Gasthof zu stürmen.«

»Echt jetzt?« Ich sehe ihn ungläubig an.

Da knallt er seine flache Hand auf die Tischplatte und sagt: »Nein, natürlich nicht, junger Mann! Was glauben Sie eigentlich, wo Sie hier sind?«

»Das … ich …«

»Sie bewegen sich mit ihrem Verschwörungsgeschwurbel hauchdünn an der Grenze zur Strafbarkeit«, schimpft er. »Sie denken vielleicht, dass im Internet jeder anonym behaupten kann, was er will. Aber es gibt keine rechtsfreien Räume. Und auch Politiker haben Rechte, selbst als Person des öffentlichen Lebens. Falsche Verdächtigung ist ein Tatbestand, wenn Sie – warum auch immer – behaupten, der Bürgermeister wäre ein Kindesentführer.«

»Aber er war da, ich habe die Fotos.«

»Na, und? Nichts von dem, was Sie mir geschildert haben, ist auch nur im Ansatz verdächtig.«

»Aber dieses Kreuz mit den Fesseln …«

»Andreaskreuz nennt man das.«

»Ja, egal, jedenfalls, dieses Kreuz …«

»So was nutzen Leute für Sexspiele«, sagt er und lacht. »Eher Leute mit einem etwas abseitigen Geschmack vielleicht … aber auch das ist nicht illegal unter Erwachsenen. Anscheinend war dieses Etablissement mehr als nur ein einfacher Landgasthof.«

»Ja, Erwachsene«, wiederhole ich. »Aber hier geht es um Kinder!«

»Kinder, auf die es nicht den geringsten Hinweis gibt.«

»Aber wenn doch? Dieses Folterwerkzeug ...«

»Wo sie den Kindern das Adrenochrom abzapfen.«

»Ja, genau!«

»Wissen Sie überhaupt, was das ist?«

»Adrenochrom? Das ist ein Stoffwechselprodukt, das ...«

»... das man sehr leicht durch Oxidation herstellen kann«, beendet Güler meinen Satz. »Niemandem muss dazu auch nur ein Tröpfchen Blut abgezapft werden.«

»Aber woher ...«

»Wissen Ihre Eltern eigentlich, dass Sie hier sind?«, fragt er mich übergangslos. »Und was sagen Ihre Eltern dazu, dass Sie in verlassene Gebäude eindringen?«

Ich hole Luft, um zu antworten, da fährt er schon fort: »Wissen Sie nicht, dass das Hausfriedensbruch ist?«

Ich schlucke runter, was ich gerade sagen wollte, und schaue auf die Tischplatte vor mir.

Unvermittelt wird Gülers Stimme weicher, als er jetzt sagt: »Ich war auch mal jung und hab auch mal Scheiß gebaut. Sie haben Glück, dass Hausfriedensbruch nur auf Antrag des Eigentümers verfolgt wird, sonst müsste ich jetzt eine Anzeige schreiben. Aber merken Sie sich bitte, dass das kein Kavaliersdelikt ist, ja? Wenn Sie unbedingt Mutproben brauchen, suchen Sie sich beim nächsten Mal bitte was Legales aus. Gut?«

Ich suche nach Worten, um noch mal anzusetzen. Aber da sind keine mehr.

»Gut?«, wiederholt er.

»Gut«, murmle ich.

»Und was diese gefangenen Kinder betrifft.« Er erhebt sich zum Zeichen, dass unser Gespräch zu Ende ist. »Lassen Sie sich bitte nicht von diesen Märchenerzählern im Internet ködern, okay? Sie machen auf mich den Eindruck eines aufgeweckten jungen Mannes. Sie sind doch viel zu intelligent für so einen Mist.«

Ich folge ihm stumm Richtung Ausgang. Kurz bleibt Güler vor einer Wandhalterung mit diversen Heften und Broschüren stehen, zieht ein Faltblatt heraus und reicht es mir.

Desinformationen und Verschwörungstheorien erkennen und widerlegen lautet der Titel. Am Rand steht noch: *Polizei, dein Freund und Helfer. Informieren & vorbeugen.*

Ich stecke es wortlos ein.

»Nichts zu danken«, sagt der Kommissar und entlässt mich nach draußen in die klamme Abenddämmerung.

Mit einer kleinen Broschüre in der Jackentasche und einem riesengroßen Nichts im Kopf stolpere ich die Treppenstufen hinab und öffne die Kette meines Bikes, ich schwinge mich drauf und fahre nicht los.

Nach nirgends.

Mein Kopf weiß natürlich noch, wo ich wohne, und er kennt sich sogar gut genug in der Stadt aus, um ohne Hilfe einer Navi-App dort hinzufinden. Aber ein Gefühl sagt dem Kopf, dass es Quatsch ist dahinzufahren, weil ich ja in Wahrheit gar kein Zuhause habe. Ich wohne nirgendwo mehr, ich bin auf die Straße gekippt worden ohne Kompass oder Busfahrplan, ich bin vollkommen ortlos. Die Polizistin, die den Eingang bewacht, schiebt die Lamellen der Jalousie an ihrem Fenster auseinander und beäugt mich. Jedenfalls kommt es mir so vor, nicht mal das kann ich mit Sicherheit sagen. Nur, dass Stehenbleiben keine Option ist. Ich steige auf und fahre endlich los. Ohne Ziel, einfach ein paar Straßenecken weiter. Da ist ein Starbucks. Ich schließe mein Bike an eine Laterne, kaufe mir einen heißen Kakao und hocke mich in eine Ecke des Ladens, stöpsle mein

Handy an den Strom an. Nippe an dem Kakao und starre auf die Wassertropfen, die außen am Fenster herabrinnen.

Die hängen doch mit drin. Die Cops. Es gibt keine andere Erklärung dafür, dass dieser Kommissar mich derart hat auflaufen lassen. Als hätte er längst gewusst, dass ich komme und was ich ihm erzähle.

Ich sehe Emily Fürst vor mir. Wie sie durchs Fenster klettert und in den Wald abhaut, den Hang hinauf, um mit dem Dickicht zu verschmelzen. Ich sehe, wie sie atemlos ihren Vater anruft, und der ruft wiederum bei Kriminalkommissar Güler an und sagt: »Wenn nachher ein verschwitzter Junge zu Ihnen kommt und von entführten Kindern faselt – Sie wissen, wie Sie zu reagieren haben, Herr Güler, ich zähle auf Sie.«

Nein, so kann es nicht gewesen sein. Emily und ihr Vater stecken nicht unter einer Decke. Sie hasst ihn doch, sagt Chiara. Ich sehe Emily vor mir, wie sie aus dem Fenster klettert und im Wald untertaucht, wie sie stehen bleibt und ihr Infrarot-Fernglas hervorholt, wie sie mich beobachtet und leise vor sich hin flüstert: »Der Idiot geht jetzt bestimmt zur Polizei. Er hat ja keine Ahnung, was hier abgeht.«

Womit sie recht hätte. Je mehr ich rauszukriegen meine, desto weniger weiß ich. Und das Einzige, was im Moment dagegenspricht, dass Emily Fürst Y ist, ist ihr Auftauchen vorhin, denn wenn sie Y wäre, bräuchte sie nicht selbst am Ort zu sein. Oder wollte sie mal schauen, wie sich ihre Imageboard-Anons so schlagen? Hätte sie als Fürsts Tochter nicht eigentlich selbst genug Möglichkeiten, die Kinder zu befreien?

Logisches Denken geht doch irgendwie so: Du denkst und analysierst und kombinierst und dadurch kannst du nach und nach immer mehr Optionen ausschließen, bis irgendwann idealerweise nur noch eine einzige übrig bleibt, und die stimmt dann. Aber bei dieser Sache hier entstehen nur immer mehr und noch mehr Optionen, je länger ich mich damit befasse, und sie sind alle gleich realistisch und gleich abgefahren und unvorstellbar, und trotzdem muss ja eine davon zutreffen. Oder auch mehrere gleichzeitig. Geht das? Ich verstehe nichts von Quantenphysik, aber ich hab mal irgendwo aufgeschnappt, dass es das gibt. Paralleluniversen. Eine Katze, die gleichzeitig tot und lebendig ist, solange du die Kiste nicht öffnest, in der sie steckt. Auch wieder eine Form von Gefangenschaft, fällt mir auf.

Ich trinke aus und verlasse den Laden mit Chaos im Kopf und immerhin achtzehn Prozent Handyakku. Ich schließe das Bike wieder auf, schiebe es ein paar Meter an der Straße entlang, grübelnd, kann mich nicht entschließen, wohin ich soll. An einer Bushaltestelle bleibe ich stehen, stelle mich unter das Dach des Wartehäuschens und suche im Handy die Website des *Anzeigers*, so heißt die Lokalzeitung. Ist mir gerade wieder eingefallen.

Ich tippe auf die Telefonnummer, die da steht. Es tutet, dann dudelt eine Wartemusik in mein Ohr, dann meldet sich endlich eine Männerstimme.

Ich schlucke, räuspere mich und sage: »Ich habe brisante Informationen, die vielleicht für Ihre Zeitung interessant sein könnten.«

Der Mann fragt: »Sind Sie vielleicht Schüler, Auszubildender oder Student?«

»Schüler«, antworte ich, »aber … ähm – wofür ist das wichtig?«

»Als Schüler können Sie den *Anzeiger* vier Wochen lang gratis testen. Sie bekommen die Zeitung nach Hause und außerdem Zugriff auf alle kostenpflichtigen Online-Inhalte und …«

»Nein, Moment«, sage ich. »Sie haben mich nicht verstanden. Ich habe brisante Informationen für Ihre Redaktion …«

»Sie sind mit dem Abo-Service verbunden«, antwortet der Mann trocken. »Das Probe-Abo endet automatisch nach vier Wochen, anschließend können Sie …«

»Ich will kein Abo, ich will mit einem Journalisten reden«, unterbreche ich den Mann. »Können Sie mich nicht mit jemandem verbinden?«

»Nein, tut mir leid«, sagt der Mann, »Vertrieb und Redaktion sind getrennt. Die Nummer der Redaktion finden Sie auf der Website. Wir haben für Neuabonnenten übrigens einige spannende Prämien und …«

»Danke«, sage ich und drücke ihn weg.

Ich suche und finde die Nummer der Redaktion, probiere es noch einmal, höre das Tuten, dann meldet sich eine Frau.

Ich wiederhole meinen Satz von den brisanten Informationen.

»Wir hatten schon originellere Telefonstreiche«, brummt sie.

»Nein, nein«, rufe ich, »Sie verstehen nicht. Ich habe wirklich sehr brisante Informationen über den Bürgermeister.«

»Martin Fürst?«

»Ich habe ihn gesehen. Beim Schwarzen Drachen, das ist ein altes verlassenes Ausflugslokal mitten im Wald, das …«

»Moment bitte«, sagt sie Frau.

Wartemusik dudelt.

Dann meldet sie sich wieder. »Ich verbinde Sie kurz mit der Redaktion.«

Oh Mann, mit wem spreche ich denn gerade, etwa mit der Hausmeisterin?

Wieder kommt Gedudel, dann höre ich eine andere Frau.

»Müller, hallo. Sie haben eine Minute.«

»Okay.« Ich hole Luft und lasse meinen Text los. Wusste gar nicht, dass ich so schnell sprechen kann. Sage alles, was ich schon dem Kommissar gesagt habe, und außerdem noch, *dass* ich es dem Kommissar gesagt habe und dass der mich einfach weggeschickt hat.

Stille.

»Das war weniger als eine Minute, oder?«, hake ich nach. »Sind Sie noch dran?«

Frau Müller räuspert sich.

»Wissen Sie, wer Y ist?«, fragt sie. »Haben Sie Informationen dazu, was er will und was tatsächlich hinter seinen Botschaften steckt?«

»Nein, das ... Moment – so, wie Sie das sagen, klingt es, als kennen Sie die Y-Drops?«

»Ja«, sagt die Redakteurin. »Wir beobachten das seit ein paar Tagen. Wir haben diskutiert, ob wir darüber berichten. Also darüber, dass Verschwörungsideologen den Bürgermeister ins Fadenkreuz nehmen. Aber wir haben uns zunächst dagegen entschieden. Weil es kontraproduktiv wäre.«

»Kontraproduktiv?«

»Wir würden diesem Y nur unnötig eine Plattform bieten und ihm überflüssigerweise helfen, seinen Hass zu verbreiten. Und außerdem fühlen sich Nachahmer ermutigt, wenn sie sehen, dass man es mit solch kranken Behauptungen sogar in die Presse schafft.«

»Was wäre denn für Sie *produktiv*?«, frage ich.

»Nun«, sagt sie, »konkrete Hinweise darauf, wer Y ist. Und ob er beispielsweise mit den Blogger Yves Nellesen zusammenarbeitet. Oder mit ihm identisch ist. Eine solche Verbindung aufzudecken, wäre durchaus produktiv.«

»Aber ich habe diese Fotos«, kontere ich. »Ist das nicht relevant?«

»Steigst du ein oder nicht?«

Ich blicke überrascht auf. Vor mir steht ein Bus mit offener Tür, der Busfahrer guckt mich genervt an und nickt über seine Schulter. »Mit dem Rad musst du hinten einsteigen.«

Ich winke bloß ab und sage zu der Redakteurin: »Muss denn erst was passieren, bevor Sie das ernst nehmen? Müssen erst Kinderleichen gefunden werden?«

Der Busfahrer brummelt was, die Tür schließt sich und der Bus fährt an.

Frau Müller fragt: »Kann es sein, dass Sie selbst Y sind?«

Ich klappe den Mund auf und sehe dem Bus hinterher. Auf der Heckscheibe steht in fetten Buchstaben: *Auf einmal wird alles klar! Endlich richtig durchblicken! Mit den neuen Brillen von Optik Wagner.*

»Hören Sie«, sagt die Redakteurin, »wenn Sie etwas Konkretes beitragen wollen, um die Urheber dieser Verschwörungserzählung aufzudecken und vor allem deren Ziele, dann können wir uns gern unterhalten. Aber wenn Sie solchen Mythen auf den Leim gehen, dann ist unsere Zeitung das falsche Medium. Im Internet finden Sie genug Seiten, auf denen Sie sich auslassen können.«

»Aber was, wenn ... ich meine: Kommt es für Sie denn überhaupt nicht wenigstens ein winzig kleines bisschen infrage, dass Y vielleicht doch recht haben könnte? Dass es die gefangenen Kinder wirklich gibt?«

»Ich wünsche Ihnen einen schönen Abend«, sagt sie. »Und holen Sie sich Hilfe.«

Klick, weg.

Ich glotze das Handydisplay an.

Die stecken alle mit drin. Ich fasse es einfach nicht. Presse, Polizei, alle. Ich kann niemandem mehr trauen. Ein LKW rauscht vorbei und Pfützenwasser spritzt auf meine Schuhe.

Ich schiebe das Handy in die Hosentasche und glotze auf die Pfütze, durch die gerade die Reifen gepflügt sind. Sie ist aufgewühlt und schäumt, aber nach ein paar Sekunden beruhigt sich das Wasser und liegt still, dunkel und schmutzig da, ein Mopedfahrer umfährt die Pfütze in einem eleganten Halbkreis.

Ich hole das Handy wieder raus und will noch mal Chiaras Adresse eingeben. Walter-Lübcke-Straße. Brauch ich aber nicht, denn die Adresse ist noch vom letzten Mal als Ziel eingestellt.

Als ich vor ihrem Haus ankomme, rufe ich sie kurz an.

»Hey«, sagt sie.

»Schau aus dem Fenster«, sage ich.

Sie lässt mich ins Haus und empfängt mich wieder oben am Aufzug, so wie am Freitag.

»Was macht dein Kopf?«, fragt sie.

»Hä?«, mache ich. Anscheinend kann sie von außen sehen, wie konfus und aufgewühlt ich im Innern bin. Doch sie sagt: »Du bist heute Mittag wegen Kopfweh nach Hause gegangen, hab ich gehört. Geht's dir besser?«

»Ach so. Ja. Ich ... bin vollkommen fertig und irgendwie total verwirrt«, sage ich. »Ich möchte mit niemandem reden, aber gleichzeitig möchte ich auch nicht allein sein. Hört sich das für dich auch so bescheuert an wie für mich?«

»Ja«, sagt sie, »aber ich kenne das. Mir geht es oft ähnlich. Komm rein.«

Wir legen uns wieder in ihr Bett, diese Schutzhöhle, diesmal angezogen.

Wir sprechen nicht.

Warum fragst du mich nicht, warum ich dich nicht angerufen habe, würde ich sie gern fragen. Es kommt aber nicht aus mir raus. Sie hält mich fest umklammert, ihren Kopf in meiner Halsbeuge, ich habe einen Arm um ihre Schultern gelegt und glotze mit der anderen Hand auf mein Handy.

Auf Yves Nellesens /Y-Research/ diskutieren ein paar Anons – oder immer wieder nur ein und derselbe, das lässt sich ja bei Anons nie sagen – darüber, ob es sich bei der *Box der Toren* um einen Rechtschreibfehler handele und es eigentlich *Tore* statt *Toren* heißen müsse. Oder ob die *Box der Toren* eine weithergeholte Metapher sei, die irgendwie dieselbe Bedeutung habe wie die *Büchse der Pandora*.

Ich würde PURG3M4N gern von meinen Erlebnissen erzählen, vorhin im Schwarzen Drachen und danach bei der Polizei. PURG3M4N ist ein Player im Game, da würde es mir leichtfallen. Aber wenn ich den echten Yves Nellesen vor mir sehe, überkommt mich Ekel.

Auf seinem *redpill*-Blog schreibt er in seinem jüngsten Beitrag:

Ist der Holocaust nicht die unglaublichste Sache, von der die Menschen sich je erzählt haben? Sechs Millionen getötete Juden, so heißt es, davon allein in Auschwitz eins Komma eine Million. Heißt es. Glaubst du das? Etwas derart Unglaubliches? Angeblich sind dort mehr als 4700 Menschen pro Tag getötet und verbrannt worden, mehr als 140 000 jeden Monat. Glaubst du so etwas ernsthaft? Ja, vermutlich glaubst du das. Deine Lehrer erzählen es dir und es steht in Geschichtsbüchern und es wird im Fernsehen erzählt. Du hinterfragst es nicht. Du akzeptierst es einfach. Hast du je mit gesundem Menschenverstand überlegt, ob so etwas rein praktisch überhaupt möglich ist? Wenn dir deine Lehrer und die Systemmedien also erzählen, in Auschwitz seien über eine Million Leute getötet worden, glaubst du das einfach und hinterfragst es nicht. Aber wenn Xavier Naidoo und Attila Hildmann und Q und viele andere auf das Schicksal der von den Eliten entführten Kinder hinweisen, dann hältst du das natürlich für Quatsch.

Ich höre, wie Chiaras Atem gleichmäßiger wird, genau wie Freitagabend. Sie ist eingeschlafen. Anscheinend kann sie sich gut entspannen neben mir. An mir. Mit mir. Ich mich auch, jedenfalls fühle ich mich in diesem Augenblick sicher, hier bei ihr, im schläfrig festen Griff ihrer Arme, als könnte sie mich halten und damit verhindern, dass ich vor lauter Vakuum in meinem Kopf langsam abhebe wie ein Luftballon vom Jahrmarkt, dass ich abhebe und unter der Decke schwebe.

Eine Verschwörungstheorie muss jemandem nutzen, sonst würde man sie nicht in die Welt setzen. Jemand muss davon profitieren. Also. Profitiert jemand davon, dass wir alle an den Holocaust glauben sollen? Aber Hallo! Ohne diese Geschichte würde es den Staat Israel sicher nicht geben. Aber profitiert jemand davon, wenn das Schicksal der entführten Kinder öffentlich gemacht wird? Höchstens die Kinder, würde ich sagen. Kinder haben keine so mächtige Lobby. Das ist ihr trauriges Schicksal.

Ich lasse das Handy neben das Bett sinken und greife nach Chiaras Händen, die unter meiner Brust gefaltet sind.

Es gibt keinen einzigen realen, objektiven Hinweis, dass im Keller des Schwarzen Drachen Kinder gefangen gehalten werden. Aber wenn sie wirklich da wären, wenn sie da jetzt in diesem Augenblick im Dunkeln kauern, vielleicht mit ein wenig Essen und Trinken, das Fürst und sein Fahrer ihnen vorhin dagelassen haben, wenn sie dort im Dunkeln kauern und beten, dass irgendjemand kommt und sie befreit, bevor es wieder Dienstag wird; wenn sie da unten irgendwo sind, dann ist es doch aus ihrer Sicht absolut kackegal, ob es objektive Hinweise gibt oder nicht. Hauptsache, endlich kommt einer und holt sie raus.

Y

Das erste Päckchen ist versendet worden.

Ich gebe zu, ich finde es aufregend.

Ich könnte Deathliveroo theoretisch nach dem Namen des Empfängers fragen, aber Teil unseres Deals ist, dass er mir gegenüber keine Namen nennt.

Darauf hat nicht er bestanden, sondern ich.

Ich will es einfach nicht wissen. Nicht vorher, jedenfalls. Der Tag der Abrechnung ist nicht mehr fern, und dann werde ich es ja sehen. Live, in Echtzeit.

Ich habe diesen Punkt auch deshalb zu einem Teil unseres Deals gemacht, um mich vor mir selbst zu beschützen. Wäre ja möglich, dass mir im allerletzten Augenblick doch noch Skrupel kommen.

Leute, deren Identität ich nicht kenne, kann ich auch nicht im letzten Moment anrufen und zum Aufgeben überreden.

Das Schicksal soll entscheiden.

Alles kommt, wie es kommen muss.

Die Evolution ist objektiv.

11

Ja, die rätselhafte Box der Toren«, murmelt Min-su.

Ich schrecke richtig hoch.

»Sorry, wir wollten uns nicht anschleichen«, sagt Mert. Hinter ihm und Min-su steht noch Vinzent.

Ich sitze in einer einsamen Couchecke im Oberstufenraum, auf dem niedrigen Tisch vor mir liegen mein Handy und ein Zettel, auf den ich Wörter aus den letzten Y-Drops gekritzelt habe. Anscheinend war ich so tief in meine Grübelei versunken, dass ich die drei gar nicht habe kommen sehen. Ich widerstehe dem Impuls, den Zettel rasch zusammenzufalten, denn sie haben es eh gelesen.

»Dürfen wir?«, fragt Mert.

»Bitte«, sage ich und nicke zu dem freien Sofa gegenüber.

Die drei setzen sich und Min-su reißt eine kleine Chipsdose auf, die er wohl gerade aus dem Automaten gezogen hat. Es ploppt. Er mustert meine Notizen.

»Zwiebelhäute, Schlafschafe, ein getilgter Donnerstag«, murmelt er. »Du gibst nicht auf, was?«

»Ihr etwa?«, frage ich.

»Hm«, macht er, schiebt sich zwei Chips in den Mund und hält mir die Dose hin. Ich winke ab.

Mert sagt: »Wir tappen ziemlich im Dunklen. Hast du den Schwarzen Drachen geknackt?«

»Jep.« Es kostet mich Kraft, ihn nicht triumphierend anzugrinsen. »Seid ihr hier, weil ihr immer noch mit mir kooperieren wollt?«

»Nein«, sagt Min-su. »Wir steigen aus. Und darüber wollten wir mit dir reden.«

»Ach«, mache ich und lehne mich zurück in der Erwartung, wie sie gleich ihre Bewunderung dafür zum Ausdruck bringen werden, dass ich ihnen offenbar überlegen bin. »Ist es euch zu verworren geworden?«

»Das nicht«, meint Min-su. »Also, es ist schon genial gemacht, dieses Zusammenspiel von online, offline, dieses Buch im Baum ...«

»Ah, den Kalender habt ihr gefunden?«

»Ja.«

»Aber?«

»Aber wir sind zu dem Schluss gekommen«, sagt Min-su, »dass wir mit dem Verschwörungszeug nichts zu tun haben wollen.« Er beugt sich vor und sieht mich ernst an. »Wir finden, du solltest vielleicht auch besser aussteigen.«

»Was?« Ich muss lachen. »Nur weil ihr das Game verkackt habt, soll ich deswegen aufhören? Weil ihr es nicht ertragen könnt, gegen mich zu verlieren, oder was?«

Da blitzt was in Merts Augen auf. Er zischt: »Wir haben nicht verkackt, Mann. Wir haben nur keinen Bock auf die ganze Nazischeiße, die in dem Game vorkommt.«

»Was?«, wiederhole ich. Aber diesmal ist mir das Lachen vergangen. »Leute, wie peinlich. Gebt einfach zu, dass ihr nicht weiterkommt. Ist doch voll okay. Aber so eine billige Begründung ... arm.«

Ich sehe, dass Mert wütend wird. Aber bevor er was entgegnen kann, sagt Min-su betont sachlich: »Wir sagen ja gar nicht, dass du rechts bist oder so, echt nicht. Aber du musst zugeben, dass die Y-Drops immer mehr in diese Richtung …«

»Das ist doch Teil des Spieles«, unterbreche ich ihn. »Y spielt mit all diesen Klischees und Bildern, mit diesen typischen Motiven von 4chan und 8kun, das ist wie Karneval, eine Art Verkleidung, ein Rollenspiel, schnallt ihr das nicht? Und außerdem hat Y nie was gegen Ausländer oder Flüchtlinge und so weiter gesagt. Oder gegen Juden.« Ich muss an Yves Blog denken. »Er richtet sich doch ausschließlich gegen den Bürgermeister. Dieses Gelaber von Satan und so, das ist doch nur Gepose.«

»Am Ende führt so was immer zu Antisemitismus«, sagte Min-su.

»Unsinn«, widerspreche ich. Ich komme mir vor, als müsste ich Y gegen unfaire Vorurteile verteidigen. »Du klingst ja wie die Lehrer. Ihr habt doch nicht irgendwem davon erzählt? Etwa dem Habermann? Oder der Ulusoy?«

»Hast du gewusst, dass Vinzent aus einer jüdischen Familie stammt?«, fragt Min-su.

Ich starre Vinzent an. Erst jetzt fällt mir auf, dass er die ganze Zeit noch gar nichts gesagt hat. Er hockt auf dem Sofa, seine hochgewachsene Gestalt zusammengefaltet, und schaut auf den Boden. Jetzt winkt er ab, als wäre es ihm unangenehm.

»Seine Oma ist jüdisch«, fährt Min-su fort. »Sie hat als Baby ein Vernichtungslager überlebt.«

»Lass gut sein«, murmelt Vinzent.

»Nein, ich finde das wichtig«, beharrt Min-su. »Auch für Janusz.«

»Das hab ich nicht gewusst«, sage ich zu Vinzent. Und dann, zu Mert und Min-su: »Habt ihr das gewusst?«

»Ich hab es nie erzählt, weil Religion zwischen uns noch nie eine Rolle gespielt hat«, sagt Vinzent.

»Bis gestern«, ergänzt Min-su, »weil wir uns über Y gestritten haben. Genau wie jetzt mit dir. Es spielt nämlich sehr wohl eine Rolle.«

»Ich hab nicht gewusst, dass du jüdisch bist«, sage ich noch einmal zu Vinzent, ohne dass ich weiß, warum ich das auf einmal so besonders finde.

»Nee, das sieht man ja auch nicht«, knurrt Mert. »Bei Min-su sieht jeder, dass er Koreaner ist. Oder halt Asiate. Und bei mir sieht jeder, dass meine Eltern aus der Türkei kommen.«

»Ich dachte, deine Eltern kommen aus Wuppertal«, gebe ich zurück, obwohl es darum ja gar nicht geht.

Vinzent räuspert sich. Sein sehniger Körper streckt sich ein wenig und endlich blickt er mich an.

»Stimmt schon«, sagt er zu mir, »du hast recht. Auf den ersten Blick sagt Y mit keiner Silbe was gegen Juden. Nicht direkt. Aber er benutzt dieselben Metaphern wie die Antisemiten im Internet. Das mit den entführten Kindern. Oder der Hinweis auf die Bilderberg-Konferenz. Judenhasser auf der ganzen Welt reden dauernd davon. Das kann man nicht trennen.«

»Doch!«, rufe ich. »Ich kann das!« Ein paar Leute drehen sich kurz zu uns um. Etwas leiser füge ich hinzu: »Ich bin kein Nazi. Und ich bin kein Antisemit. Aber dass ihr das von mir denkt ...«

»Tun wir doch gar nicht«, ruft Min-su dazwischen. Er macht ein gequältes Gesicht.

»Dann würdet ihr nicht so mit mir reden«, stoße ich hervor. »Ihr ... wisst überhaupt nichts von mir. Ich dachte immer, wir wären irgendwie Freunde. Aber ihr habt nicht die leiseste Ahnung von mir, ihr kennt mich absolut null.«

»Komm mal runter, Mann«, brummt Mert. »Du schiebst das jetzt auf so ’ne persönliche Ebene, dabei wollten wir doch nur ...«

»Ich weiß genau, was ihr wolltet«, zische ich. »Ihr wollt mich aus dem Game haben. Aber ihr werdet schon sehen. Ich knacke dieses fucking Rätsel. Ich bin quasi so fucking kurz davor.« Ich halte Mert meine Hand vors Gesicht und zeige mit Daumen und Zeigefinger, wie fucking kurz ich davor bin. Was natürlich Bullshit ist, weil ich in Wahrheit eher das Gefühl habe, dass ich mich mit jedem Schritt, den ich vorankomme, von der eigentlichen Lösung immer weiter entferne. Aber das ist im Moment egal, ich will die drei nicht mit dieser Masche durchkommen lassen.

»Vergiss es, Mann«, schimpft Mert und erhebt sich. »Kommt Leute, wir haben es versucht.«

Vinzent nickt und steht ebenfalls auf. Sie schauen auf Min-su.

»Ich komme gleich nach«, sagt er nur.

Mert zuckt mit den Achseln. Er und Vinzent verlassen den Raum.

Min-su nimmt noch zwei Chips aus seiner Dose und schiebt sie sich bedächtig in den Mund.

»Was willst du noch?«, knurre ich ihn an.

Er kaut und steckt den Deckel auf seine Chipsdose, dann legt er den Kopf schräg, beugt sich wieder vor und sagt: »Sorry, ich wollte nicht, dass das hier so eskaliert. Ich dachte, wir könnten ganz normal reden.«

»Haben wir doch«, meine ich und lehne mich zurück.

»Ich versteh einfach nicht, dass du das nicht checkst«, sagt er und klingt fast flehentlich dabei. »Diese Y-Sache ist faul und es tut niemandem gut. Auch dir nicht. Bitte, Janusz – wach auf!«

Ich muss laut loslachen. »Bin ich auf einmal hier das Schlafschaf?«, rufe ich. »Jetzt klingst du selber wie ein Verschwörungsonkel.«

»Ja, klar«, brummt er und steht auf. »Die Verschwörungstheoretiker sind immer die anderen. Das gehört dazu.« Er richtet die Dose auf mich, als wäre sie ein Laserschwert. Oder ein Blitzdings, mit dem man per Knopfdruck die Erinnerung von Leuten auslöschen kann. »Denk drüber nach.« Er hebt den Kopf und schaut zur Tür. »Was sagt sie eigentlich dazu? Deine Freundin.«

Chiara ist aufgetaucht, sieht mich und Min-su, bleibt unschlüssig stehen. Ich winke ihr zu und sie winkt zurück.

»Wir reden ein anderes Mal weiter«, sagt Min-su und wendet sich zum Gehen.

»Vielleicht«, sage ich und blicke ihm nach, wie er im Rausgehen seine Chipsdose einsteckt.

Da durchzuckt mich die Erkenntnis. *Cheese & Onion* steht auf der Dose.

Die Häute der Zwiebel!

Zwiebel heißt Onion und *.onion* ist die Top-Level-Domain im Darknet!

Im Tor-Netzwerk!

Ha, Box der Toren!

TorBox ist ein E-Mail-Anbieter im Darknet!

Fuck, Mann, ich hätte schon vor Tagen draufkommen müssen!

Meine Hand zuckt zum Stift, aber was mir soeben eingefallen ist, brauche ich nicht zu notieren, das merke ich mir auch so. Ich falte den Zettel und stecke ihn ein, während Chiara Münzen in den Getränkeautomaten wirft. Kurz bückt sie sich und berührt den Boden. Als sei ihr ein Geldstück runtergefallen. Nichts weiter als ein kleiner Tick, hat sie gesagt. So klein finde ich den Tick gar nicht, es hat schon eher was Zwanghaftes. Mir ist das vor dem Tag, an dem ich sie in der Mensa ansprach, nie aufgefallen.

Wahrscheinlich, weil ich sie vorher nie beachtet habe. Auch jetzt guckt niemand hin, niemand wundert sich. Weil niemand sie beachtet. Außer mir.

Sie entnimmt dem Gerät einen dampfenden Becher und kommt damit zu mir, hockt sich neben mich auf das Sofa. Der Kakao riecht süß auf eine angenehm unsüße Art. Ein bisschen wie sie. Ich versuche, mich auf sie zu konzentrieren und die bahnbrechende Erkenntnis, die mir soeben gekommen ist, wenigstens für ein paar Minuten beiseitezuschieben.

»Hey«, sage ich und bin schon wieder unsicher, ob ich sie küssen soll.

Sie ist auch unsicher, das sehe ich. Sie hebt den Becher zum Mund, so erübrigt sich das.

»Hast du Ärger gekriegt?«, fragt sie.

»Von Min-su und den anderen?«, frage ich zurück. »Die können mir nichts. Sie wollten mich einfach nur runterziehen, aber da müssen sie sich einen anderen suchen.«

»Hä?«, macht Chiara. »Nee, ich meine, ob deine Eltern gestern Abend sauer waren.«

Ach, das. Ich bin gestern Abend erst kurz vor zwölf heimgekommen.

»Nur zum Schein«, sage ich. »Meine Mutter hat getan, als würde mich ausschimpfen, dabei hat sie nur die ganze Zeit so hintergründig gegrinst.« Dass mein Vater mich anschließend noch bohrend befragt hat, ob ich mich ausreichend aufgeklärt fühle und in Sachen Verhütung im Bilde sei, lasse ich lieber weg. »Ich glaube, meine Eltern halten mich für völlig vereinsamt und sind einfach froh, dass ich mich mit dir treffe.«

»Und? Bist du einsam?«

Ich schaue sie an, dann die Decke, dann wieder sie.

»Nein«, sage ich. »Mit dir nicht. Also – ohne dich hab ich

mich auch nicht einsam gefühlt. Aber seit wir …«, *zusammen sind*, will ich sagen, aber es klingt für mich komisch, noch bevor ich es ausspreche, »… uns treffen, weiß ich es besser.«

»Was ist mit Min-su?«, fragt sie und nippt an ihrem Kakao. »Und Vinzent und Mert? Seid ihr nicht Freunde?«

»Früher mal. Aber das war auch eher oberflächlich.«

»Sind sie auch noch hinter diesem Y her? Wie du?«

»Warum willst du das wissen? Ich dachte, du möchtest nicht mehr über das Thema reden.«

»Stimmt.« Sie stellt den Becher auf dem Tischchen ab und lehnt sich gegen mich, ihren Kopf an meine Schulter. »Ich hab mich bloß gefragt, wie viele Leute außer dir da noch diesem Phantom nachjagen.«

»Wüsste ich auch gern«, sage ich und lege meinen Arm um ihre Schulter. »Könntest du dir zum Beispiel vorstellen, dass Emily Fürst auch nach den gefangenen Kindern sucht?«

»Bitte? Wie kommst du darauf?« Sie richtet sich auf und schaut mich misstrauisch an.

»Nur so. Würdest du mir vielleicht ihre Nummer geben?«

»Du spinnst ja.« Sie steht auf. »Es ist doch schlimm genug, dass du nicht damit aufhören kannst. Jetzt willst du auch noch weitere Leute mit reinziehen.«

»Ich will niemanden reinziehen«, protestiere ich. »Aber mein Gefühl sagt mir, dass sie eine Rolle spielt.« Mein Gefühl sagt mir, dass es sehr unehrlich von mir ist, Chiara nichts von der seltsamen Begegnung im Schwarzen Drachen zu erzählen. Nicht direkt eine Lüge, aber in diesem Kontext irgendwie doch. »Weil du ja mal erwähntest, dass sie ihren Vater hasst.«

»Das war eine bescheuerte Idee von mir, dass wir uns bei diesem Fußballspiel getroffen haben«, zischt sie. »Ich hätte euch niemals bekanntmachen dürfen.«

Sie nimmt ihren Kakao vom Tisch und wendet sich zum Gehen.

»Warte«, sage ich, »ich wollte dich nicht verärgern.«

»Egal, was du wolltest oder nicht«, gibt sie zurück, »ich habe Unterricht.« Kurz grinst sie und meint: »Denk nicht, alles hätte mit dir zu tun. Manchmal liegt es einfach am Stundenplan.«

Sehr witzig. Ich schaue ihr nach, wie sie ihre Schultasche schultert und den Kakaobecher durch den Raum und durch die Tür balanciert.

Komisch – während der zwei Minuten hier im Oberstufenraum haben wir mehr miteinander gesprochen als während all der Stunden, in denen ich gestern bei ihr war und mit ihr auf ihrem Bett gelegen habe. Ohne Reden war es schöner.

Dabei bin ich randvoll mit Gedanken, über die ich ganz dringend reden müsste. Über meine Beobachtungen beim Schwarzen Drachen, über die Stahltür im Untergeschoss, Emilys Flucht vor mir. Meinen Besuch auf der Polizeiwache, meinen Anruf beim *Anzeiger*. Doch das geht eben nicht. Ich kann zwar diesen Satz denken: »Die Polizei und die Presse, die stecken irgendwie alle mit drin.« Im Kopf formuliert er sich ganz leicht. Aber ich kann ihn nicht aussprechen, ich kann ihn zu niemandem sagen, ansonsten würden die Leute mich direkt in die Klapsmühle stecken.

Ich könnte ihn posten. Auf 8kun oder direkt auf dem /Y-Research/-Board. *Die Polizei steckt irgendwie mit drin.* Die ganzen Anons da würden mir ohne jeden Vorbehalt zustimmen.

Die Polizei und die Presse stecken irgendwie alle mit drin.

Und Min-su natürlich. Und Mert. Und Vinzent. Mit seiner angeblichen Oma.

Die stecken alle mit drin.

Die stecken alle mit drin.

Die stecken alle mit drin.

Noch vor zwei, drei Wochen hätte ich mich selbst für durchgeknallt gehalten. Ich wäre absolut sicher gewesen, dass die Polizei nirgendwo *drinsteckt*. Ich weiß selber nicht, warum ich denen so blind vertraut habe. Ich meine – immer wieder mal geht es durch die Medien, dass Polizeibeamte in Korruption verstrickt sind, manche sympathisieren heimlich mit Nazis, andere lassen sich von der Mafia kaufen und wieder andere schaffen ein paar Drogen zur Seite ... bedauerlicher Einzelfall, heißt es dann. Aber es kommt eben vor. Das ist eine Tatsache, niemand bestreitet das. Also ist es prinzipiell möglich, dass Polizisten korrupt sind und sich kaufen lassen. Und wenn es prinzipiell möglich ist, kann man am Ende auch nicht ausschließen, dass eine ganze Polizeiwache von einem satanistischen Bürgermeister bezahlt oder bedroht oder schlicht überzeugt worden ist, die Entführung von ein paar Kindern zu decken. Womöglich kriegen diese Cops zur Belohnung eine eigene Dosis Adrenochrom.

Ich glaube nicht unbedingt, dass es so *ist*. Aber mir wird bewusst, dass es so sein *könnte*. Das reicht schon, um meine Welt ins Wanken zu bringen. Ich stehe auf und weiß nicht, warum. Womöglich um auszutesten, ob dieser Raum sich bewegt. Oder ob das nur in meinem Kopf ist.

Als ich an diesem Nachmittag heimkomme, steht wieder der weiße BMW mit dem Y im Kennzeichen vor Alissas Haus. Möglichst unauffällig gehe ich einmal um den Wagen herum und linse hinein. Ich habe nicht ernsthaft damit gerechnet, dass da jemand mit Kamera und Funkgerät im Wagen kauert, der mich hat kommen sehen und sich schnell weggeduckt hat, damit ich ihn nicht erwische. Natürlich nicht. Aber als ich jetzt feststelle, dass tatsächlich niemand im Auto ist, kommt mir das auf einmal höchst verdächtig vor.

Kann sein, dass Chiara recht hat und ich wirklich spinne.

Oben in meinem Zimmer fahre ich meinen Rechner hoch und installiere den Tor-Browser. Ich weiß, wie das Darknet funktioniert und wie man sich darin bewegt. Zumindest theoretisch. Ich habe ein bisschen was darüber gelesen und immer mal mit dem Gedanken gespielt, es auszuprobieren. Habe es aber nie gemacht – ich weiß nicht richtig, warum nicht. Ich hatte irgendwie Respekt vor diesem *Onion-Routing*, bei dem nicht einfach eine Verbindung zwischen zwei Computern hergestellt wird, sondern der Weg zwischen meinem Rechner und einer Website, die ich aufrufe, über mehrere fremde Rechner umgeleitet wird. Bis niemand mehr die Spur nachverfolgen kann.

Vielleicht habe ich es darum noch nie ausprobiert – weil ich nicht will, dass Leute denken, ich hätte was zu verbergen. Ich weiß nicht, ob das überhaupt jemand mitkriegt, was ich auf meinem Rechner oder meinem Handy installiere, aber seit wir damals angefangen haben, Schulunterricht über Online-Meetings abzuhalten und ständig in allen möglichen Clouds unterwegs zu sein, traue ich dem Datenschutz nicht mehr. Dabei ist das Darknet genau dafür geschaffen: um völlig anonym unterwegs sein. Und das ist ja nicht verboten. Man muss nichts zu verbergen haben, um sich zu verbergen. Trotzdem denke ich bei Darknet immer an die ganz krassen Sachen: Waffen, Drogen, Kinderpornografie. Und auch das hat mich vielleicht bisher davon abgehalten, in die abgründigen Tiefen des Darknets hinabzugleiten: die Angst vor dem, was mir da begegnen könnte.

Aber diese Angst ist eh längst in die oberirdische Welt hinaufgeschwappt.

Ich habe die ganze Zeit gedacht, ich will das Game gewinnen, um Min-su und den Jungs zu zeigen, was ich wirklich draufhabe. Sie ahnen natürlich, dass ich ihnen überlegen bin. Darum labern sie diesen Mist. Diese Oma von Vinzent kann genauso gut erfunden sein. Oder irgendjemand hat dieser Oma eingeredet, sie sei im KZ gewesen. Sie wird sich ja wohl kaum selbst erinnern können, wenn sie damals ein Baby war. Die wollen mich als Nazi abstempeln. Diese Wichser!

Was Yves auf seinem Blog schreibt, widert mich an. Ich überlege, ob es nicht sogar verboten ist, den Holocaust zu leugnen, so richtig per Gesetz – zumindest hat das die Wiegand mal behauptet. Aber eigentlich bestreitet Yves gar nicht, dass der Holocaust stattgefunden hat. Er hat seinen Text ziemlich geschickt in Form von Fragen verpackt. Ich weiß die Antworten auf seine Fragen nicht. Irgendwo wird es Experten geben, mit Statistiken und Quellen, die all seine Zweifel an diesem Völkermord entkräften könnten. Und wiederum andere Experten, die was ganz anderes behaupten. Und dann gibt es im Internet noch diese Leute von der *Church of Last Thursday*. Sie glauben, dass das gesamte Universum erst letzten Donnerstag erschaffen worden ist. Und zwar samt all den scheinbaren Erinnerungen, die wir an die Zeit davor haben. Der *Lastthursdayism* ist eine Satire, wenn ich das richtig verstehe, einfach nur eine Verarsche, nichts weiter. Und natürlich könnte niemand je beweisen, dass das Universum wirklich erst letzten Donnerstag erschaffen wurde. Das Gegenteil zu beweisen ist aber auch schwierig. Natürlich kann ich chemisch nachweisen, wie alt irgendwelche Steine sind, jedenfalls älter als ein paar Tage. Doch wenn die Fake-Erinnerung Teil dieses Universums ist, drehen wir uns im Kreis. Wir drehen und drehen und drehen und drehen und drehen und drehen und drehen und drehen und schleudern jedes letzte bisschen Gewissheit aus uns raus. Ich meine ... wenn man tatsächlich den Holocaust anzweifeln kann, gibt es nichts mehr, was man nicht anzweifeln kann.

Ein Teil von mir wünscht sich, dass die Kinder tatsächlich existieren. Dass es alles real ist und dass ich der Held sein werde, der sie befreit und sie ihren Eltern zurückbringen kann. Während Martin Fürst in Handschellen abgeführt wird samt seinem Fahrer Schmidt und diesem Kriminalkommissar Güler und ... ich frage mich kurz, wer eigentlich die Handschellen anlegen soll, wenn doch die Polizei mit drinsteckt.

Ich kann das jetzt nicht in meinem Kopf auflösen, denn ich muss mich konzentrieren. Das alles hier kommt mir extrem langsam vor. Die Seiten brauchen ewig, um sich aufzubauen. Ich will schon das Modem neustarten, aber dann fällt mir ein, dass es gar nicht an der Internetverbindung liegt, sondern am Onion-Routing. Die Daten brauchen einfach viel länger von meinem Rechner bis zum Server dieses Mailanbieters, weil sie flippermäßig erst noch von einem zum anderen zum nächsten Knotenpunkt springen, und diese Knoten können praktisch überall auf der Welt sein.

Ich übe mich in Geduld, finde mich zurecht, lege mir einen Mail-Account an, dann schreibe ich eine Nachricht.

Die Nachricht lautet: *Schöne Grüße an Y. Ich bin entschlossen.*

Ich sende die Nachricht an verschiedene Mailadressen unter der Domain *torbox.onion* – Kombinationen aus den Ziffern des Datums vom getilgten Donnerstag, jenem 11. Oktober 1582. Ich probiere Schreibungen mit Punkten und ohne, schreibe den Monat mal als Zahl, mal als Wort, mal als Abkürzung, verwende das englische Datumsformat, schreibe es auch mal rückwärts, ergänze mal den Donnerstag und mal nicht. Rund vierzig verschiedene potenzielle Mail-Adressen kommen auf die Art zustande. So was nennt man einen Schrotschuss. Wie bei einem Schuss aus der Schrotflinte, wo man eine ganze Ladung Schrotkugeln auf einmal verballert, was rein statistisch die Chancen erhöht, zumindest mit einer Kugel irgendwas zu treffen.

Ich sende alle Mails ab, dann starre ich auf den Posteingang. Ich aktualisiere und aktualisiere und aktualisiere und nichts kommt rein, auch keine Fehlermeldungen. Wobei doch eigentlich nur eine einzige von all diesen Adressen existieren dürfte ... wahrscheinlich gibt es bei *Hidden Services* keine Fehlermeldungen, ist irgendwie auch logisch. Die Mails verlieren sich in der interstellaren Leere zwischen den Knoten und werden eins mit der Null. Und nur eine einzige landet in einem Mail-Postfach irgendwo. Vielleicht.

Aktualisieren.

OMG!

Eine Antwort!

Danke, Bad_Kid. Bitte schick mir eine Anschrift deiner Wahl, damit ich deine Lieferung veranlassen kann.
Ich garantiere für 100 % *Diskretion.*
Gruß, D.

Ich springe von meinem Schreibtischstuhl auf und laufe planlos durch mein Zimmer.

Das ist eine Falle!

Natürlich.

Klar.

Warum zur Hölle dieser ganze Anonymisierungsscheiß, wenn ich auf einmal die Hose runterlassen und meine Adresse angeben soll?

Diskretion.

Ich sehe mir alle Y-Drops an, die ich bisher gesammelt habe. Nirgends ein Hinweis auf eine *Lieferung*. Es könnte eine Schachtel Pralinen oder eine Bombe oder ein Furzkissen sein oder so eine Schachtel, aus der einen eine kleine Teufelsfigur anspringt, wenn man sie öffnet. Satan.

Was auch immer es ist – ich will nicht, dass meine Eltern es in die Finger kriegen. Abgesehen davon, dass ich ungern meine Daten an einen mysteriösen Typen im Darknet schicken will, selbst wenn er tausendprozentig für Diskretion garantieren sollte.

Am besten lasse ich die *Lieferung* an irgendeine Packstation schicken, da kann ich es in Ruhe abholen. Aber nach kurzer Googelei stelle ich fest, dass ich volljährig sein muss, um mich für so eine Packstation zu registrieren. Ich müsste mich dazu ausweisen und so weiter.

Ich frage mich, was ich zu verlieren habe, wenn ich diesem *D.* meinen Namen und meine Adresse schicke. Und ob Y nicht eh längst weiß, wer ich bin. Ich spähe aus dem Fenster und betrachte den weißen BMW. Wenn D. für Y arbeitet und mich nach meiner Adresse fragt, heißt das vermutlich, dass Y nicht mein Haus observiert und dieser Wagen nicht ihm gehört.

Zurück zu der Frage.

Ich fürchte, die Antwort lautet: nichts.

Mir fällt nicht das Geringste ein.

Ich habe rein gar nichts zu verlieren.

Auch, was Emily betrifft. Ich brauche Chiara gar nicht dazu.

Ich schreibe also dem Diskretionstypen namens *D.* meinen Namen und meine Adresse – kurz noch mal Luft holen, durchatmen, dann klicke ich auf den Absenden-Button – und dann suche ich nach Emily. Ich finde sie auf Chiaras Instagram-Account, abonniere sie und schicke ihr eine Nachricht.

Hey, wir haben uns letzten Dienstag im Schwarzen Drachen gesehen.
Ich hab dich erkannt und du mich ja wohl auch.
Wir sollten mal reden.

Emily meldet sich überraschend schnell. Sie schreibt:

Es gibt nichts zu reden. Schreib mir nie wieder, sonst blockiere ich dich.
Und vor allem: Zieh Chiara nicht da rein.

Als hätten die zwei sich abgesprochen. Von wegen *nicht reinziehen*. Als ob man überhaupt irgendwen irgendwo reinziehen könnte ... wir stecken doch alle eh schon bis zum Hals drin.

Drin in allem, in dieser ganzen bekackten Welt mit ihren Rätseln und Verschwörungen.

»Wie geht es eigentlich Chiara?«, fragt meine Mutter, als sie an diesem Abend heimkommt. »Trefft ihr euch eigentlich noch?«

»Gut und ja«, sage ich.

»Sie kann ruhig mal zum Essen bleiben«, sagt meine Mutter. »Du brauchst sie nicht vor uns zu verstecken.«

»Ich verstecke niemanden«, sage ich.

Am nächsten Tag gehe ich nach der Schule mit zu ihr. Also zu Chiara.

»Nerven deine Eltern eigentlich auch?«, frage ich sie, als wir auf ihrem Bett liegen. »Also deine Mutter, meine ich«, schiebe ich nach, weil mir gerade noch eingefallen ist, dass sie über ihren Vater nicht spricht. Und nicht über den verschollenen Bruder, der vielleicht auch nur in meiner Einbildung existiert.

»Geht so«, sagt Chiara, »wir sehen uns nicht so oft. Früher hab ich darunter gelitten. Glaub ich jedenfalls. Inzwischen ist es mir ganz recht.«

»Verstehe. Eltern sind so eine Sache. Manche hassen sogar ihre Väter.«

Sie kneift die Augen zusammen.

»Wir wollten nicht über Emily sprechen.«

»Du hast gesagt, dass ich sie nicht reinziehen soll. Aber was würdest du sagen, wenn sie längst schon im Game wäre? Aus eigenem Antrieb?«

Chiaras zusammengekniffene Augen springen auf. Sie wirkt ernsthaft erschrocken.

»Wie kommst du auf so eine abstruse Idee?«

»Ich hab sie gesehen. Und ich meine nicht irgendwelche kryptischen Online-Spuren. Ich habe sie in echt gesehen, im Real Life. Im ... also an einem Ort, der eindeutig mit dem Game zu tun hat.«

»Kann ja reiner Zufall sein«, sagt sie. Es klingt wie Trotz. Sie verschränkt die Arme vor der Brust.

»Nicht an diesem speziellen Ort«, sage ich.

Chiara schüttelt den Kopf. »Nach allem, was du mir über Y erzählt hast ... wieso sollte Emily bei so was mitmachen? Was du mir davon erzählt hast, klang einfach total krass.«

»Das ist es ja gerade«, sage ich, strecke die Hand aus und berühre Chiara leicht an der Schulter. »Wenn sie ihren Vater hasst ...«

»Aber doch nicht so«, widerspricht sie. »Emily ist nicht Y.«

Seltsam, dass sie das sagt. Danach hatte ich gar nicht gefragt und auch keine Vermutung in diese Richtung geäußert.

»Das zwischen Emily und ihrem Vater ist rein persönlich. Es hat nichts mit Geflüchteten zu tun oder mit dem Klimaschutz oder all den anderen Dingen, weswegen Martin Fürst bedroht wird.«

»In den Y-Drops kommen all diese Sachen auch nicht vor. Da heißt es immer nur, Fürst wäre der Satan und so weiter. Und dass er Kinder gefangen ... oh, fuck!«

»Was!«

»Ist sie am Ende selbst damit gemeint? Emily? Ist das symbolisch gemeint? Sie sieht sich selbst als ein gefangenes Kind? Hat sie noch Geschwister?«

»Boah, komm mal runter«, schimpft Chiara. »Du siehst nur noch Verschwörungen und verborgene Hinweise. Und wenn ich nachher pinkeln gehe, denkst du vermutlich, ich würde vom Klo aus die CIA anrufen und denen haarklein alles berichten, was du soeben gesagt hast.«

Ich erstarre und frage mit zischender Stimme: »Wie hast du rausgekriegt, dass ich das von dir und der CIA weiß?«

Für eine Sekunde bleibt ihr die Spucke weg.

Dann breche ich in schallendes Gelächter aus. Sie fällt in das Lachen mit ein. O Gott, tut das Lachen gut. Wir lachen und rollen über das Bett und ich muss mir eine Träne wegwischen vor lauter Lachen und solange das dauert, habe ich vor nichts Angst und es gibt keine Verschwörung nirgendwo und die Welt ist supertoll in Ordnung.

Irgendwann setzen wir uns wieder auf und seufzen und sehen uns an und ich meine einen Augenblick, es würde sich zwischen uns genauso anfühlen, als hätten wir gerade Sex gehabt.

Dann verschränkt Chiara wieder die Arme und sagt: »Die Wahrheit ist völlig unverschwörungsmäßig langweilig und banal. Der Bürgermeister und seine Frau sind schon lange kein Paar mehr. Fürst hat wohl schon ewig eine Affäre mit jemandem aus dem Büro, vielleicht mit der Pressesprecherin oder der Sekretärin, niemand weiß das richtig, denn nach außen muss unbedingt die Fassade der glücklichen Familie aufrechterhalten werden. Emilys Mutter ist wohl psychisch ziemlich am Arsch, sie nimmt Medikamente und so, aber sie macht nach außen hin auf nette, engagierte First Lady. Keine Ahnung, warum die dieses Rollenspiel aufführen, wir leben ja nicht vor hundert Jahren. Es gibt doch viele Politiker, die geschieden sind. Vielleicht mehr geschiedene als verheiratete. Sie machen es halt so, und für Emily ist es völlig unerträglich. Was ich gut verstehen kann. Aber dass sie deswegen so ein Game erfindet?«

»Sag ich doch gar nicht«, erwidere ich und überlege dabei, ob ich es ihr wirklich zutrauen würde, dass sie Y ist. Also Emily. »Ich denke mal, dass sie da auch eher aus Zufall reingeraten ist, so wie ich.«

»Und ich wünschte, das wäre nie passiert«, sagt Chiara und öffnet ihre Arme. »Euch beiden nicht.«

Sie drückt mich an sich. »Ich habe wirklich Angst, dass da noch was ganz Schlimmes passiert.«

»Ich weiß«, sage ich. »Aber das brauchst du nicht. Es ist nur ein Game. Und ich passe auf. Wirklich. Und ich habe das Gefühl, dass es bald vorbei ist. Wir nähern uns der letzten Runde. Dem Endboss quasi.«

»Das ist ja der Grund, warum ich Angst habe«, antwortet sie.

Am Abend checke ich diverse Quellen auf neue Drops. Und da sind einige. Y schreibt:

>Y084
Seid entschlossen! Für J. C.

>Y087
Es schadet nicht, zwischendurch in den Kalender zu sehen.

>Y090
Der Tag der Befreiung rückt näher für die gefangenen Kinder.

>Y092
Manche von euch werden eine diskrete Lieferung erhalten.

>Y094
Satan wird fallen. Der Fürst der Finsternis wird in den Staub gestoßen werden. Die Kinder werden frei sein.

>Y095
Vor den Augen der Welt wirst du es zu Ende bringen.
Für J. C.

>Y096
Zwischendurch einen Blick in den Kalender werfen, um keinen wichtigen Termin zu verpassen.

Es ist Samstagnachmittag, es regnet. Was sonst. Ich ziehe Sportklamotten an und rufe meinen Eltern zu, dass ich eine kleine Radtour mache.

»Ich brauch Bewegung«, sage ich. »Kein Bock, immer nur zu zocken.«

Sie nicken mit höchst zufriedenen Gesichtern. Nicht nur,

weil sie natürlich jede Minute feiern, in der ich nicht vor irgendeinem Bildschirm hänge. Sondern weil sie ganz allgemein froh über jede Minute sind, die sie allein im Haus verbringen können, was auch immer sie dann tun. Sicher haben sie heimlich irgendwo ein Maßband, wo sie die Tage abschneiden, bis ich endlich ausziehe.

Ich fahre aus der Stadt raus zu der alten Eiche.

Kann mich noch gut erinnern, finde den Weg auch ohne Navi. Der Baum wirkt ungeduldig. Na endlich, scheint er zu denken. Außer ihm und mir ist niemand hier. Ich steige vom Rad und klopfe auf die Rinde, wie man ein Pferd tätschelt oder einen Hund.

Ich umrunde ihn halb und greife wieder in seine tiefe offene Wunde auf der Rückseite. Die Tüte, der Umschlag, das Buch.

Ich schlage den Kalender auf, blättere die Seiten durch und entdecke am Ende ein paar rote Striche. Die müssen neu sein. Kann mir nicht vorstellen, dass ich sie übersehen habe, als ich dieses Büchlein neulich zum ersten Mal in Händen hielt.

Interessant.

Ich schlage vorn auf und schaue jetzt systematisch eine Woche nach der anderen durch. Bis einschließlich dieser Woche sind die Einträge unverändert. Immer dienstags, immer halb drei: *S.D.*

Fast das ganze Jahr hindurch. Doch beim 29. November hat jemand mit rotem Filzstift ein Ausrufezeichen dahinter gemacht. Das ist der Dienstag kommende Woche. In drei Tagen also. Und beim Dienstag der Woche darauf ist der Termin durchgestrichen. So auch bei den paar weiteren, die noch folgen, bevor der Kalender mit dem Januar des kommenden Jahres endet. Alle durchgestrichen.

Abgesagt.

Weil der Bürgermeister nicht mehr kommen wird.

Weil die Kinder nicht mehr da sein werden.

Befreit.

Aufgewühlt komme ich heim. Die Haustür ist abgeschlossen. Auf der Küchentheke liegt ein Zettel: *Sind im Kino, Essen steht im Ofen.*

Ich schalte den Ofen ein, gehe noch mal vor die Tür und öffne den Briefkasten. Das mache ich normalerweise nie, aber ich warte auf irgendeine Nachricht vom diskreten *D.*, der, nachdem ich ihm meinen echten Namen und meine echte Adresse anvertraut habe, nichts mehr von sich hören lässt.

Bis jetzt, vielleicht.

Denn im Briefkasten liegt ein knallgelber Zettel, ein Formular, mit krakeliger Schrift ausgefüllt, aus dem hervorgeht, dass ein Paket für mich bei den Nachbarn abgegeben wurde. Haus Nummer 29, Familie Breuer. Das ist gegenüber. Alissas Haus.

Zufall?

Ich sehe mich um.

Niemand hier außer mir und dem Zettel. Und dem weißen BMW.

Ich überquere die Straße, sehe mich wieder um.

Schon wieder versteckt sich niemand im Innern dieses Autos.

Ich klingle.

Die Tür geht auf und da steht ein muskulöser Typ, den ich noch nie zuvor gesehen habe. Er lächelt mich an und sagt: »Ja bitte?«

»Ich bin Janusz«, sage ich und deute mit dem Daumen hinter mich. »Von gegenüber. Hier wurde ein Päckchen abgegeben?«

»Hi, Janusz!« Aus dem Flur taucht Alissa auf, ein Paket unter dem Arm, etwas größer als ein Schuhkarton. »Hab ich vorhin für dich angenommen.« Sie hält es mir hin und nickt dem Muskelmann zu. »Das ist übrigens Yilmaz.«

»Freut mich, Janusz«, sagt Yilmaz.

»Mich auch«, murmle ich. »Und danke fürs Annehmen.«

»Gerne.« Die beiden winken und Alissa schließt die Tür. Ich laufe zurück zu meinem Haus und werfe dem weißen BMW noch einen Blick zu. Yilmaz. Alissas neuer Freund vermutlich. Kein Y, der mich observiert. Da, wo ich eigentlich Erleichterung fühlen sollte, sickert ein Hauch von Enttäuschung ein.

Aber nur kurz, denn ich bin neugierig auf das Paket. Es hat keinen Absender, natürlich nicht, mein Name und meine Anschrift sind auf ein Klebeetikett gedruckt, weiter nichts, absolut diskret, genau wie *D.* es angekündigt hat.

Ich gehe zurück ins Haus, in die Küche, wo der Ofen leise vor sich hin surrt. Ich nehme ein langes Messer aus der Schublade und durchtrenne das Paketband. Klappe den Deckel auseinander, sehe erst mal nur jede Menge Packpapier. Fasse hinein. Befördere eine kleine Kamera ans Licht. An der Kamera sind Gummibänder befestigt. Hab ich schon mal gesehen, man kann sich die Gummibänder um den Kopf legen, die Kamera an der eigenen Stirn fixieren und die Kamera filmt dann alles aus der eigenen Perspektive. Eine Actioncam, wie manche Mountainbiker sie tragen. Die Kamera hat ein kleines WiFi-Symbol, und während ich noch überlege, wer da wohl gern was aus meiner Perspektive anschauen würde, finde ich ein kleines Kärtchen aus Karton, nicht größer als eine Kreditkarte. Darauf steht:

https://www.judgementday.su/
Streame alles, was du tust!

Bevor ich darüber nachdenken kann, ertasten meine Finger unter dem restlichen Packpapier etwas Hartes mit Griff. Ich ziehe es heraus und lege eine Art überdimensionale Frühstücksbox auf die Küchenanrichte. Eigentlich sieht es eher aus wie ein kleiner Werkzeugkasten und wiegt auch mindestens so schwer. Ich öffne die beiden Klappverschlüsse links und rechts vom Deckel, klack, klack, hebe den Deckel an und stoße einen stummen Schrei aus.

In dem kleinen Koffer liegt eine Pistole – und ich zweifle keine Sekunde daran, dass sie echt ist.

Y

Drei Päckchen wurden ausgeliefert.

Drei Leute, die es versuchen werden.

Einer wird es doch wohl schaffen.

Es fühlt sich nicht so gut an wie erhofft.

Im Augenblick wünschte ich, ich könnte es aufhalten. Im allerletzten Augenblick das verhindern, auf das ich seit Monaten hingearbeitet habe. Ich weiß, dass es jetzt nicht mehr möglich ist, irgendetwas zu verhindern. Genau das hatte ich ja kommen sehen, dass mich kurz vor dem Ziel auf einmal Skrupel befallen. Darum hatte ich rechtzeitig Vorsorge getroffen.

Ich habe mir selbst keine Wahl gelassen und das ist gut so.

J. C. hat auch keine Wahl gehabt.

Aber eines kann ich trotzdem tun. Ich habe noch etwas Geld. Ich schreibe nochmal an Deathliveroo.

>Y098
Heute. https://www.judgementday.su/

>Y099
Heute. https://www.judgementday.su/
Für J. C.

>Y100
https://www.judgementday.su/
Heute ist der Tag.

12

Es klingelt.

Blick aus dem Fenster. Kein Lieferwagen von irgendeinem Paketdienst unten auf der Straße. Die Haustür selbst kann ich von meinem Zimmer aus nicht sehen. Es klingelt wieder. Ich frage mich, wer das sein kann, an einem gewöhnlichen Dienstagvormittag um kurz nach elf. Es klingelt.

Auf meinem Handy kommt eine Nachricht rein.

Mach schon auf.

Chiara.

Sie hat mir heute Morgen schon drei Nachrichten geschickt, eine vor acht und noch zwei während der ersten Pause. Als würde sie um mein Leben bangen.

Ich gehe die Treppe runter, öffne, sie steht da in ihrem Regenmantel, die Schultasche baumelt von ihrer Schulter. Heute regnet es gar nicht, das fällt mir erst jetzt auf. Vielleicht ein Zeichen?

»Was ist los?«, fragt sie.

»Wieso?«, frage ich.

»Warum bist du nicht in der Schule?«

»Du bist ja anscheinend auch nicht in der Schule.«

»Richtig. Weil ich mir Sorgen gemacht habe. Kann ich wenigstens reinkommen?«

Ich trete zur Seite und lasse Chiara herein.

»Bist du krank?«

»Ja ... na ja, ich fühl mich halt nicht gut.«

Sie hält eine Hand an meine Stirn.

»Du bist eiskalt«, sagt sie.

Sie hängt ihren Mantel an die Garderobe und wir gehen die Treppe hoch, sie hockt sich auf mein Bett.

»Und jetzt?«, frage ich. »Möchtest du meine Hand halten, bis ich mich besser fühle?«

Es soll vielleicht unfreundlich klingen, aber das tut es gar nicht.

Chiara nickt. »Gute Idee.«

Sie lässt sich auf die Seite plumpsen und ich lege mich einfach neben sie und schiele zu meiner Schultasche, die an einem der Beine meines Schreibtisches lehnt.

Am Anfang habe ich dieses Logo gar nicht verstanden, mit diesem eckigen *G*. Erst im Internet habe ich gesehen, dass es *Glock* bedeutet und dass ich jetzt Besitzer einer echten Pistole bin, Kaliber neunmal neunzehn Millimeter. Das Magazin, in dem kleinen Koffer fein säuberlich in ein eigenes Fach gebettet, enthält siebzehn Patronen.

Ich habe mir ein paar YouTube-Videos darüber angesehen und dann ganz fachmännisch das Magazin eingesetzt. Ich habe die Glock in der einen Hand gehalten und dann in der anderen, habe sie hin und her gewogen, ihr beeindruckendes Gewicht auf meiner Handfläche ruhen lassen, habe sie mit ausgestrecktem Arm angelegt, habe gezielt. Habe das Magazin wieder herausgenommen und alles in den Koffer verstaut, habe stundenlang in meinem Zimmer nach dem richtigen Versteck gesucht.

Ich habe gegrübelt.

Mir vorgestellt, wie ich meinen Eltern davon erzähle.

Mir vorgestellt, wie sie mit mir zur Polizei gehen.

Wie Kriminalkommissar Güler die Waffe an sich nimmt, mich einkassiert, meinen Eltern noch zuruft, es sei alles zu meinem und ihrem Besten, und sie mich dann niemals wiedersehen.

Es sind ja schon Menschen in Polizeigewahrsam gestorben und nie kam raus, was wirklich passiert war.

Hab ich irgendwo gelesen.

In meiner Schultasche steckt der kleine Koffer jetzt. Das ist paradoxerweise der sicherste Ort, an dem niemand nachsehen würde. Vor allem wollte ich sie nicht allein zu Hause lassen, unkontrolliert. Gestern war Montag und ich bin den ganzen Tag mit einer tödlichen Waffe in der Tasche durch die Stadt gefahren und durch die Schule gelaufen. Ich habe überlegt, ob man sich irgendwann an diesen Gedanken gewöhnt. Wahrscheinlich ist ein Tag dafür nicht ausreichend.

Das ist egal, denn heute ist es ja schon so weit.

»Es ist Dienstag«, sagt Chiara übergangslos, als ich gerade gedacht habe, dass sie eingeschlafen wäre. »Letzten Dienstag warst du auch schon krank. Angeblich hattest du Kopfschmerzen.«

»Spionierst du mich aus?«

»Ich habe doch gesagt, dass ich Angst um dich habe.« Sie nimmt meine Hand. »Was hast du vor? Wo willst du hingehen?«

»Nirgends«, sage ich eine Spur zu schnell. »Ich bin einfach hier.«

»Gut«, sagt sie und schlingt ihre Arme um mich.

Ich fühle mich fast wie im Schraubstock. Zumindest, solange ich selbst so angespannt bin. Ich versuche, mich locker hinzulegen. Es gibt keinen Grund zur Sorge. Ich habe mehr Zeit als genug, wenn ich gegen halb zwei aufbreche. Bis dahin sind es noch mehr als zwei Stunden. Zwei Stunden, um zu überlegen, wie ich Chiara loswerde.

Ich habe mir diese Website angesehen, *judgementday*. Dort ist nichts weiter hinterlegt als eine Eingabemaske, wo man ein Live-Video einbinden kann. Y will, dass ich meinen Besuch nachher im Schwarzen Drache filme und übertrage. Damit er es sehen kann. Er und alle anderen, die von der Website wissen. All die Anons, die die letzten Drops gelesen haben, egal ob sie selbst im Game sind oder nicht. Ich stelle mir vor, wie Min-su und Mert und Vinzent live zusehen, wie ich den Bürgermeister mit vorgehaltener Knarre dazu zwinge, die Kinder freizulassen.

Gestern war ich im Wald. Nicht beim Schwarzen Drachen, sondern viel weiter raus aus der Stadt, viel tiefer drin im Wald, weit ab von allen Wanderwegen und Reiterpfaden und Mountainbike-Crossstrecken, tief im Unterholz. Ich habe die Glock aus meinem Rucksack geholt und auf einen Baumstamm gezielt, etwa dreißig oder vierzig Meter entfernt. Ich habe die Waffe entsichert und mit dem Zeigefinger den Abzug gefühlt. In den YouTube-Videos hatten die Leute meistens so Gehörschutzdinger auf den Ohren. Es muss wirklich extrem laut knallen, wenn man sie abfeuert. In diesem Wald sollte es trotzdem niemand hören. Ich habe mich aber nicht getraut. Ich wollte diesen Zauber nicht durchbrechen, diese ungeheuerliche Kraft, die aus dem eingelegten Magazin der Waffe durch den Griff in meine Hand und durch meinen ausgestreckten Arm hindurch in meinen Körper zu rinnen schien wie klares Quellwasser aus einem kühlen Felsen. Sie durchströmte mich mit Unbesiegbarkeit und füllte mich voll Macht bis oben an. Ich habe sie wieder gesichert und weggepackt und bin heimgefahren, ohne zu schießen. Gestern habe ich den ganzen Tag mit mir gerungen, ob ich nicht doch zur Polizei gehe und diesem Güler die Glock unter die Nase halte. Oder der Redaktion des *Anzeigers* einen Besuch abstatte. Oder mir wirklich *Hilfe* hole, wie die Redakteurin am Telefon gesagt hat. Irgendwo muss es doch noch Leute geben, denen man vertrauen kann, habe ich fieberhaft überlegt. Vielleicht Andreas, ein Freund meiner Eltern, der ist Rechtsanwalt. Aber was, wenn der auch mit drinsteckt? Ich habe das Grübeln aufgegeben. Ich habe mich entschieden, zum fraglichen Termin zum Schwarzen Drachen zu gehen. Auf alles vorbereitet zu sein.

Entschlossen zu sein.

»Vertraust du mir?«, frage ich Chiara.

Sie erwidert meinen Blick schweigend.

»Ich gehe nachher zu einer Art Termin«, sage ich. »Ich bin mir sicher, dass es der letzte Akt ist. Das letzte Level vom Y-Game. Danach ist es vorbei und wir müssen nie wieder darüber sprechen und du musst nie wieder deswegen Angst haben.«

»Genau das ist es doch, wovor ich Angst habe«, sagt sie. »Dieses letzte Level. Ich spüre das. Was denkst du, warum ich die Schule schwänze und jetzt hier bin? Doch nicht, um dir viel Glück dabei zu wünschen, wie du in dein Verderben rennst. Versprich mir einfach, dass du hierbleibst. Dass du heute nicht zum Schwarzen Drachen fährst.«

Ich will direkt antworten, weil es ein paar Millisekunden dauert, bevor mir klar wird, was Chiara da gerade gesagt hat. Ich schlucke meine Antwort runter und versuche, mich locker zu machen, bevor sie meine plötzliche Erstarrung bemerkt. Ich schmiege mich an sie und sage zum Schein: »Schule schwänzen ist eigentlich eine fantastische Idee. Vielleicht hast du recht und ich schwänze auch meinen Y-Termin und wir hängen hier einfach rum.«

»Hab ich dir erzählt, dass ich seit Ewigkeiten schlecht schlafe?«, fragt sie. »Dass ich ständig grübeln muss und mein Kopf sich nicht abschalten lässt, bis mir irgendwann vor Erschöpfung die Augen zufallen? Aber wenn ich mit dir zusammen bin, ist es anders. Ich merke, wie ich zur Ruhe komme. Geht es dir nicht auch so?«

»Doch«, sage ich. »Echt.«

Und das stimmt.

Es *hat* gestimmt, bis gerade eben. Jetzt ist an Ruhe überhaupt nicht zu denken. Ich befürchte, dass sie meinen hämmernden Herzschlag hören muss, aber das tut sie nicht, sie lockert ihren Klammergriff, drückt ihren Kopf in meine Halsbeuge und schließt die Augen.

In meinem Hirn rasen die Gedanken. Ja, wir haben über den Schwarzen Drachen gesprochen, ich habe Chiara ja selbst danach gefragt. Und sie hat meine Zeichnung bewundert. Sie kennt den Begriff also. Aber ich habe ihr gegenüber *nie* erwähnt, dass es sich in Wahrheit um einen konkreten Ort handelt.

Ihr gleichmäßiger Atem an meinem Hals verursacht mir am ganzen Körper Gänsehaut.

Sie scheint tatsächlich einzuschlafen.

Ich zähle endlose Sekunden.

Bis ich bei tausend angelangt bin. Dann ziehe ich mich ganz sachte, Millimeter für Millimeter, aus ihrer Umklammerung heraus und setze mich auf. Chiara brummt etwas, aber sie scheint weiterzuschlafen, eine Hand tastet nach mir, findet mein Knie, ich verharre, bis ich ganz sicher bin, dass sie immer noch schläft. Dann beuge ich mich vor, bis ich um sie herumgreifen kann. Aus der Hosentasche an ihrem Hintern ragt eine Ecke ihres Handys hervor. Ich ziehe es in Zeitlupe heraus.

Sperrbildschirm. Neun Punkte.

Ich verbinde sie zu einem C wie Chiara.

Falsches Muster. Noch zwei Versuche.

Ich zeichne ein Y.

Der Bildschirm öffnet sich.

Mir fällt auf, dass ich noch nie das Hintergrundbild gesehen habe. Wieder Gänsehaut.

Chiaras Hintergrundbild zeigt einen Grabstein. Ein kleiner Stein im Boden, für ein Urnengrab, ich kenne das von meiner Oma, die letztes Jahr gestorben ist. Aber hier liegt keine Oma begraben, denn jemand hat auf den Stein ein Spielzeugauto und eine Playmobilfigur gesetzt. Und die Lebensdaten zeigen, dass hier ein Kind von nicht mal sieben Jahren beigesetzt worden ist. Der Name des Kindes lautet Jason Christopher Rombach.

Chiaras verschollener Bruder ist gar kein verschollener großer Bruder. Er ist ein kleiner Bruder. Und er ist tot.

Wir tun es für J. C.

Ich betrachte sie. Chiara. Ihr Gesicht, das manchmal so verkniffen wirken kann, ist vollkommen friedlich und entspannt. Ich berühre ihre Hand, die auf meinem Knie liegt, aber meine Finger zittern so sehr, dass ich befürchte, sie könnte davon aufwachen. Ich muss mich zusammenreißen, um mit diesen zitternden Fingern irgendwas auf dem Bildschirm antippen zu können.

Wie ich sehe, hat sie den Tor-Browser auf ihrem Handy installiert. Ich würde gern ihre Mails im Darknet lesen, aber die sind natürlich passwortgeschützt. Ich schaue in ihr normales Mail-Postfach, in ihre WhatsApps, ihre Instagram-Nachrichten, finde aber nichts von Belang. Ich öffne den Dokumente-Ordner und stoße auf eine Textdatei namens *Botschaften.* Ich öffne sie. Sie enthält Y-Drops.

Alle.

Auch die, die ich verpasst habe und die nicht mal die Sammler von Yves' Research-Board gefunden haben. Alle Drops von Y001 bis Y100.

Das Bett dreht sich wie ein Karussell.

Chiara macht das nichts aus, sie schläft. Ihr Mund steht ein winziges bisschen offen, fast als lächle sie.

Sie ist Y.

Ich bin mit Y zusammen.

Ich habe mit Y geknutscht und gefummelt und ... sie hat die ganze Zeit gewusst, dass ich sie jage und sie ... schlägt die Augen auf und stößt einen kurzen Schrei aus.

»Mann, wie kannst du mich so anstarren, während ich schlafe, ich hab mich total erschrocken und ... Gib das her!« Sie hat ihr Handy in meiner Hand entdeckt.

Ich springe auf und mache zwei, drei Schritte rückwärts vom Bett weg. Von ihr weg.

»Ich kann nicht fassen, dass du Y bist«, sage ich. »Hier.«

Ich werfe ihr das Handy zu. Sie fängt es, setzt sich auf und weicht meinem Blick aus.

»Ich auch nicht«, flüstert sie.

»Du hast mich die ganze Zeit angelogen!«, schreie ich.

»Hab ich nicht«, sagt sie leise. »Du hast mich nie gefragt.«

»Aber du hast mir was vorgemacht! Wieso? Ich verstehe überhaupt nichts.«

»Du hast mir am Anfang auch was vorgemacht«, sagt sie. »Oder nicht? Du hast es sogar zugegeben.«

»Ja, aber das war nur am Anfang.«

»Ja. Und ich habe natürlich gedacht, dass wir uns nicht noch mal treffen sollten, bevor da noch was zwischen uns entsteht. Ist doch klar. Aber ich wollte dich einfach wiedersehen.«

»Und da hast du mir die Ahnungslose vorgespielt. Hast du

mich nicht gewarnt, weil es angeblich Nazischeiße ist? Und als ich dir von dem getilgten Donnerstag erzählt habe – du hast mich angeschaut, als hättest du noch nie so was Abgedrehtes gehört, dabei warst du es, die sich das ausgedacht hat.« Ich presse die Handballen gegen meine Schläfen, damit mein Kopf nicht auseinanderfliegt. Wie in einem Videoclip tauchen immer mehr Gesprächsfetzen von uns beiden darin auf. »Und darum hast du mich zu diesem Fußballspiel gelockt?«, frage ich. »Damit ich Emily sehe? Und damit ich – warte … damit ich denke, dass sie Y ist? Damit ich nie auf die Idee komme, dass du es sein könntest?«

Sie nickt.

Fährt sich mit den Fingern durchs Haar, mit den Händen durchs Gesicht, schluckt.

»Ich habe versucht, dich da rauszuhalten«, sagt sie. »Weil ich … Mann, Janusz! Ich hab dich unglaublich gern, weißt du das? Ich bin total verliebt in dich. Ich will nicht, dass dir was passiert. Y ist ganz allein *meine* Sache, es ist schon schlimm genug, dass Emily das mitgekriegt hat.«

Sie steht auf und kommt langsam auf mich zu.

»Du darfst auf keinen Fall nachher zum Schwarzen Drachen gehen«, beschwört sie mich. »Da wird es vielleicht …« Sie schluckt wieder. »Es wird es vielleicht Tote geben. Es werden Leute auftauchen, die Waffen haben.«

»Ich weiß«, sage ich. »Ich bin einer davon.«

Da dringt ein unheimlicher Laut aus ihrer Kehle. Ein Schreckschluchzen, so was.

»Du bist einer von denen, die das Paket gekriegt haben?«

Meine Hände bewegen sich auf Chiara zu und ich weiß nicht, was sie in diesem Augenblick vorhaben. Chiara ohrfeigen? Sie packen und schütteln?

Meine Hände fassen Chiara sanft an Schulter und Hüfte und ziehen sie an mich heran.

»Warum?«, flüstere ich. »Warum das alles? Was hat Martin Fürst mit deinem Bruder zu tun?«

Y

Eigentlich brauche ich dieses Tagebuch jetzt nicht mehr.

Aber gerade jetzt fühle ich den Drang, weiter hineinzuschreiben. Und zwar die ganze Geschichte. Oder den Anfang. Vielleicht für dich, wer immer du auch sein magst. Aber vor allem für mich. Um das alles noch mal klarzukriegen.

Es ist jetzt fast sechs Jahre her. Sie haben in der Schule angerufen – ich war noch in der Grundschule – und gesagt, ich solle zum Eingang kommen, ich würde gleich abgeholt. Meine Eltern. Ich wusste sofort, dass was Schreckliches passiert sein muss.

Sie stiegen aus dem Auto. Mein Vater völlig verheult und meine Mutter mit diesem toten Blick. Diese leeren Augen, die sich niemals wieder verändert haben seit diesem Vormittag. Bis heute. Ich habe ihnen von Anfang an kein Wort geglaubt.

Ja, ich weiß, so etwas passiert. Kinder verunglücken auf dem Schulweg. Laufen über eine Kreuzung, nicht bei Rot, sondern ganz brav bei Grün, darum rechnen sie ja auch nicht mit dem abbiegenden Lieferwagen, dessen Fahrer sie ganz einfach übersieht. So was passiert leider, wie gesagt. Aber es passiert immer nur anderen Menschen. Doch nicht meinem eigenen kleinen Bruder.

Ich habe gebettelt, ihn sehen zu dürfen. Nur noch einmal. Geschrien und geheult und gefleht habe ich, aber es ging angeblich nicht. Und ich kann ja nicht mal heimlich nachts auf den Friedhof schleichen, selbst, wenn ich mich das trauen würde, um ihn auszugraben, denn sie haben ihn verbrannt und seine Asche in eine Dose gefüllt.

Also angeblich.

Jason Christopher.

Das steht jedenfalls auf dem Grabstein.

Aber mir waren da viel zu viele Ungereimtheiten von Anfang an.

Ich habe zu keinem Zeitpunkt geglaubt, dass J.C. in dieser Urne da im Boden steckt.

Ich wusste einfach intuitiv, dass da was nicht stimmt und dass er noch irgendwo sein muss. Meine Eltern wollten nicht mit mir darüber reden. Also, sie wollten schon mit mir reden, nämlich darüber, wie wir als Familie über J.C.s Tod hinwegkommen könnten. Doch ich habe sie durchschaut. Sie wollten, dass ich es einfach akzeptiere. Keine weiteren Fragen.

Aber ich bin ja nicht blöd. War ich schon damals nicht.

Obwohl ich noch ein Kind war.

Der Fahrer des Wagens wurde angeklagt. Doch bevor es zur Gerichtsverhandlung kam, hat er sich umgebracht. Angeblich. Auch er bekam ein Urnengrab. Komisch, oder? Sein Name war Gregor Schmidt.

Viele Jahre später habe ich den Namen plötzlich in der Zeitung gesehen. Gregor Schmidt. *In der Reihe »Seltene Berufe«: Der neue Fahrer des Oberbürgermeisters.* Mit meinen Eltern konnte ich über so was nicht reden. Inzwischen wurde bei uns gar nicht mehr geredet. Mein Vater ist mit J.C's angeblichem Tod nämlich auch nicht klargekommen. Hat angefangen zu saufen. Meine Mutter und er haben sich am Schluss nur noch angeschrien und ich war fast froh, als er endlich ausgezogen ist. Mich hatten sie vorher schon zur Therapie geschickt. Da hab ich gelernt, niemandem zu sagen, dass J.C. noch lebt. Damit mich nicht alle Welt für verrückt hält. Ich habe es all die Jahre ganz tief in mir drin versteckt, wobei ich gewusst habe, dass irgendwann der Tag kommt, an dem ich einen Hinweis finden werde. Und dann würde ich etwas unternehmen, um J. C. zu finden.

Dieser Tag war im Februar, als ich auf besagten Zeitungsartikel stieß. Gregor Schmidt. Zufall?

Ich habe nicht sofort die Zusammenhänge verstanden. Aber im Internet habe ich Foren gefunden, wo es um verschwundene Kinder geht, und da habe ich dann sehr schnell Informationen über Adrenochrom bekommen und all das.

Wenn man mal ganz unvoreingenommen sämtliche Fakten nebeneinanderlegt, dann ist doch völlig klar, dass Gregor Schmidt weder meinen kleinen Bruder getötet hat noch sich selbst. Sondern dass er vielmehr J. C. entführt und danach seinen Selbstmord vorgetäuscht hat. Er hat ihn entführt und jahrelang gefangen gehalten, bis es für ihn so weit war, ihn an den Bürgermeister zu verkaufen. Vermutlich mit weiteren Kindern, denn ich habe recherchiert, dass allein in Nordrhein-Westfalen derzeit elf Kinder als »Langzeitvermisste« gelten. Kinder, von denen seit Jahren jede Spur fehlt. Ich erkläre es mir so, dass Gregor Schmidt über die Jahre Kinder »gesammelt« hat – und zwar im Auftrag von Martin Fürst. Und als sie genug beisammenhatten und sich sicher genug fühlten, hat der Bürgermeister diesen Schmidt offiziell bei sich angestellt. Fürst ist also der Kopf der ganzen Sache. Kann ja gar nicht anders sein.

Ich habe fieberhaft überlegt, wie ich an ihn rankommen könnte, bis sie eines morgens in der Schule diese Zettel ausgeteilt haben: Praktikum am Ende des Schuljahres. Da war mir sofort klar, was ich tun muss.

Wobei ich anfangs dachte, das sei ein Fehlschlag. Denn an Fürst kam ich so gut wie gar nicht heran, und Schmidt, sein Fahrer, ließ mich jedes Mal total blöd auflaufen, wenn ich versucht habe, ein Gespräch mit ihm anzufangen. Aber dann habe ich natürlich geschnallt, dass er wusste, wer ich bin. Also, dass ich die Schwester von J.C. bin. Und sicher hat er Verdacht geschöpft, weil ich dieses Praktikum mache. Eine Weile lang hatte ich Angst, dass er mir was antut. Aber ich glaube, das haben er und Fürst gar nicht in Erwägung gezogen. Sie fühlen sich einfach viel zu sicher. Unangreifbar.

Jedenfalls hatte ich durch die Arbeit im Büro Zugang zum dienstlichen Kalender des Bürgermeisters. Und da fiel mir diese Lücke auf. Immer dienstags, immer um dieselbe Zeit. Vorher und nachher Termine, dazwischen nichts. Fürst kam auch nie während dieser Zeit ins Büro. Ich habe die Sekretärin gefragt und die meinte, dass sie auch nicht wüsste, was die zwei Männer in dieser Zeit tun. Sie vermutete, dass die halt irgendwo Mittagspause machen, in ein Restaurant gehen oder so was.

Ich habe also beschlossen, sie zu beschatten. Habe mir notiert, wo sie vorher sind. Habe mir ein Taxi bestellt. Wie man das in Filmen macht.

Wir sind hinter ihnen hergefahren, die Serpentinen rauf und bis zu der Abzweigung. Ab da sind wir ihnen nicht weiter gefolgt, das wäre zu auffällig gewesen, aber ich kannte nun den ungefähren Ort und habe mich ein paarmal dort beim Schwarzen Drachen auf die Lauer gelegt. Sie kamen nicht jede Woche, aber doch meistens.

Ich habe natürlich das Haus durchsucht. Aber nichts gefunden außer diesem Kreuz. Mir war klar, dass ich es alleine nicht schaffe. Wo sie die Kinder tatsächlich verstecken, ist mir ein Rätsel. Es gibt da diese eine Stahltür im Untergeschoss, aber niemand hat auf mein Klopfen reagiert. Ich vermute einfach, dass die Kinder nicht direkt in einem Raum hinter dieser Tür sind, sondern dass dort der Eingang ins Tunnelsystem ist. Die QAnon-Leute sagen, dass es in Amerika und Europa etliche solcher Tunnelsysteme gibt und sie sind Hunderte Kilometer lang.

Bitte nicht missverstehen: Ich finde QAnon eigentlich nicht gut. Ich glaube, dass das Nazis sind. Aber sie haben eben auch die Pläne der Eliten durchschaut. Ich brauchte halt Verbündete. Um meinen kleinen Bruder zu retten, würde ich mich mit jedem verbünden, egal wie böse.

Denn mir ist klargeworden, dass ich ohne Hilfe nicht weiterkomme. Die Polizei war natürlich keine Option. Überhaupt gab es niemanden, an den ich mich hätte wenden können. Jedenfalls nicht im sogenannten »echten« Leben. Doch das Internet ist voll von Leuten, die bereit sind, sich für die gefangenen Kinder einzusetzen. Es war nur die Frage, wie ich an die richtigen Leute rankomme. Auf diesen Boards ist ja alles anonym, und ich dachte, wenn ich da jetzt einfach rumfrage, ob jemand bereit ist, meinen kleinen Bruder und die anderen Kinder aus den Händen des Bürgermeisters zu retten, melden sich vor allem Idioten. Also habe ich Y erfunden, um auf diese Weise die Besten der Besten ausfindig zu machen.

Ich hätte niemals gedacht, dass ausgerechnet Janusz dazugehören würde.

Ich habe ihm das alles genauso erzählt, wie ich es hier gerade aufgeschrieben habe.

Er hat schweigend zugehört. Und danach hat er mich eine Ewigkeit lang angesehen. Auf eine Weise, die mir ... sehr, sehr traurig vorkam.

13

Es

gibt

keine

gefangenen

Kinder.

Nur in meinem Kopf.

Vor allem in Chiaras Kopf.

Ich löse mich aus meiner Starre, hocke mich wieder neben sie und nehme sie in den Arm.

Sehr lange sitzen wir so da. *Man gleitet ab und keiner kann einen retten*, hat sie neulich mal zu mir gesagt. *Ich habe es bei jemandem erlebt.* Dieser jemand ist sie selbst.

Ich muss zur Polizei gehen. Bevor es heute ein Blutbad gibt.

Nein.

Ich kann nicht zur Polizei gehen.

»Chiara«, sage ich so entschlossen wie möglich und stehe dabei auf. »Du musst Fürst anrufen. Jetzt sofort. Du musst ihn warnen. Und dann musst du die Polizei informieren.«

Sie schüttelt ganz langsam den Kopf.

»Kann ich nicht«, flüstert sie.

»Doch, kannst du«, sage ich. »Du musst. Ich würde es ja selber machen, aber bei der Polizei kennen sie mich schon. Die halten mich für einen Verschwörungstheoretiker. Und darum werden die im Büro von Martin Fürst denken, ich wäre ein Stalker oder was weiß ich. Aber du hast da gearbeitet, dir werden sie bestimmt vertrauen.«

Sie schüttelt immer weiter den Kopf. »Du musst es selbst machen.«

»Ich hab doch gerade gesagt, dass das nicht geht. Außerdem ...« Ich greife nach ihren Händen. »Außerdem muss ich zum Schwarzen Drachen. Ich werde den Bürgermeister warnen, falls er dir doch nicht glaubt, sondern tatsächlich dort auftaucht. Und ich werde Yves Nellesen aufhalten.«

Was ich da gerade gesagt habe, wird mir erst bewusst, während ich meine Worte höre. Ja, ich werde es zu Ende bringen. Yves ist der Endboss. Wenn ich schon nicht die Kinder retten kann, die nie existiert haben, dann kann ich immer noch das Game gewinnen. Ich kann Min-su und den anderen immer noch beweisen, was ich wirklich draufhabe.

Sie werden sich bei mir entschuldigen müssen. Sie werden vor mir im Staub kriechen. Sie werden ... das ist alles Bullshit. Denn Chiara ist überhaupt nicht in der Lage, irgendetwas ...

Da steht sie ebenfalls auf, drückt meine Hände und nickt. Sie wirkt total abgeklärt, als wäre in ihrem Innern ein Schalter umgelegt worden.

»Ja, du hast recht«, sagt sie entschlossen. »Ich mache es. Ich fahre zum Bürgermeisterbüro und erzähle denen alles. Und dann verständigen wir von dort aus die Polizei. Danach komme ich wieder zu dir zurück. Versprichst du mir, dass du solange hier bleibst und nirgendwo hingehst, bis ich wieder da bin?«

Das ist …

Ich nicke überrumpelt.

»Versprichst du es?«

»Ich verspreche es«, sage ich.

»Gut.« Sie küsst mich.

Dann geht sie die Treppe hinunter, zieht ihre Schuhe an, ihren Regenmantel, öffnet die Tür, blickt sich noch einmal zu mir um. Ich stehe oben am Ende der Treppe und sehe zu, wie sie hinausgeht und wie die Tür ins Schloss fällt.

Stille.

Ich brauche eine Weile, um mich abermals aus der Starre zu lösen. Ich tue das mechanisch wie ein Roboter. Gehe ins Zimmer und öffne die Schultasche. Nehme die Glock heraus und setze das Magazin ein. Ich halte unschlüssig die Actioncam in der Hand, bevor ich sie in meine Schreibtischschublade lege. Stecke die Waffe wieder in meinen Rucksack, ziehe mich an und verlasse das Haus.

Okay, ich habe Chiara versprochen, dass ich zu Hause bleibe. Aber nach all den Lügen zwischen uns ist das jetzt auch egal. Ich will nur noch, dass es endet. Ich will, dass ICH derjenige bin, der es beendet. Fast wünsche ich mir, dass Chiara ebenfalls ihr Versprechen bricht und doch nicht die Polizei ruft …

Viel früher als geplant komme ich beim Schwarzen Drachen an. Das gibt mir Zeit, die Umgebung abzuchecken. Nach längerer Erkundung stelle ich fest, dass niemand außer mir hier ist. Die anderen Gamer sind noch nicht da. Vielleicht kommen sie auch nicht. Chiara weiß ja offenbar gar nicht, wer alles so eine Waffe gekriegt hat. Vielleicht bin ich der Einzige.

Ich steige wieder durch das Fenster auf der Rückseite ins Gebäude ein, in das Büro mit dem alten Telefon. Ich hole die Glock aus dem Rucksack und schalte meine Handylampe ein. Es ist nicht so einfach, wie ich es mir immer vorgestellt habe, also sich lautlos mit Pistole und Taschenlampe durch ein Gebäude zu bewegen. Ich habe gar keine Hand frei, um irgendwas anzufassen, zum Beispiel Türen zu öffnen.

Ich schiebe also die Tür des Büros mit dem Ellbogen auf und leuchte in den Flur mit den Ölgemälden und Jagdtrophäen. Mit dem Licht der Handylampe und dem Lauf der Glock fahre ich die Wände und Türen ab. Niemand hier, alles unverändert. Ich schleiche den Flur entlang und betrete den zweiten Flur mit den Gästezimmern, halte inne und lausche auf irgendwelche Geräusche, aber da ist nichts. Vorsichtig steige ich die Treppe hinab in das Restaurant. Der Lichtkegel der Handylampe zuckt über die Tische und Stühle.

Ich wende mich zur Küche. Hinter der stählernen Anrichte sieht mich niemand, aber ich habe über die Arbeitsplatte hinweg und an der Theke vorbei freie Sicht auf die Tür, die zu dem Hinterzimmer führt. Dem Raum, wo das Kreuz steht. Ich schalte das Handylicht aus, lasse mich lautlos auf dem staubigen Fliesenboden nieder und lege die Glock neben mich.

Warten.

Es ist Wahnsinn, dass ich jetzt hier bin.

Völliger Wahnsinn. Ich stelle mir vor, wie Chiara im Büro des Bürgermeisters aufkreuzt und den Leuten dort ihre unglaubliche Geschichte auftischt. Vielleicht ist Fürst ja selber auch gerade da und hört es direkt aus erster Hand. Ich kann mir nicht vorstellen, dass sie ihr glauben. Und wenn doch – ich meine: Sie ist Y! Sie hat das alles angezettelt. Wird die Polizei sie nicht sofort festnehmen?

Fuck ... ich kann mir nicht mal vorstellen, dass sie überhaupt dorthin gefahren ist, wie sie gesagt hat. Warum war sie so schnell einverstanden? Wieso hat sie nicht darauf bestanden, dass ich mit ihr komme?

Sie könnte sich stattdessen was antun! Jetzt, wo sie aufgeflogen ist. Und wo nicht mal ich ihr glaube, dass ihr kleiner Bruder noch am Leben ist. Sie hat all ihre Hoffnungen auf dieses Y-Game gesetzt, um ihren kleinen Bruder lebend wiederzusehen, und da komme ausgerechnet *ich* ihr in die Quere und mache alles kaputt.

Verdammt, ich muss zu ihr!

Anstatt hier rumzuhängen, muss ich sie finden und beschützen! Ich springe auf und will sie augenblicklich anrufen, da höre ich Autotüren knallen und die Stimmen von zwei Männern. Fürst und Schmidt. Mann, der Hybrid ist wirklich leise, ich habe nicht das leiseste Motorengeräusch gehört. Chiara ist also tatsächlich nicht zu Fürsts Büro gefahren. Oder sie hat es getan und sie haben ihr nicht geglaubt. Ich gehe wieder in Deckung, denke noch rechtzeitig daran, das Handy stumm zu schalten, bevor ich es einstecke, und nehme die Pistole in die Hand.

Ich höre, wie der Schlüssel ins Türschloss geschoben und gedreht wird. Die Tür öffnet sich und Tageslicht sticht herein. Ich linse über die Arbeitsplatte hinweg und sehe die beiden Männer wie schwarze Scherenschnitte eintreten. Erst als Fürst die Tür von innen schließt und die Dämmerung sich wieder über den Raum legt, bekommen sie Gesichter. Schmidt trägt wieder den Koffer.

Jetzt sollte ich aufstehen und mich zu erkennen geben. Ich kann Fürst immer noch warnen, er kann immer noch abhauen, bevor Yves mit seiner Knarre auftaucht und vielleicht noch ein zweiter Bewaffneter.

Doch in diesem Augenblick frage ich mich, ob Chiara nicht doch recht haben könnte. Gregor Schmidt ist zweifellos kein allzu seltener Name, trotzdem ist das ein komischer Zufall, dass der Typ hier so heißt wie der Mann, der Chiaras kleinen Bruder getötet hat.

Die beiden Männer gehen in den Nebenraum. Ich höre sie leise sprechen. So leise, dass ich keine einzelnen Wörter heraushören kann. Etwas raschelt. Dann klirrt etwas. Klingt wie eiserne Ketten.

Ich muss sehen, was sie da tun! Von hier aus kann ich durch die halboffen stehende Tür nur einen kleinen Ausschnitt des Raumes erkennen – und in diesem Ausschnitt passiert nichts.

Wenn dieser Unfallfahrer von damals seinen Selbstmord wirklich nur vorgetäuscht hätte, das geht mir unvermittelt durch den Kopf, wieso hat er dann nicht einen anderen Namen angenommen? Es wäre doch völlig absurd, den eigenen Tod zu inszenieren und dann eine neue Identität unter haargenau demselben Namen anzunehmen. Chiaras Geschichte wimmelt nur so von Absurditäten, sie purzeln durch mein Hirn und ich bin komplett … da ertönt ein Knall. Ich bin zusammengezuckt. Wieder knallt es, gefolgt von einem unterdrückten Stöhnen. Das war kein Schuss, eher ein Schlag. Wie von einer Peitsche. What the fuck …

Langsam und lautlos erhebe ich mich, die Glock in der einen Hand, die andere Hand auf der kalten Stahlplatte dieser Küchenanrichte. Gebeugt schiebe ich mich um die Anrichte herum, da gibt es wieder einen lauten Knall, aber anders, er kommt von der Eingangstür. Ich stehe gerade im Durchgang zwischen Restaurant und Küche, starre die Tür an, die jetzt plötzlich auffliegt, und mache einen Hechtsprung hinter die Theke. Ich höre schwere Stiefel hereinpoltern.

»Was zur …«, ruft er ins Hinterzimmer hinein. Es ist Yves Nellesen. »Was macht ihr Schweine da? Los, du, an die Wand. Mach schon, rüber. Und jetzt sagt mir, wo die Kinder sind!«

»Welche Kinder?«, fragt einer der beiden Männer. Seine Stimme bebt. »Hier sind keine Kinder. Nehmen Sie die Waffe runter.«

»Du weißt genau, welche Kinder, Bürgermeister. Rede oder ich knall dich direkt ab, du perverse Sau.«

Ich wundere mich selbst darüber, dass ich aufgestanden bin. Auf Zehenspitzen nähere ich mich der Tür zum Hinterzimmer. Bei dem Anblick muss ich innehalten. Oberbürgermeister Fürst ist mit Händen und Füßen an das Kreuz gefesselt. Er trägt nichts außer einem Ledertanga. Auf seinem Oberkörper sehe ich rote Striemen. Vor ihm auf dem Boden liegt eine Art Peitsche oder Gerte. Gregor Schmidt ist ebenfalls nackt bis auf einen Tanga. Er steht mit dem Rücken an der gegenüberliegenden Wand, hat die Hände erhoben und starrt entsetzt in den Lauf der Glock, die Yves Nellesen auf ihn gerichtet hat. Dann entdeckt er mich und sein Gesicht bekommt einen überraschten Ausdruck. Yves bemerkt das und fährt zu mir herum. Er trägt einen Kampfanzug mit Tarnfleckmuster und auf seiner Stirn prangt die besagte Actioncam. Irrerweise denke ich als Erstes daran, dass ich jetzt live im Internet zu sehen bin und frage mich, ob meine Frisur okay ist. Dass ich beide Arme ausgestreckt und meine Waffe auf ihn angelegt habe, so intuitiv, als würde ich das andauernd tun, fällt mir erst danach auf.

»Sieh an, Bad Kid«, ruft Yves. »Hätte nicht gedacht, dass wir beide uns noch mal über den Weg laufen. Sind wir jetzt also doch ein Team?«

Er versucht, cool zu klingen, aber seine Stimme schlägt nach oben aus wie auf einer Achterbahn, wie wenn einer versucht, mitten im Looping eine normale Unterhaltung zu führen. Er ist so lächerlich. Mit seinem Bärtchen und seinem Kampfanzug, er ist der totale Idiot.

»Weg mit der Knarre«, sage ich und klinge im Gegensatz zu ihm tatsächlich cool. Jedenfalls fühle ich mich so. Als hätte ich jahrelang für diesen einen Moment trainiert. »Das Game ist zu Ende. Es gibt keine gefangenen Kinder. Ich habe mit Y darüber gesprochen.«

»Du? Niemals.«

»Komm, Yves, lass es. Das Game ist vorbei. Leg die Waffe auf den Boden und schieb ab. Und wir vergessen das Ganze hier einfach, okay?«

»Vergessen?«, schnappt Fürst. »Das ist das Ungeheuerlichste ...«

»Absolut richtig«, schreit Yves und richtet die Glock jetzt auf ihn. »Das ist es.« Er dreht den Kopf zu mir, hält den Lauf aber in Fürsts Richtung und zischt: »Besser, *du* legst deine Knarre auf den Boden, Junge, sonst werde ich die Wände hier mit der Hirngrütze unseres Herrn Bürgermeisters tapezieren.«

»Mach doch«, sage ich. »Bloß, dass du dann nie erfahren wirst, wo die Kinder sind.«

»Hä?«, macht Yves. »Du behauptest doch, dass es die gar nicht gibt.«

»Tja, aber was kann man schon glauben?«, erwidere ich kühl. »Wem kann man trauen?«

»Dir jedenfalls nicht«, sagt Yves, dann bewegt er unmerklich den Kopf und fixiert einen Punkt hinter mir. »An deiner Stelle würde ich mich mal umdrehen.«

»Ha, ha«, mache ich. »Das ist der älteste Trick der Welt.«

Im selben Augenblick höre ich einen Schritt hinter mir, und bevor ich reagieren kann, drückt mir jemand etwas Hartes ins Kreuz.

»Waffe fallen lassen«, sagt eine junge Frauenstimme.

»Emily?«

Ich hebe langsam die Hände, aber ohne die Glock fortzuwerfen. Emily wird nicht auf mich schießen. Ich drehe mich vorsichtig um. Sie trägt wieder den schwarzen Kapuzenpulli, unter dem ihr blutorangenfarbenes Haar hervorleuchtet.

»Emily«, sage ich beschwörend, »du bedrohst den Falschen. Yves wird deinem Vater was antun, wenn wir ihn nicht aufhalten.«

»Sehr richtig!« Yves hat einen Schritt auf den gefesselten Bürgermeister zu gemacht und hält ihm den Lauf seiner Waffe jetzt direkt an die Schläfe.

Fürst glotzt seine Tochter mit offenem Mund an.

Ich mache einen Schritt zur Seite. Emily zielt jetzt nicht mehr auf mich, sondern auf Yves. Ich tu es ihr gleich.

»Emmy – mein Gott, was machst du hier?«, stammelt Fürst.

»Das wollte ich dich auch gerade fragen«, zischt Emily.

»Waffe weg, alle beide!«, schreit Yves, seine Stimme wird immer spitzer. »Sonst knall ich die Sau ab.«

»Wir reden doch erst mal nur«, sage ich. »Lasst uns einfach reden, okay?«

»Emmy, bitte … ich …« Martin Fürst hat zwar eine geladene Waffe am Kopf, aber seine größere Sorge ist anscheinend gerade, dass seine Tochter ihn fast nackt und an ein Kreuz gefesselt sieht, quasi auf frischer Tat ertappt bei einem Sadomaso-Spiel oder wie man das nennt. Gregor Schmidt kauert an der Wand, als könne er sich da irgendwo unsichtbar machen.

»Ich wusste die ganze Zeit, dass du uns betrügst«, sagt Emily in Richtung ihres Vaters. »Mama und ich müssen der ganzen Stadt vorspielen, wir wären eine brave Familie, und zum Dank gehst du fremd, mit ... deinem Fahrer, ich fass es nicht.«

»Soll das jetzt eine Familientherapie werden?«, kreischt Yves.

»Als ich diese Y-Geschichte mitbekam, hielt ich das für eine gute Gelegenheit«, sagt Emily zu ihrem Vater, ohne auf Yves einzugehen. »Ich dachte, Y wird dich bei irgendwas erwischen und öffentlich bloßstellen, dann trittst du von deinem Amt zurück und für Mama und mich ist der Albtraum endlich vorbei. Aber als ich das Päckchen mit der Waffe bekam ... Ich bin hierhergekommen, um dich zu retten, verstehst du das? Und jetzt stehe ich hier und sehe dich ... so.«

Ihre Mundwinkel zittern.

»Wir klären das alles in Ruhe«, sagt Fürst. Plötzlich ist da die staatstragende Stimme eines Stadtoberhauptes. Obwohl er nach wie vor im Ledertanga an ein Holzkreuz gekettet ist, in peinlicher Situation zwischen seiner eigenen Tochter und einem irren Nazi gefangen, strahlt er irgendwie Würde aus. »Ich weiß, wer Sie sind, Herr Nellesen. Es ist klar, dass wir Gegner sind. Aber Sie möchten bestimmt kein Mörder sein. Wir werden uns jetzt alle zusammenreißen und alle Bewaffneten in diesem Raum legen ihre Pistolen auf den Boden, dann wird Herr Schmidt mich von diesem Kreuz losmachen und dann werden wir uns zusammensetzen und alles bereden.«

Yves ringt mit sich, das sehe ich. Martin Fürsts Selbstbewusstsein bringt das seine ins Wanken. Ganz langsam senkt er den Lauf seiner Waffe. Ich atme auf und will mich bücken, um meine Glock ebenfalls auf den Boden zu legen, da drückt er ab.

Fürst brüllt auf vor Schmerz, Blut spritzt aus seinem Oberschenkel. Auf den Knall und den Schrei folgt eine grausame Stille, in der ich das Klackern der Patronenhülse höre und das dumpfe Plopp, mit dem das Blut auf den Holzboden tropft. Yves ist ein lächerlicher Idiot, aber ein lächerlicher Idiot mit einer Glock 17 neunmal neunzehn Millimeter und noch sechzehn weiteren Schuss Munition. Mitten im Bücken bin ich erstarrt.

Er. Wird. Uns. Alle. Töten.

»Schon richtig, Bad Kid«, sagt Yves, »leg die Waffe hin. Du auch, du kleine Schlampe. Und jetzt rüber an die Wand, ihr zwei. Rüber zu der anderen Schlampe.« Er meint Schmidt.

Emily und ich tun, was er sagt.

Wo zur Hölle bleibt die Polizei? Warum hat Chiara sie nicht informiert? Was tut sie stattdessen?

»Bitte«, fleht Emily, »wir gehorchen Ihnen doch. Verschonen Sie ihn!«

»Plötzlich hast du Angst um deinen Schwuchtelvater?«, feixt Yves. »Aber keine Sorge, wir wollen nur reden.« Mit dem Zeigefinger der freien Hand fährt er über seinen Schnurrbart. »Und jetzt reden wir über die Kinder.«

Fürsts Gesicht ist eine einzige schmerzverzerrte Grimasse. Yves fährt mit dem Lauf der Glock an dem verwundeten Oberschenkel hoch und schiebt ihn in den Tanga.

»Aber wenn dir nichts zum Reden einfällt, Fürst, dann ballere ich dir als Nächstes die Eier weg«, geifert er. »Ich muss schließlich den Leuten da draußen eine gute Show bieten, die haben extra eingeschaltet, um was zu sehen zu kriegen. Sie sollen alle Zeugen werden, wie die Gerechtigkeit siegt und die Kinderschänder der Neuen Weltordnung ihre verdiente Strafe kriegen.«

»Ich weiß nicht«, presst Fürst hervor, »wovon Sie überhaupt sprechen.«

»Tja, wie schade«, sagte Yves.

Ein zweiter Schuss knallt.

Aber der kam nicht aus Yves Waffe. Denn die fällt zu Boden, während Yves die linke Hand auf seine rechte Schulter presst. Blut quillt zwischen seinen Fingern durch. Er heult vor Schmerzen und vor Wut und sackt in die Knie, kippt um und windet sich wie ein Wurm am Boden.

Ich halte die Luft an und wage mich nicht zu bewegen. Ich linse zur Tür, wo eine Pistole auftaucht, natürlich eine Glock 17 – und ich kenne die Hand, die die Pistole hält, und den Arm und die ganze Person, denn mit der habe ich noch vor zwei Stunden auf meinem Bett gelegen.

Chiara.

Y.

Sie kommt herein und bückt sich zum Boden. Ihr Tick. Dieser Zwang. Aber diesmal bückt sie sich, um tatsächlich etwas aufzuheben. Die Glock von Yves.

Neben mir wird Emily von einem plötzlichen Weinkrampf überfallen. Ich merke, wie mein Magen rebelliert, und ich kann mich gerade noch zur Seite drehen, bevor ich Emily vollgekotzt hätte. Ich übergebe mich und lasse alles raus, die ganzen Mythen und Märchen und die Angst, von der ich gar nicht wusste, dass ich sie hatte. Nur am Rande kriege ich mit, wie Chiara durch den Raum auf mich zukommt und beide Pistolen durchs Fenster nach draußen schmeißt. Und wie Schmidt seine Jacke holt und ein Handy hervorfummelt und den Notruf verständigt, bevor er den verletzten Bürgermeister von dem Kreuz loskettet und dessen verwundetes Bein mit einem Unterhemd verbindet. Fast zärtlich hält er ihn im Arm. Ein schönes Paar, unter anderen Umständen.

Ich sehe Chiara an. Sie reicht mir wortlos ein Taschentuch.

»Du wolltest ihn warnen«, sage ich. »Und die Polizei rufen.«

»Und du wolltest zu Hause auf mich warten«, entgegnet sie.

Ich wische mir das Gesicht ab und rapple mich auf. Ich brauche Luft.

Luft!

LUFT!

Ich gehe zum nächstbesten Fenster und reiße es auf, schlage mit bloßen Händen die dünne Sperrholzplatte aus der Öffnung, sauge die Luft von draußen ein und das Licht.

Auf der Fensterbank krabbelt eine dicke schwarze Fliege.

Sie dreht sich um und schaut mich an mit ihren Facettenaugen.

14

Es ist eigentlich zu warm für Anfang März, aber ich finde es schön. Wir spazieren durch einen Park. Chiara, Emily und ich. Es ist nicht irgendein Park, sondern er gehört zu einem Altersheim.

Emily und ich kennen uns inzwischen ganz gut aus, denn wir haben während der letzten beiden Monate unsere Samstage hier verbracht. Nicht aus Spaß, wir haben Sozialstunden abgeleistet. Dazu waren wir Anfang des Jahres verurteilt worden. Der Grund: illegaler Waffenbesitz.

Wir haben uns sehr kooperativ verhalten und werden demnächst auch gegen Yves aussagen, wenn sein Strafprozess beginnt. Seit der Schießerei im Schwarzen Drachen sitzt er in Untersuchungshaft. Die Wunde in seiner Schulter stellte sich als halb so schlimm heraus und dürfte inzwischen verheilt sein. Ihm droht eine Strafe von etlichen Jahren.

Chiara selbst ist nicht schuldfähig. Nicht juristisch. Ihr Schuss auf Yves hätte vermutlich eh als Notwehr gegolten, aber alles, was davor passiert ist, ihr Aufruf zur Gewalt gegen Martin Fürst, ihr Deal mit dem Darknet-Waffenhändler Deathliveroo war eigentlich extrem kriminell. Doch immerhin hat sie bei der Polizei umfangreich ausgesagt und mitgeholfen, dass dieser Deathliveroo – ein vierzigjähriger Ex-Soldat namens Ronny aus Rosenheim – enttarnt und verhaftet wurde; demnächst kommt auch er vor Gericht. Und Chiara selbst kam in Therapie. Schon die zweite ihres Lebens, diesmal war sie für viele Wochen in einer Klinik. Diagnose: Wahnvorstellungen infolge einer posttraumatischen Belastungsstörung, ausgelöst durch den Unfalltod ihres kleinen Bruders Jason Christopher.

Seit letzter Woche ist sie zurück. Ich glaube, es geht ihr gut. Und ich glaube, wir sind immer noch zusammen. Ich konnte sie ein paarmal in dieser Klinik besuchen, aber das war nicht gerade intim. Jetzt können wir uns endlich wieder sehen, wo und wann wir wollen. Bloß meine Mutter fragt nicht mehr, ob Chiara denn mal zum Abendessen bleibt. Ich werde ihr nächste Woche beim Umzug helfen. Also Chiara. Sie wird in eine betreute Wohngruppe für Jugendliche ziehen. Ich weiß nicht, ob wir uns jemals gegenseitig vertrauen können. Oder ob das überhaupt wichtig ist für unsere Art von Beziehung. Wenn wir uns berühren, reichen wir uns gegenseitig als Wahrheit aus.

Ich halte ihre Hand und sie drückt meine und wir lächeln uns immer wieder an, während wir schweigend unter den alten Obstbäumen in Richtung des Haupthauses von diesem Altersheim schlendern, wo auf der Terrasse unser Termin auf uns wartet.

Auch Emily lächelt. Auch sie fühlt sich freier, denn sie ist nicht mehr die Tochter des Oberbürgermeisters. Martin Fürst hat drei Tage nach den dramatischen Ereignissen seinen Rücktritt erklärt, noch von seinem Krankenhausbett aus. Gregor Schmidt hatte wohl keine Lust, Fürsts Nachfolgerin herumzufahren, er hat ebenfalls seinen Job gekündigt und die beiden Männer sind zusammen nach Süddeutschland gezogen. Irgendwohin, wo man Martin Fürst nicht gleich auf der Straße erkennt. Dabei hatte eigentlich niemand den Rücktritt von Fürst gefordert, soweit ich das mitgekriegt habe. Wir leben in einer modernen Stadt, wo ein schwuler Bürgermeister mit devoten sexuellen Neigungen niemanden stören würde. Aber für ihn selbst war wohl die Demütigung zu groß. In gewissen Online-Kreisen tauchte wenige Stunden nach der ganzen Sache das Video auf, das Yves' Actioncam aufgenommen hatte. Irgendwer hat den Livestream aufgezeichnet und in Umlauf gebracht. Die Reaktionen der Öffentlichkeit waren irgendwie komisch. Als wüsste man nicht, was jetzt der eigentliche Aufreger war: dass der Bürgermeister sein Liebesleben bisher vor aller Welt verheimlicht hatte oder dass man ihn bei seinen Sexspielen gestalkt hatte oder dass er beinahe von einem stadtbekannten Rechtsextremisten ermordet worden wäre – und zwar infolge eines zynischen Alternate Reality Games, das eine traumatisierte Siebzehnjährige in ihrem Wahn angezettelt hat.

Es kam mir vor, als wäre die ganze Stadt von einem einzigen Raunen erfüllt. Man witterte Geheimnis und Verrat und konnte gar nicht sagen, wer und von wem eigentlich. Wo ist die Grenze zwischen wahr und falsch, wer waren hier die Guten und wer die Bösen ... Es schien alles viel zu komplex und vielschichtig zu sein.

Zwar hatte diese Frau Müller, Redakteurin des *Anzeigers*, meine Nummer in ihrem Telefonspeicher wiedergefunden und mich ein paar Tage lang angerufen und um ein Interview gebeten, aber ich habe nichts mehr gesagt.

Schon allein aus Treue zu Chiara nicht. Aber auch, weil ich seit Y an allem zweifle. Ich suche nach etwas, auf das ich mich verlassen kann, weil es *wirklich* Fakt ist. Darum treibt mich eine Frage um, schon seit jenem November. Ich habe sie irgendwann Min-su gestellt, aber der meinte, ich solle Vinzent doch selber fragen. Also habe ich Vinzent gefragt, aber der meinte, ich solle doch selber zu ihr gehen. Darum habe ich mir, als das Urteil mit den Sozialstunden kam, ausgerechnet dieses Altersheim hier ausgesucht. Ich habe Vinzents Großmutter kennengelernt, aber der richtige Moment kam noch nicht.

Und jetzt hat Vinzent das in die Hand genommen und diesen Nachmittagskaffee arrangiert. Er sitzt an einem großen Tisch und winkt uns zu, als wir die Terrasse betreten. Seine Oma sitzt neben ihm. Sie sitzt im Rollstuhl, hat ziemlich verknitterte Haut und plattes weißes Haar, aber sehr wache Augen, die uns beinahe amüsiert mustern. Ihr Name ist Edith. Emily und mich kennt sie bereits, wir stellen ihr Chiara vor, und Edith beäugt sie intensiv. Keine Ahnung, was die alte Frau über das Beinahe-Blutbad im Schwarzen Drachen gehört oder gelesen hat oder ob Vinzent ihr erzählt hat, dass eine Mitschülerin eine besondere Rolle dabei gespielt hat.

Wir setzen uns, bestellen Kaffee und Limo, halten ein bisschen Smalltalk, bis Edith sich an mich wendet und sagt: »Jetzt stell endlich deine Frage, Junge.«

»Okay.« Ich atme ein und aus. Und sage: »Ich möchte gern wissen, ob es stimmt. Dass Sie als Baby in einem Todeslager der Nazis gewesen sind.«

Sie nickt so, als hätte sie nichts anderes erwartet, als sei das die einzige Frage, die man ihr überhaupt stellen kann. Oder Vinzent hat sie einfach vorgewarnt.

»Mein Geburtsort ist Auschwitz«, sagt sie. »Ich bin dort zur Welt gekommen. Verrückt, nicht wahr? An einem Ort, wo man ausschließlich zum Sterben hinkam. Da bin ich ins Leben gekommen. Warum beschäftigt dich das so?«

»Nun, der Holocaust beschäftigt viele Leute«, sage ich, »auch heute noch, wir nehmen es ja auch in der Schule durch, also ...«

»Aber was hat es mit *dir* zu tun?«, fragt Edith.

Ich seufze. Wechsle einen Blick mit Chiara. Dann erzähle ich von Yves Nellesen. Von dem, was ich auf seinem Blog gelesen habe. Wie mich diese Zweifel überkamen. Ob man sechs Millionen ermordete Menschen eigentlich erfinden kann. Wie sehr diese ganze Y-Geschichte all meine scheinbaren Gewissheiten nach und nach aufgeweicht hat.

Ich sage: »Es gibt diese Verschwörungstheorien über angeblich entführte Kinder, die von den mächtigen in angeblichen Tunnelsystemen gefangen gehalten werden.«

»Von mächtigen Juden, um genau zu sein«, wirft Vinzent ein und verzieht das Gesicht.

Ich nicke und fahre fort: »Ich habe noch nie ein solches Kind getroffen. Aber ich habe auch noch nie jemanden getroffen, der ...«, ich schlucke, »den Holocaust überlebt hat.«

»Jetzt schon«, sagt Edith und streckt sich plötzlich in ihrem Rollstuhl, sie macht die Beine lang und zieht ihren Rock hoch.

Vinzent stöhnt auf. »Oma, bitte, ist das wirklich nötig?«

»Allerdings«, sagt sie und nestelt an ihrem Stützstrumpf, schiebt ihn ein wenig hinunter.

Darunter kommt bleiche, welke Haut zum Vorschein und blass bläuliche, ziemlich verzerrte Zahlen. Eine Tätowierung. Die schon ziemlich alt sein muss.

»Das ist meine Häftlingsnummer«, sagt Edith, dann zieht sie unter Schnaufen den Strumpf wieder hoch und den Rock wieder herunter.

»Krass«, flüstert Chiara.

»Ja«, flüstert auch Emily und berührt unwillkürlich mit ihrer rechten Hand ihren linken Unterarm. »Ich dachte immer, die Nazis hätten diese Nummer hier eintätowiert«, sagt sie.

»Ja, normalerweise schon«, sagt Edith. »Aber bei einem Neugeborenen sind die Ärmchen viel zu klein. Ich wog bei meiner Geburt gerade mal tausend Gramm. Eigentlich hätte ich gar nicht leben sollen. Wenn schwangere Frauen nach Auschwitz kamen, wurden sie sofort ins Gas geschickt. Oder wenn die Wachen nicht bemerkt haben, dass eine Frau schwanger war, haben sie das Baby gleich nach der Geburt ermordet. Doch es gab da diese sogenannten Ärzte, die an den Gefangenen in Auschwitz Menschenversuche durchführten. Und sie machten auch Experimente mit Neugeborenen.«

Emily schlägt sich die Hand vor den Mund. Ich auch, merke ich. Aus Chiaras Augenwinkel löst sich eine Träne. Vinzent schaut betreten auf den Tisch, als müsste er sich deswegen schämen, was natürlich Unsinn ist.

»Ich hatte Glück«, sagt Edith, »kurz nach meiner Geburt kam die Rote Armee. Die SS-Leute sind geflohen und haben alle Gefangenen, die halbwegs laufen konnten, mitgenommen, um sie unterwegs noch umzubringen. Ein paar tausend haben sie zurückgelassen, weil sie krank waren oder zu entkräftet. Meine Mutter gehörte dazu. Und ihr Baby, notdürftig in Zeitungspapier gewickelt. Ich. So wurden wir von den Sowjets befreit.«

Schweigen.

Der Kellner bringt unsere Getränke, doch niemand rührt etwas an.

Schließlich sagt Vinzent leise: »Da habt ihr eure gefangenen Kinder.«

»Ich verstehe nicht, warum«, sage ich. »Ich habe das noch nie verstanden, warum Menschen anderen Menschen so etwas antun. Ich meine – diese Geschichte mit dem Adrenochrom, das habe ich eigentlich nie wirklich geglaubt.« Hoffe ich jedenfalls. »Aber es hätte immerhin eine innere Logik, versteht ihr? Doch was die Deutschen in Auschwitz getan haben und in ganz Europa, das hat doch überhaupt keine Logik, keinen Grund, kein …«

»Frag mal die Nazis«, brummt Vinzent. »Die würden dir ihre Gründe schon nennen. Und frag mal Historiker, frag mal Antisemitismusforscher oder …«

»Es spielt keine Rolle«, unterbricht ihn seine Großmutter. »Ich habe mich mein ganzes Leben lang gefragt, warum. Warum mussten mein Vater, meine Brüder und Schwestern, meine Onkel und Tanten und Cousins und Cousinen sterben? Das habe ich mich immer wieder gefragt. Und dann habe ich gemerkt, dass es genau so ist, wie du sagst, mein Junge: Es hat keine Logik. Ich muss den Hass dieser Leute nicht verstehen. Ich will mich nicht für ihre Gründe interessieren. Oder dafür, warum immer wieder Juden beleidigt und angegriffen und verfolgt werden, auch heute noch. Ich habe die ersten Tage meines Lebens nur mit viel Glück überlebt, und heute bin schon so alt, dass jeder Tag der letzte sein kann.« Sie lächelt. »Mich interessieren keine Gründe, warum man tötet. Mich interessieren nur Gründe, warum man leben sollte. Und zwar wir alle.«

Chiara fasst meine Hand.

Ihr müsst entschlossen sein, hat Y geschrieben.

Edith kommt mir ziemlich entschlossen vor.

Vielleicht können wir das auch sein.

Y

Die Therapie hat mir gutgetan. Wirklich, ich sage das nicht nur so, damit es nach Happy End im Sonnenuntergang klingt. Zum einen konnte ich gut verarbeiten, was im Schwarzen Drachen geschehen ist. Mein Schuss auf Yves Nellesen hat mir anfangs fürchterliche Albträume bereitet. Heute komme ich damit klar.

Vor allem aber ging es in den Sitzungen mit meiner Ärztin um Y. Also darum, was ich als Y gedacht und geschrieben und gewollt hatte.

Wenn ich jetzt in diesem Tagebuch zurückblättere und meine Aufzeichnungen lese, kann ich echt nicht mehr nachvollziehen, wie mich dieser Mythos mit den gefangenen Kindern so vollständig in seinen Bann ziehen konnte. In der Rückschau kommt es mir vor, als wäre ich monatelang in einer Art Trance gewesen. Ich bin total froh, dass das zu Ende ist. Ich werde das alles abschließen und nach vorn blicken.

Auch dieses Treffen mit Vinzents Großmutter hat mir gutgetan. Ich habe das Gefühl, dass es die Zusammenhänge geradegerückt hat. Auch in mir drin.

Ich freue mich auf mein neues Zuhause, meine WG. Ich freue mich, dass ich immer noch mit Janusz zusammen bin. Nächstes Jahr werden wir schon Abi machen und dann liegt die ganze Zukunft vor uns.

Und eines Tages, das weiß ich tief in mir drin, werde ich J. C. finden.

Was auch immer sie mit ihm gemacht haben.

Ich werde ihn finden.

Ich habe daran nicht den geringsten Zweifel.

Aber das habe ich der Ärztin natürlich nicht gesagt.

Sonst hätte die ganze Therapie bloß wieder von vorn begonnen.

Du weißt ja.

Die ganze Welt ist ein einziger beschissener Mindfuck.

NACHWORT DES AUTORS

Als ich anfing, dieses Buch zu schreiben, sollte die Geschichte von Janusz in eine ganz andere Richtung gehen. Eigentlich hatte Janusz sogar bloß eine Nebenfigur sein sollen, und seine Jagd auf Y stand gar nicht im Mittelpunkt. Doch von Janusz und Y ging eine stärkere Faszination aus als von den anderen Figuren. Und so hat sich dieser Roman ganz anders entwickelt – fast ein bisschen von selbst.

Das geschieht ja manchmal beim Schreiben: dass dich ein bestimmter Aspekt der Geschichte einfach nicht mehr loslässt. Ich fand es auf eine gruselige Art spannend, in die Welt der Verschwörungsmythen einzutauchen. Und genau darum geht es beim Erzählen: ums Eintauchen.

Verschwörungserzählungen funktionieren ebenfalls wie eine spannende Story: Sie handeln von finsteren Mächten, vom Kampf Gut gegen Böse, von Mut und Widerstand. Leider habe ich inzwischen aber einige Menschen getroffen, denen es schwerfällt, aus diesen Geschichten auch wieder aufzutauchen. Vielleicht liegt es daran, dass ihnen die Wirklichkeit einfach zu kompliziert und zu mühsam geworden ist.

Weil das in jüngster Zeit immer mehr Menschen betrifft, sind verschiedene Anlaufstellen für vertrauliche und kostenfreie Hilfe und Beratung entstanden – sowohl für Betroffene als auch für deren Angehörige.

Eine gute Adresse dafür ist die Zentrale Beratungsstelle für Weltanschauungsfragen Baden-Württemberg, kurz ZEBRA:

»http://www.zebra-bw.de«

Hierhin könnt ihr euch bei allen Fragen zum Thema wenden.

Viele weitere Gedanken und Erkenntnisse habe ich in einem Ratgeber gefunden, den Mitarbeiterinnen von ZEBRA geschrieben haben:

Sarah Pohl/Isabella Dichtel:
Alles Spinner oder Was? Wie Sie mit Verschwörungsgläubigen gelassener umgehen.
Göttingen 2021.

Er Gangleader, sie Polizistin –
verbindet sie mehr,
als sie trennt?